MAUDIT KARMA

David Safier

MAUDIT KARMA

Traduit de l'allemand par Catherine Barret

ÉDITIONS FRANCE LOISIRS

Titre original : *Mieses Karma*

Édition du Club France Loisirs,
avec l'autorisation des Éditions Presses de la Cité.

Éditions France Loisirs,
123, boulevard de Grenelle, Paris
www.franceloisirs.com

© Rowohlt Verlag GmbH, 2007
© Presses de la Cité, un département de place des éditeurs, 2008
pour la traduction française.
ISBN : 978-2-298-02385-5

A Marion, Ben et Daniel
Vous êtes mon nirvana.

1

Le jour où je suis morte n'a pas vraiment été une partie de plaisir. Pas seulement à cause de ma mort. En réalité, celle-ci est péniblement arrivée bonne sixième dans la série des pires instants de cette journée. A la cinquième place figurait le moment où Lilly m'a dit en me regardant de ses yeux ensommeillés :

— Maman, pourquoi tu ne restes pas à la maison aujourd'hui ? C'est quand même mon anniversaire !

A cette question, une réponse m'a traversé l'esprit : « Si, il y a cinq ans, j'avais su qu'un jour ton anniversaire tomberait en même temps que la remise du prix de la Télévision allemande, j'aurais tout fait pour que tu viennes au monde plus tôt. Avec une bonne césarienne ! »

Au lieu de cela, je lui ai répondu tendrement :

— Je suis désolée, mon trésor.

Lilly mordillait tristement la manche de son pyjama. Ne supportant pas de voir ça plus longtemps, j'ai aussitôt ajouté la formule magique qui ramène le sourire sur n'importe quel visage d'enfant :

— Tu veux voir ton cadeau d'anniversaire ?

Je ne l'avais pas encore vu moi-même. C'est Alex qui s'en était chargé, parce que, depuis des mois, j'avais tellement de travail à la rédaction que je ne faisais plus aucune course. Notez que ça ne me manquait pas : rien ne me tapait autant sur les nerfs que de perdre un temps précieux à faire la queue au supermarché. Et, pour les belles choses de la vie – des vêtements aux cosmétiques en passant par les chaussures –, je n'avais pas besoin d'aller les chercher : les firmes les plus prestigieuses se bousculaient pour les offrir gracieusement à Kim Lange, l'animatrice du plus célèbre talk-show d'Allemagne. En conséquence de quoi *Gala* me comptait au nombre des « femmes de trente ans les mieux habillées », tandis qu'un autre grand magazine people me qualifiait, de façon moins flatteuse, de « petite brune un peu trapue, avec des cuisses nettement trop fortes ». J'étais en froid avec ce journal depuis que je leur avais interdit de publier des photos de ma famille.

— J'ai ici une jolie petite fille qui veut avoir son cadeau ! criai-je par la porte de la chambre.

La réponse arriva du jardin :

— Alors, la jolie petite fille va devoir sortir de la maison !

Je pris la main de ma Lilly surexcitée et lui dis :

— Il faut d'abord que tu mettes tes chaussons.

— J'veux pas les mettre.

— Sinon, tu vas prendre froid !

— Hier non plus, j'ai pas pris froid, répliqua-t-elle. Et pourtant, j'avais pas mes chaussons.

Et, avant que j'aie pu trouver un argument rationnel à opposer à cette logique enfantine absconse et néanmoins imparable, Lilly courait déjà pieds nus vers le jardin étincelant de la rosée du matin.

Vaincue, je lui emboîtai le pas. J'inspirai profondément : l'air sentait déjà le printemps. Avec un mélange de fierté et d'incrédulité, je me réjouis, pour la millième fois peut-être, d'avoir pu offrir à ma fille une super maison à Potsdam avec un immense jardin. Moi, j'avais grandi à Berlin, dans un immeuble en préfabriqué dont le jardin se résumait à trois bacs à fleurs où les géraniums et les pensées se battaient avec les mégots de cigarettes.

Alex attendait Lilly avec, à côté de lui, un cochon d'Inde dont il avait lui-même fabriqué la cage. A trente-trois ans, il était encore sacrément beau – un genre de Brad Pitt, mais en plus jeune, et, Dieu merci, sans cet air mal réveillé que je trouvais si ennuyeux. Sa seule vue aurait encore pu me faire craquer si nous avions été en bons termes. Mais notre relation avait atteint un degré de stabilité comparable à celui de l'Union soviétique en 1989. Avec à peu près autant d'avenir.

Alex ne pouvait pas se faire à l'idée que sa femme réussisse dans son travail, et moi, je ne pouvais pas m'habituer à vivre avec un homme au foyer frustré, qui supportait de moins en moins de s'entendre dire chaque jour par les mères de famille, au square : « Mais c'est foooormidable, un homme qui s'occupe des enfants au lieu de courir après le succès ! »

Moyennant quoi les discussions entre nous commençaient souvent par : « Tu t'intéresses plus à ton travail qu'à nous », pour se terminer encore plus souvent par : « Attention, Kim, cette fois tu dépasses les bornes ! »

Avant, au moins, ça se terminait généralement par une réconciliation sur l'oreiller. Mais il y avait maintenant trois mois que nous ne faisions plus l'amour. Dommage, parce que c'était justement la seule chose qui, entre nous, oscillait entre « normal » et « fantastique », selon notre forme du jour. Et ce n'était pas un détail pour moi : avec les hommes que j'avais connus avant Alex, ça n'avait pas souvent été le grand frisson.

— Ma chérie mignonne, voilà ton cadeau !

Souriant, il montrait le cochon d'Inde qui grignotait dans sa cage.

— Un cochon d'Inde ! s'écria Lilly, transportée.

En moi-même, je complétai avec terreur : « Oui, *une* cochon d'Inde enceinte jusqu'aux yeux ! »

Tandis que Lilly, ravie, contemplait son nouveau petit compagnon, je pris Alex par l'épaule et l'entraînai à l'écart.

— Cet animal est sur le point de se reproduire !

— Mais non, Kim, il est juste un peu gras.

— Où es-tu allé le chercher ?

— Dans un refuge pour animaux, répondit-il fièrement.

— Mais pourquoi ne pas l'avoir acheté dans un magasin ?

— Parce qu'ils n'ont que des animaux qui tournent dans une roue, comme tes copains de la télé.

Et vlan ! C'était calculé pour me blesser, et c'était réussi. Je respirai un bon coup, regardai ma montre et dis d'une voix blanche :

— Même pas trente secondes.

— Comment ça, trente secondes ?

— Tu n'as pas réussi à me parler pendant trente secondes sans me reprocher de m'en aller aujourd'hui à cause de la remise du prix.

— Je ne te reproche rien, Kim, je m'interroge seulement sur tes priorités.

Si cette histoire me mettait dans un tel état, c'est qu'en réalité, j'aurais bien voulu qu'il m'accompagne à la remise du prix de la Télévision. Après tout, c'était censé être le point culminant de ma carrière. Or, je pouvais difficilement contester ses priorités à lui, puisque, précisément, elles consistaient à s'assurer que Lilly ait un bel anniversaire.

Je répliquai donc d'un ton acerbe :

— Cette idiote de cochon d'Inde est tout de même enceinte !

A quoi Alex répondit sèchement :

— Tu n'as qu'à lui faire faire un test de grossesse !

Et il se retourna vers la cage. Furieuse, je le vis sortir le cochon d'Inde et le déposer dans les bras de Lilly. Tous deux, ils lui donnèrent à manger des feuilles de pissenlit. Tandis que je les observais de loin. Depuis quelque temps, c'était devenu ma place attitrée dans notre petite famille.

13

Ainsi mise à l'écart, j'eus le temps de repenser à mon propre test de grossesse, cinq ans et neuf mois plus tôt. Par un effort de volonté quasi surhumain, j'avais réussi à faire comme si de rien n'était pendant six jours. Au matin du septième jour, je m'étais précipitée à la pharmacie en marmonnant « Merde, merde, merde ! » tout le long du chemin. Le test acheté, j'avais foncé jusqu'à la maison, fait tomber le test dans les W-C parce que j'étais trop énervée, couru jusqu'à la pharmacie racheter un test, puis de nouveau jusqu'à la maison pour faire pipi sur le bâtonnet et attendre la minute réglementaire.

Ce fut la plus longue minute de toute ma vie.

Une minute chez le dentiste, c'est long. Une minute à regarder l'Eurovision, encore plus. Mais la pire épreuve de toutes, c'est la minute qu'il faut à un stupide test de grossesse pour décider s'il affichera ou non un deuxième trait.

Pourtant, quand le deuxième trait apparut, ce fut plus dur encore.

J'envisageai l'avortement, mais cette idée me parut insupportable. J'avais vu Nina, ma meilleure amie, en passer par là après notre voyage en Italie, et le mal que ça lui avait fait. Malgré toutes les vacheries que j'avais pu commettre en tant qu'animatrice de talk-show, je sentais que j'aurais eu encore plus de mal que Nina à affronter le remords.

Les neuf mois qui suivirent furent très déstabilisants : tandis que je luttais pour ne pas céder à la panique, Alex, aux petits soins avec moi, paraissait fou de joie à l'idée de devenir papa. Ça avait le don de

14

me mettre en rage, et je me sentais d'autant plus une mère dénaturée.

Bizarrement, la grossesse demeurait pour moi un état abstrait. Je voyais des échographies, je sentais des coups de pied dans mon ventre. Mais, en dehors de quelques rares instants de bonheur, je n'arrivais pas à imaginer qu'un petit être grandissait en moi.

Je passais la plus grande partie de mon temps à me débattre entre les nausées et les migraines. Et à suivre des cours de préparation à l'accouchement où on me demandait de « sentir mon utérus ».

Six semaines avant le terme, je cessai de travailler. Vautrée sur le canapé du salon, j'eus alors un avant-goût de ce que doit éprouver une baleine échouée. Les journées me semblaient interminables. Sans doute me serais-je réjouie de perdre enfin les eaux, si ce n'était arrivé alors que je faisais la queue au supermarché.

Comme le médecin me l'avait ordonné en pareil cas, je me couchai aussitôt sur le carrelage glacé, pendant que les clients commentaient autour de moi :

— C'est pas Kim Lange, l'animatrice de la télé ?

— J'espère surtout qu'ils vont ouvrir une autre caisse !

Ou bien :

— Encore heureux qu'on nous demande pas d'essuyer ses cochonneries !

L'ambulance n'arriva qu'au bout de quarante-trois minutes, pendant lesquelles je signai quelques autographes et expliquai à la caissière que, non, les

15

présentateurs du journal n'étaient pas tous des tapettes, qu'on se faisait beaucoup d'idées sur eux.

Arrivée en salle de travail, il me fallut encore vingt-cinq heures pour accoucher. Entre deux épouvantables contractions, j'entendais les exhortations incessantes de la sage-femme : « Sois positive ! Accueille chaque contraction ! » A moitié folle de douleur, je lui répondais en moi-même : « Si je survis à ça, je te fais la peau, pauvre idiote ! »

J'étais sûre que j'allais mourir. Sans la présence apaisante d'Alex, je n'aurais certainement pas supporté ce calvaire. Il me répétait régulièrement d'une voix ferme : « Je suis avec toi. Toujours. » Et je lui serrais la main si fort que, plusieurs semaines après, il n'en avait pas entièrement retrouvé l'usage. (Par la suite, les infirmières m'ont confié qu'elles notaient les maris sur la tendresse qu'ils témoignaient à leur femme dans ces moments difficiles. Alex avait obtenu le score extraordinaire de 9,7. La moyenne générale se situait autour de 2,73.)

Quand, à la fin de cette séance de torture, les médecins posèrent sur mon ventre la petite Lilly encore toute fripée, j'oubliai d'un seul coup tous mes maux. Si je ne pouvais pas la voir, je sentais le tendre contact de sa peau plissée. Ce fut l'instant le plus heureux de toute mon existence.

Et voici que, cinq ans après, Lilly était là, dans le jardin, et je ne pouvais pas assister à son anniversaire parce que je devais aller à Cologne pour la remise du prix de la Télévision allemande.

La gorge serrée, je m'avançai vers ma fille, qui cherchait quel nom donner à son cochon d'Inde (« Il s'appellera Fifi, ou Poupée, ou alors Barbara »). Je lui donnai un petit baiser et promis :

— Demain, je passe toute la journée avec toi !

— Si tu gagnes le prix, tu passeras la journée de demain à donner des interviews, observa cyniquement Alex.

— Alors, je resterai avec elle toute la journée de lundi, répliquai-je.

— Lundi, tu as ta conférence de rédaction.

— Eh bien, je m'en passerai !

— Je te crois ! dit-il d'un ton sarcastique qui déclencha en moi un profond désir de lui fourrer une cartouche de dynamite dans la gorge.

Pour faire bonne mesure, il ajouta :

— Tu n'as jamais de temps pour la petite.

Je lus dans les yeux attristés de Lilly qu'elle donnait raison à son père. Touchée au vif, je me mis à trembler.

D'une voix mal assurée, je dis à Lilly en lui caressant doucement les cheveux :

— Ma chérie, je te jure solennellement que, bientôt, on passera une super journée ensemble.

Elle sourit faiblement. Alex voulut dire quelque chose, mais je lui lançai un regard si noir qu'il eut l'intelligence de se taire. Sans doute avait-il vu l'image de la cartouche de dynamite dans mes yeux. Une dernière fois, je serrai Lilly très fort dans mes bras. Puis je rentrai dans la maison en passant par la terrasse[1], respirai un bon coup et appelai un taxi pour me rendre à l'aéroport.

En cet instant, j'ignorais à quel point il me serait difficile de tenir la promesse que j'avais faite à Lilly.

1. Extrait des Mémoires de Casanova : « Un jour, en ma cent treizième vie de fourmi, je me rendis à la surface avec une compagnie. Sur l'ordre de la reine, nous devions reconnaître le territoire autour de notre royaume. Dans la chaleur torride, nous marchions sur la pierre échauffée par les rayons du soleil, quand, en l'espace de quelques secondes, l'astre s'obscurcit comme par une soudaine Apocalypse. Levant les yeux, j'aperçus la semelle d'une sandale de femme s'abaissant inexorablement vers nous. Ce fut comme si le ciel tombait sur nos têtes. Je pensai en moi-même : "Une fois de plus, je dois mourir parce qu'un être humain n'aura pas pris garde où il mettait le pied." »

2

A la quatrième place des pires moments de cette journée, il y eut celui où je contemplai mon visage dans le miroir des toilettes de l'aéroport. Pas seulement parce que je constatais une fois de plus que j'avais énormément de ridules autour des yeux pour une femme de trente-deux ans. Ni parce que mes cheveux étaient comme de la paille et refusaient obstinément de se coucher – pour toutes ces raisons, j'avais rendez-vous avec Lorelei, ma styliste, deux heures avant la remise du prix. Non, ce fut un moment terrible parce que je me surpris à me demander si Daniel Kohn allait me trouver assez séduisante.

Daniel, sélectionné comme moi dans la catégorie « meilleur animateur d'émission d'information », était brun, si beau que ça en frisait l'obscénité, et charmant avec un naturel qui le différenciait de la plupart des animateurs de ce pays. Daniel savait l'effet qu'il produisait sur les femmes, et il en jouait avec le plus grand plaisir. Chaque fois qu'il me rencontrait dans une quelconque soirée, il me disait en me regardant droit dans les yeux : « Si tu voulais, je renoncerais à toutes les autres. »

Venant de lui, cette phrase était bien sûr à peu près aussi crédible que s'il avait dit : « Il y a des éléphants roses au pôle Sud. »

Mais une partie de moi désirait que ce soit vrai. Une autre partie de moi rêvait que je remportais le prix de la Télévision, à la suite de quoi je passais avec un léger sourire de triomphe devant la table de Daniel, et le soir même, à l'hôtel, nous faisions fougueusement l'amour. Pendant des heures. Jusqu'à ce que la direction de l'hôtel vienne tambouriner à la porte parce qu'un groupe de rock logé dans une chambre voisine se serait plaint du bruit.

Cependant, la plus importante partie de moi-même détestait les deux autres pour avoir eu de telles pensées. Si je tombais dans les bras de Daniel, immanquablement la presse aurait vent de l'affaire, Alex demanderait le divorce, et la mauvaise mère que j'étais briserait définitivement le cœur de sa petite Lilly. Après cela, je ne pourrais plus me regarder dans la glace pendant les vingt années suivantes.

Je me lavai les mains en vitesse, sortis des toilettes et me rendis à la salle d'embarquement, où Benedikt Carstens, débordant d'enthousiasme, m'accueillit d'un « C'est le grand jour, ma chérie ! » en me pinçant énergiquement la joue.

Toujours impeccablement vêtu, Carstens était à la fois mon rédacteur en chef et mon Pygmalion – une sorte de Maître Yoda privé, mais avec une bien meilleure syntaxe. Il m'avait découverte à la radio berlinoise où j'avais commencé à travailler après mes études, d'abord comme simple rédactrice. Mais, un

20

dimanche matin, l'animateur en titre n'avait pas pris son service. En faisant la tournée des boîtes la nuit précédente, il avait exprimé devant un portier turc l'opinion que la mère de ce dernier devait être une chienne galeuse.

Je remplaçai donc au pied levé mon collègue momentanément indisposé, et, pour la première fois de ma vie, je prononçai la phrase magique : « Il est six heures, bonjour ! » Dès cet instant, je devins accro. J'avais adoré la montée d'adrénaline quand le rouge s'était allumé. J'avais trouvé ma vocation.

Après m'avoir observée pendant quelques mois, Carstens me fit venir à son bureau, me dit : « Vous avez la meilleure voix que j'aie jamais entendue », et m'embaucha séance tenante sur la chaîne la plus palpitante de toute la télévision allemande. Il m'expliqua comment me tenir devant la caméra. Mais, surtout, il m'apprit à faire la chose essentielle dans ce métier : évincer les collègues. Sur ce dernier point, l'élève ne tarda pas à égaler le maître, ce qui me valut d'être connue dans les rédactions comme « celle qui marche sur les cadavres et revient en arrière pour remarcher dessus ». Mais si c'était le prix à payer pour vivre ma vocation, je le payais de bon cœur.

— Oui, c'est le grand jour, répondis-je à Carstens avec un sourire forcé.

Il me regarda et dit :

— Quelque chose ne va pas, ma jolie ?

Je pouvais difficilement répondre : « Oui, je voudrais coucher avec Daniel Kohn, de la chaîne concurrente. » Je me contentai donc d'un :

21

— Non, tout va bien.

— Tu ne peux pas me tromper : je sais exactement ce que tu ressens, reprit Carstens.

J'eus un instant de panique : savait-il vraiment, pour Daniel et moi ? Avait-il vu Daniel me faire du plat le soir de la réception à la chancellerie, et moi rougir comme si Robbie Williams me prenait par la main pour me faire monter sur scène ? Mais il continua en souriant :

— A ta place, je serais tout aussi excité. Ce n'est pas tous les jours qu'on est nommé pour le prix de la Télévision.

Pendant une seconde, je me sentis soulagée. Il ne soupçonnait rien. Mais, l'instant d'après, ma gorge se noua : en réalité, j'étais sur les nerfs. Pendant toute la matinée, seule la culpabilité que j'éprouvais envers Lilly m'avait empêchée de ressentir l'évidence qui me frappait à présent de plein fouet. Allais-je remporter le prix de la Télévision, et arborer devant toutes les caméras le sourire rayonnant du vainqueur ? Ou ne serais-je plus demain, dans le journal du dimanche, que « la perdante un peu trapue, avec des cuisses nettement trop fortes » ?

D'un geste nerveux, je portai les doigts à ma bouche et m'arrêtai à la dernière seconde. J'avais failli me ronger les ongles.

A Cologne, nous descendîmes à l'hôtel Hyatt, celui des prix Nobel, où logeaient tous les sélectionnés pour le prix de la Télévision allemande. Une fois dans ma chambre, je me jetai sur le lit moelleux, allumai la télévision et me mis à zapper au rythme de dix chaînes par seconde. Un instant, sur la chaîne payante, je me demandai quel genre de crétin pouvait dépenser vingt-deux euros pour voir un film porno intitulé *Souillées au sperme* ! Ayant décidé de ne pas sacrifier trop de cellules grises sur l'autel de cette question, je descendis au bar et commandai un de ces thés chinois aux vertus apaisantes qui font un peu trop penser à de la soupe de poisson.

Dans le hall, un pianiste jouait des ballades de Richard Clayderman. C'était si révoltant que je nous transportai en pensée, lui et moi, dans un saloon du Far West – lui jouant ses ritournelles, moi organisant son lynchage avec mes gars.

J'en étais à préparer le goudron et les plumes chez le maréchal-ferrant de Dodge City, quand soudain j'aperçus... Daniel Kohn !

Il s'inscrivait à la réception, et mon cœur se mit à battre la chamade. Une partie de moi espérait qu'il allait m'apercevoir. Une autre priait même pour qu'il vienne s'asseoir près de moi. Mais la partie principale se demandait comment faire taire les deux autres, dont la stupide agitation semait la pagaille dans mon existence.

Cependant, Daniel m'avait vue, et il me souriait.

Transportée de joie, la partie de moi qui avait espéré qu'il me remarque s'écria « Yabbadabbadoo ! », tel ce bon vieux Fred de la famille Pierrafeu.

Daniel s'approcha, s'assit à ma table et me salua avec une amabilité toute particulière. La partie numéro deux se mit à chanter « Oh Happy Day ! » avec la première.

Comme la partie numéro trois voulait protester, les deux autres lui tombèrent dessus et la bâillonnèrent en sifflant entre leurs dents : « Tu vas la fermer, espèce de rabat-joie ! »

— Déjà nerveuse pour ce soir ? demanda Daniel.

J'essayai de prendre un air détaché et cherchai une réplique appropriée. De longues secondes plus tard, je parvins seulement à articuler un « Non » assez pitoyable pour quelqu'un qui se piquait d'avoir le sens de la repartie.

— Tu n'as aucune raison de l'être, poursuivit Daniel, toujours aussi décontracté. Tu es sûre de gagner.

Il disait ça de façon si charmante que j'aurais presque pu croire qu'il le pensait. Mais, bien sûr, il était fermement convaincu que ce serait lui le gagnant.

— Quand tu auras gagné, il faudra trinquer ensemble pour fêter ça, ajouta-t-il.

— Tout à fait d'accord, répondis-je.

Ce n'était pas précisément brillant, mais au moins j'avais réussi à aligner quatre mots.

— Et si c'est moi qui gagne, on trinquera aussi ? demanda-t-il ensuite.

— Bien sûr, dis-je avec un léger tremblement dans la voix.

— Alors, quoi qu'il arrive, ce sera une belle soirée.

Daniel se leva, visiblement satisfait – il avait eu ce qu'il voulait.

— Désolé, je dois te laisser. Il faut que je fasse un brin de toilette.

24

Tandis qu'il s'éloignait, je contemplais son cul fantastique en tentant d'imaginer à quoi il ressemblait sous la douche. Cette fois, je ne pus me retenir de me ronger les ongles.

— Mais qu'est-ce qui est arrivé à tes ongles ? On croirait que tu sors d'une grève de la faim !

Le salon de coiffure de l'hôtel, où Lorelei, ma styliste, avait entrepris de me pomponner, était le lieu de rendez-vous de toute la gent féminine télévisuelle : actrices, animatrices, potiches d'émissions people. Aucune n'était sélectionnée pour un quelconque prix, mais l'important pour elles était de faire mieux que la concurrence dans le genre « voir et être vue ». Elles me souhaitèrent toutes bonne chance, évidemment sans en penser un seul mot. Je n'étais pas davantage sincère en leur disant : « Tu es magnifique », ou « Tu as une ligne splendide », ou encore : « Tu plaisantes, ton nez ne fait absolument pas penser à un héliport ! »

Nous papotions ainsi hypocritement depuis un bon moment, quand Sandra Kölling fit son entrée.

Pour vous la situer, Sandra aurait pu arriver quatrième à un concours de sosies de Claire Chazal. Mais surtout, c'était elle qui animait le talk-show de dernière partie de soirée avant que je ne lui pique sa place. On m'avait donné son job parce que j'étais meilleure qu'elle. Et que je travaillais plus. Et que j'avais pris soin d'informer tout l'étage de la direction qu'elle avait un petit problème avec la cocaïne.

Dans le salon de coiffure, tout le monde savait que, depuis ce jour, Sandra et moi étions des ennemies comme on n'en voit que dans les séries américaines. Les conversations s'interrompirent brusquement, tous les regards se fixèrent sur nous. Chacune attendait, espérant assister à une prise de bec entre deux rivales déchaînées.

Sandra attaqua :

— Tu es une moins que rien.

Je la regardai droit dans les yeux. La température de la pièce descendit d'au moins quinze degrés.

Sandra frissonna. Je la fixais toujours. A la fin, n'y tenant plus, elle tourna les talons.

Les bavardages reprirent peu à peu. Lorelei se remit à me coiffer. Dans le miroir, mon image m'adressa un sourire satisfait.

Quand Lorelei eut achevé son œuvre, mes cheveux étaient sagement couchés, et seul un archéologue aurait pu détecter la présence de ridules sous mon maquillage. Même mes ongles rongés étaient camouflés sous des ongles artificiels. Il ne manquait plus que la robe, qu'on devait me livrer incessamment dans ma chambre. J'étais folle de joie à l'idée de porter ce chiffon plus coûteux qu'une petite voiture, confectionné sur mesure et gracieusement offert par Versace pour l'occasion. Pour l'avoir essayée dans une boutique berlinoise, j'étais fermement convaincue de porter ce soir-là la plus belle robe du monde : d'un rouge splendide, douce au toucher, elle avantageait ma poitrine et camouflait mes cuisses – que demander de plus à une robe ?

Dans la chambre d'hôtel où j'attendais avec une impatience joyeuse, je repensais fièrement au chemin parcouru. D'ici deux heures, la petite fille de la cité en préfabriqué où l'on aurait sans doute pris Versace pour un footballeur italien allait peut-être recevoir le prix de la Télévision allemande, vêtue d'une robe de rêve que Daniel Kohn lui arracherait le soir même avant de lui faire l'amour comme un dieu…

A cet instant, mon portable sonna. C'était Lilly. Un tsunami de remords me submergea. Lilly s'ennuyait de moi, et moi, je ne pensais qu'à tromper mon mari… son père !

La fête d'anniversaire battait son plein. Lilly se mit à jacasser joyeusement :

— D'abord, on a fait une course en sac, et puis une course à l'œuf, et puis après une bataille de tartes à la crème sans tartes.

— Une bataille de tartes sans tartes ?

— Ben oui, on s'est arrosés avec du ketchup… et aussi de la mayonnaise… et puis on s'est lancé des spaghettis bolognaise, m'expliqua-t-elle.

Avec un sourire, j'imaginai l'enthousiasme modéré des autres mamans lorsqu'elles viendraient récupérer leur progéniture.

— Aussi, mamie a appelé pour me souhaiter bon anniversaire !

Mon sourire s'effaça. Depuis des années, je faisais des pieds et des mains pour tenir mes parents indignes à l'écart de notre vie de famille.

Mon bon à rien de père nous avait quittées pour l'une de ses nombreuses conquêtes quand je n'étais pas plus grande que Lilly à présent. Depuis, la consommation d'alcool de ma mère augmentait régulièrement d'environ douze pour cent par an. Quand elle nous faisait le coup de la « gentille mamie », c'était généralement dans le but d'obtenir une petite rallonge sur la somme que je lui versais déjà chaque mois.

— Comment elle était ? demandai-je, craignant qu'elle n'ait appelé Lilly alors qu'elle était déjà ivre.

— Oh, elle bégayait un peu, répondit Lilly du ton détaché d'un enfant qui n'a jamais connu sa grand-mère autrement.

Je cherchai les mots les plus appropriés pour expliquer le bafouillage de ma mère, mais, avant que j'aie pu en trouver un seul, Lilly s'écria :

— Oh, non !

Je sursautai et la questionnai fébrilement, mille scénarios catastrophe se bousculant dans mon esprit :

— Qu'est-ce qui se passe ?

— C'est cet idiot de Nils qui fait brûler les fourmis avec une loupe[1] !

Lilly raccrocha en hâte, et je respirai. Rien de grave.

---

1. Mémoires de Casanova : « Les fourmis ont beaucoup d'ennemis naturels : les araignées, les cancrelats, les marmots armés d'une loupe. En ce jour où la fortune m'était visiblement contraire, je mourus pour la seconde fois, brûlé vif tels les premiers chrétiens à Rome. La dernière pensée que je pus formuler en mon esprit proche du trépas fut celle-ci : "Si je dois un jour avoir amassé suffisamment de bon karma pour revenir sur cette terre dans une forme humaine, je mettrai un soin tout particulier à botter l'arrière-train de tout garnement pourvu d'une loupe." »

28

Je songeai mélancoliquement à ma fille. Ce soir, en aucun cas Daniel Kohn ne procéderait à un arrachage de robe Versace.

J'envisageai d'appeler Alex pour le remercier d'avoir organisé un si bel anniversaire pour Lilly. Mais, plus j'y réfléchissais, plus il me paraissait évident que ce serait une nouvelle occasion de nous disputer.

C'était à croire que nous n'avions jamais été heureux ensemble, lui et moi.

Nous nous étions rencontrés juste après mon bac, alors que je traversais l'Europe sac au dos. Lui aussi faisait du tourisme. Il aimait parcourir le monde, tandis que je voyageais pour faire plaisir à mon amie Nina. Il adorait Venise. Je trouvais intolérables la canicule, la puanteur des canaux et les moustiques, dignes d'un fléau biblique.

Dès notre première soirée à Venise, Nina s'était employée à séduire les Italiens avec ses boucles d'ange blond – ce qu'elle savait faire le mieux. Pendant ce temps, je tuais les moustiques à la chaîne en me demandant comment on pouvait être assez stupide pour bâtir une ville à moitié dans l'eau. En même temps, je devais tenir à distance les Italiens allumés par Nina, qui, cela va sans dire, en prévoyait toujours un pour moi. En particulier un certain Salvatore, qui boutonnait seulement les deux derniers boutons de sa chemise blanche et puait l'after-shave bon marché. Il interpréta visiblement mes « Non, non ! » comme une invitation pressante à glisser sa main sous mon chemisier. Je me défendis d'une gifle et d'un *« Stronzo ! »*

dont je ne connaissais pas la signification – mais je me souvenais d'avoir entendu un gondolier jurer de cette façon. Quoi qu'il en soit, Salvatore entra dans une fureur telle qu'il menaça de me frapper si je ne la bouclais pas immédiatement.

Comme je ne disais plus rien, il mit la main dans mon chemisier. Je sentis la panique et le dégoût monter en moi, mais je ne pouvais rien faire. La peur me paralysait.

A l'instant où il allait toucher mes seins, Alex lui saisit le bras. Il avait surgi de nulle part, tel un chevalier de conte de fées – le genre d'histoire auquel, grâce à mon père, je ne croyais plus depuis un bon moment. Salvatore se planta devant lui, armé d'un couteau, marmonnant un truc en italien que je ne compris pas, mais qui signifiait clairement qu'Alex ferait bien de décamper s'il ne voulait pas avoir le premier rôle dans sa version personnelle de *Mort à Venise*. Alex, qui pratiquait le jiu-jitsu depuis des années, envoya voler le couteau d'un coup de pied. Si brutalement que Salvatore préféra filer la queue basse – dans tous les sens du terme.

Tandis que Nina passait la nuit à perdre son innocence, je restai assise au bord de la lagune avec Alex, à parler, parler, parler. Nous aimions les mêmes films (*Certains l'aiment chaud*, *Y a-t-il un flic pour sauver la reine ?*, *Star Wars*) et les mêmes livres (*Le Seigneur des anneaux*, *Le Petit Roi*, *Calvin et Hobbes*), nous détestions les mêmes choses (les profs).

Quand le soleil se leva à nouveau sur Venise, je dis à Alex : « Je crois que nous sommes des âmes

30

sœurs », et il me répondit : « Je ne le crois pas, je le sais. »

Comme quoi on peut vraiment se tromper !

Je rangeai mon portable dans mon sac et me sentis tout à coup bien seule, sur le lit moelleux de ma luxueuse chambre d'hôtel. Une solitude terrible. Ce devait être un grand jour pour moi, mais je ne le partageais pas avec Alex. Et je n'avais même pas envie de l'appeler.

L'évidence me sauta aux yeux : nous ne nous aimions plus. Plus du tout.

Et ce fut le troisième pire moment de cette journée.

3

J'étais assise là depuis cinq bonnes minutes, un peu hébétée, quand on frappa à la porte. C'était le coursier apportant ma robe Versace. J'écartai avec précaution le papier cellophane, m'attendant à sauter de joie. Mais je restai clouée au sol, en état de choc : la robe était bleue ! Bon Dieu, elle n'aurait pas dû être bleue ! Ni sans bretelles ! Ces crétins m'en avaient envoyé une autre !

Je téléphonai aussitôt au service de livraison.

— Ici Kim Lange. On ne m'a pas envoyé la bonne robe.

— Comment ça ? dit une voix à l'autre bout du fil.

— C'est bien ce que je voudrais savoir !

— Hmm… fit la voix.

J'attendis la suite, qui ne vint pas.

— Vous devriez peut-être jeter un coup d'œil dans vos dossiers ? suggérai-je sur un ton à couper du verre.

— Bon, je regarde, répondit la voix d'un air de profond ennui.

Apparemment, cet homme avait d'autres priorités, telles que faire ses comptes, regarder la télé, se curer le nez.

— Je dois participer à la remise du prix de la Télévision allemande dans une heure, insistai-je.

— Le prix de la Télévision allemande ? Jamais entendu parler.

— Vos lacunes intellectuelles ne m'intéressent pas. Soit vous regardez immédiatement où est passée ma robe, soit je veillerai à ce que votre boutique ne reçoive plus jamais la moindre commande de la télévision.

— Pas besoin de vous énerver comme ça. Je vous rappelle tout de suite, dit-il, et il raccrocha.

« Tout de suite », c'était vingt-cinq bonnes minutes plus tard.

— Je regrette, votre robe est à Monte-Carlo.

— Monte-Carlo ! hurlai-je.

— Monte-Carlo, confirma l'homme sans la moindre émotion.

Puis il m'expliqua que la robe que j'avais entre les mains était en fait destinée à l'accompagnatrice (euphémisme poli pour désigner une call-girl) du patron d'une boîte d'informatique. C'était elle qui avait ma robe. A Monte-Carlo. Je n'avais donc aucune chance de la récupérer à temps. A titre de dédommagement, on me proposait un bon de réduction. J'étais bien avancée. Je raccrochai brutalement en vouant aux cinq cent mille diables ce type et toute sa descendance.

En désespoir de cause, j'essayai quand même la robe bleue, et constatai à mon grand déplaisir que la jeune « accompagnatrice » était nettement plus mince que moi.

Mais, en me regardant dans la glace, je m'aperçus que la robe remontait ma poitrine, et aussi mes fesses.

J'avais l'air plus sexy que jamais, et même, cette robe cachait mes cuisses encore mieux que celle prévue à l'origine. De toute façon, j'avais le choix entre ça et un jean avec un pull montant dont le col grattait à cause des petits bouts de cheveux coupés par les ciseaux de Lorelei. Je décidai donc de porter la robe pour la cérémonie. Avec l'étole noire qui l'accompagnait, cela devrait aller. Il suffisait de ne pas faire de mouvements trop brusques.

Une fois habillée, je descendis dans le hall de l'hôtel, où tous les hommes présents se mirent aussitôt à me regarder fixement. Sans s'intéresser une seconde à mon visage.

Carstens m'attendait devant l'entrée.

— Ma chérie, ta robe est à couper le souffle ! fit-il, très impressionné.

— A qui le dis-tu ! ahanai-je.

Cette robe m'écrasait la cage thoracique.

Une limousine BMW s'avança vers nous. Le chauffeur m'ouvrit la porte et la tint ouverte pendant les deux minutes et demie qu'il me fallut pour nous caler dans le fond de la voiture, moi et ma robe, sans risquer de déchirer cette dernière.

Le soir tombait. Sous la pluie, nous traversâmes la zone industrielle de Cologne-Ossendorf. C'est dans ce charmant décor de fin du monde que se situait le Coloneum, où devait avoir lieu la remise du prix. En voyant défiler sous mes yeux les bâtiments abandonnés aux vitres cassées, je me sentis de nouveau envahie par la solitude.

J'essayai de combattre ce sentiment en appelant la maison sur mon portable, mais personne ne décrocha. Très probablement, la horde des petits invités cavalcadait à travers la maison, encouragée par la bonne humeur communicative d'Alex. Tout le monde s'amusait. Sans moi. Je me sentis malheureuse comme un chien.

Mais quand la limousine, après avoir franchi trois barrages, stoppa devant un tapis rouge, un flot d'adrénaline balaya mes tristes pensées : plus de deux cents photographes nous attendaient.

Le chauffeur m'ouvrit la porte, je me débattis pour sortir de la limousine aussi rapidement que le permettait ma robe (c'est-à-dire au ralenti), et me retrouvai sous le plus grand orage de flashes de ma vie. Les photographes criaient : « Par ici, Kim ! », « Regarde-moi ! », « Oui, comme ça ! » C'était la folie. L'excitation pure. J'étais enivrée !

Jusqu'à ce que la limousine suivante s'avance à son tour. Aussitôt, les deux cents objectifs se détournèrent de moi et se mirent à mitrailler Verona Pooth, l'ex-miss Allemagne. J'entendis les photographes crier : « Par ici, Verona ! », « Regarde-moi ! », « Oui, comme ça ! »

Je m'assis à côté de Carstens. Les festivités commencèrent. Il fallut cependant subir toute une série de remerciements hypocrites avant que notre grand journaliste Ulrich Wickert se décide à annoncer la catégorie « Meilleure animation d'une émission d'information ». Enfin ! Mon cœur battait la chamade. Les pilotes de jet doivent éprouver la même sensation quand ils passent le mur du son. Et qu'ils s'éjectent de l'appareil pour s'apercevoir qu'ils ont oublié leur parachute.

Après une brève allocution dont je ne captai pas un traître mot, Wickert lut la liste des nominés : « Daniel Kohn, Sandra Maischberger, Kim Lange. » Sur les écrans disposés dans la salle, on nous voyait tous les trois en format géant, chacun s'efforçant de sourire avec décontraction. Mais Daniel était le seul à y parvenir de façon convaincante.

— Et le gagnant de la catégorie « Meilleure animation d'une émission d'information » est…

Wickert s'interrompit pour ouvrir l'enveloppe et marqua une pause calculée. Mon cœur s'accéléra encore. Il battait des records de vitesse. Si ça durait plus longtemps, je courais à la crise cardiaque.

Wickert rompit enfin son silence expressif pour annoncer :

— Kim Lange !

Ce fut comme si un marteau géant m'avait frappée, mais sans douleur. Euphorique, je me levai, serrai dans mes bras Carstens qui me pinçait la joue compulsivement.

Puis je me joignis aux applaudissements.

Je n'aurais pas dû. J'aurais peut-être entendu le « Crrrchhh ».

Ou alors, j'aurais pu m'étonner de voir sourire mon ennemie intime, Sandra Kölling. Elle aurait dû avoir la bave aux lèvres.

Je commençai seulement à m'inquiéter quand, m'avançant vers la scène, j'entendis un premier rire étouffé. Puis un second. Puis un troisième. Puis bien d'autres. Le ricanement enflait peu à peu, jusqu'à devenir un grand rire franc et massif.

Sur la première marche du podium, je me figeai, soudain consciente d'une sensation nouvelle. Comme un courant d'air. Et, aussi, comme une absence derrière moi. D'une main prudente, je tâtai mon postérieur. La robe était déchirée !

Et ce n'était pas tout : pour pouvoir entrer dedans, je n'avais pas mis de culotte !

Je venais de montrer mes fesses à mille cinq cents personnalités !

Et à trente-trois caméras de télévision !

Et donc à six millions de téléspectateurs !

4

En ce deuxième pire moment de la journée, la meilleure chose à faire eût été de monter sur scène en conservant mon sang-froid. J'aurais lancé une plaisanterie sur mon malheur, du genre : « Il faut bien ça de nos jours pour faire la une », après quoi j'aurais pu jouir tranquillement de mon triomphe.

Malheureusement, ce plan ne me vint à l'esprit qu'une fois enfermée à double tour dans ma chambre d'hôtel.

Avec des larmes de rage, je jetai dans les toilettes mon portable qui sonnait continuellement. Le téléphone de la chambre prit le même chemin. Je n'étais pas en état de parler avec des journalistes. Ni avec Alex. Je ne voulais même pas parler à Lilly. En ce moment, elle devait avoir terriblement honte de sa mère. Et ma propre honte en était multipliée.

Mais ce n'était rien à côté de ce qui risquait de se passer les jours suivants. J'imaginais déjà les gros titres : « Prix du popotin allemand pour Kim Lange ! », « Les culottes sont-elles *out* ? », ou encore « Les stars aussi ont de la cellulite ! »

C'est alors qu'on frappa à la porte. Je retins mon souffle. Si c'était un journaliste, je le jetterais lui aussi dans la cuvette des W-C. Ou je m'y jetterais moi-même.

— C'est moi, Daniel !

J'avalai ma salive.

— Kim, je sais que tu es là !

— Je n'y suis pas, fis-je faiblement.

— Pas très convaincant, comme réponse.

— Mais c'est vrai.

— Allez, ouvre-moi.

J'hésitais encore.

— Tu es seul ?

— Bien sûr.

Après un instant de réflexion, je finis par ouvrir la porte. Daniel était là, une bouteille de champagne dans une main et deux coupes dans l'autre. Il me souriait, exactement comme si rien ne s'était passé. Cela me fit du bien.

— On va quand même trinquer, non ? dit-il en plongeant son regard dans mes yeux noyés de larmes.

Aucun son ne parvenait à sortir de ma bouche. Il essuya une larme sur ma joue.

Je souris. Il entra dans la chambre. Nous n'eûmes même pas le temps d'ouvrir la bouteille.

5

Je n'avais pas fait l'amour comme ça depuis des années. Ce fut merveilleux, fantastique, supercalifragilisticexpidélilicieux !

Ensuite, je me sentis parfaitement bien, couchée dans les bras de Daniel. Et ça, c'était terrible. Merveilleux, mais terrible. Comment pouvais-je me sentir si bien ? Je venais pourtant de tromper mon mari. Et donc ma fille, du même coup.

Je ne pouvais pas rester couchée comme ça plus longtemps. Je me levai et m'habillai. Pas avec la robe déchirée, bien sûr. Celle-là, je la jetterais à la poubelle dès le lendemain matin. Je pris mon jean et mon col roulé qui grattait.

— Où vas-tu ? demanda Daniel.

— Juste prendre un peu l'air.

— Mais c'est plein de reporters, en bas, objecta-t-il, inquiet.

— Je vais sur le toit.

— Je peux t'accompagner ? dit-il avec sollicitude.

Surprise, je le regardai dans les yeux. Il paraissait sincère. Eprouvait-il réellement quelque chose pour moi ? Ou bien craignait-il simplement que je ne saute du toit ?

— Je n'en ai pas pour longtemps, dis-je.

— Promis ?

— Promis.

Il me regarda. Je n'étais pas sûre de savoir à quoi il pensait.

— Je ne veux pas te poser de questions, dis-je, donc je ne te le demande pas… mais… est-ce que tu…

— Oui, je t'attends ici, répondit-il.

J'étais contente. Bien sûr, je ne savais pas trop si je devais le croire. Mais ça faisait plaisir quand même.

J'enfilai mes chaussures et sortis de la chambre. Ce fut ma dernière promenade dans la peau de Kim Lange.

6

En orbite depuis 1993, la station spatiale Photon M3 servait aux savants russes à réaliser des expériences médicales, biologiques, et à tester du matériel scientifique. Le jour de la remise du prix de la Télévision allemande, la base de Baïkonour commanda le retour de cette station, devenue obsolète, vers l'atmosphère terrestre où elle devait se consumer. Mais les ingénieurs du centre de contrôle durent alors se rendre à l'évidence : l'angle d'entrée dans l'atmosphère n'était pas tout à fait conforme à leurs calculs. Au lieu de se désintégrer, la station ne fut détruite qu'à quatre-vingt-dix-huit pour cent. Les deux pour cent restants furent dispersés sur tout le nord de l'Europe.

Pourquoi je raconte ce fiasco ? Parce que le foutu lavabo de cette foutue station spatiale a atterri sur ma tête !

J'étais debout sur le toit-terrasse de l'hôtel à contempler les lumières de Cologne *by night*, seule avec mes pensées confuses. Daniel parlait-il sérieusement ? Devais-je me séparer d'Alex ? Comment Lilly réagirait-elle ? Dans quarante ans, mon postérieur dénudé figurerait-il encore dans les bêtisiers du monde entier ?

C'est alors que je vis quelque chose briller dans le ciel. C'était très beau : ça ressemblait à une étoile filante. Je fermai les yeux et fis un vœu : « Que tout s'arrange… »

A travers mes paupières fermées, je vis la lueur grandir, devenir aussi brillante qu'un fanal. Puis vint le bruit. Un bruit assourdissant ! J'ouvris brusquement les yeux, juste à temps pour voir une boule de feu foncer droit sur moi.

Je compris aussitôt que je n'avais aucune chance de l'éviter. Je n'eus que le temps de me dire : « C'est vraiment dingue de mourir comme ça ! »

Ensuite, comme c'est l'usage en pareil cas, « toute ma vie défila devant mes yeux ». Dommage qu'on ne puisse pas revoir seulement les bons moments. Mon œil spirituel vit passer les images suivantes :

• Je suis toute petite, mon père me fait sauter sur ses genoux. Je suis emplie d'une confiance absolue.

• Papa me fait faire de la balançoire au square. La confiance originelle m'emplit toujours.

• Papa sent le pain chaud.

• Papa nous quitte pour la boulangère. Au temps pour la confiance originelle.

• Je prépare le petit déjeuner de maman. J'ai sept ans.

• Je suis le mouton noir à l'école.

• Je fais la connaissance de Nina. Elle est comme moi. Maintenant nous sommes deux moutons noirs.

• Nina et moi, nous parions sur laquelle de nous deux perdra la première son innocence. Nous avons treize ans.

• Un an plus tard. J'ai gagné le concours. J'aurais préféré perdre.

• Mon père déménage. Où, je n'en ai aucune idée.

• Je traîne dans le quartier avec Nina. Beaucoup d'alcool, un peu d'ecstasy, et beaucoup de maux de tête.

• Enfin le bac. Embrassades avec Nina.

• Je rencontre Alex à Venise. Je l'aime.

• Alex, Nina et moi passons nos vacances ensemble. Je constate qu'elle l'aime aussi.

• Lui aussi a des sentiments pour elle.

• Il se décide pour moi. Ouf !

• Je crie à Nina que je ne veux plus jamais la revoir.

• Alex et moi, nous nous marions à l'église San Vincenzo de Venise. J'explose presque de bonheur.

• Naissance de Lilly. Le contact de sa peau sur mon ventre, meilleur moment de ma vie. Pourquoi ne peut-il durer toujours ?

• J'ai oublié notre anniversaire de mariage.

• Je me dispute avec Alex. Il a acheté un cochon d'Inde enceinte à Lilly.

• Je jure à Lilly que nous passerons bientôt une belle journée ensemble.

• Ulrich Wickert annonce : « Kim Lange. »

• Je montre mes fesses à six millions de personnes.

• Je couche avec Daniel.

• Je fais le vœu que tout s'arrange.
• Le lavabo en feu d'une station spatiale russe fonce sur moi.

Après ce rapide passage en revue de mon existence, je vis soudain la lumière. Celle dont parlent les gens dont le cœur s'est arrêté pendant quelques minutes et qui sont ensuite revenus à la vie.

Je vis la lumière.
Plus brillante à chaque instant.
Merveilleuse.
Elle m'enveloppa.
Douce.
Chaude.
Remplie d'amour.
Je la pris dans mes bras et entrai en elle.
Je me sentais si bien.
Tellement en sécurité.
Tellement heureuse.
J'avais retrouvé la confiance originelle.

Et puis je fus rejetée loin de cette lumière. Je perdis conscience.

Quand je m'éveillai à nouveau, je m'aperçus que j'avais une tête énorme.

Et un arrière-train insensé.
Et six pattes.
Et deux très longues antennes.

Et ce fut le numéro un des pires moments de cette journée !

7

Il n'existe qu'une seule réaction normale quand on se réveille subitement dans un corps de fourmi : on ne le croit pas.

Au lieu de cela, j'essayai de reconstituer ce qui m'était arrivé : j'avais reçu un lavabo russe sur la tête, puis j'avais vu la lumière. Mais elle m'avait rejetée. Autrement dit : j'étais encore en vie. Sûrement, mon cerveau avait subi quelques dégâts. Oui, ça devait être ça ! J'étais dans le coma, et, d'un instant à l'autre, j'allais entendre les fameuses voix :

« Signes vitaux stables !

— Mais ses fonctions cérébrales semblent interrompues.

— Je prépare une nouvelle transfusion.

— Il faudra aussi faire une injection d'adrénaline, en intraveineuse.

— Mon Dieu, comme elle est belle, couchée comme ça !

— Mais qui êtes-vous, monsieur ?

— Daniel Kohn ! »

Bon sang ! Même dans une situation pareille, je pensais à Daniel !

Mais… si j'étais dans le coma, pourquoi mon cerveau s'imaginait-il que j'étais une fourmi ? Cela provenait-il d'un traumatisme d'enfance ? Et si oui, quel genre de traumatisme peut amener une personne dans le coma à se prendre pour une fourmi ?

Je me grattai pensivement l'antenne avec ma patte avant gauche. Cela mit tous mes autres sens en révolution. Apparemment, ce truc servait à la fois pour le toucher, le goût et l'odorat. Ma patte était dure, avait un goût salé et une odeur de « va prendre une douche tout de suite ».

Ce débordement sensoriel était trop violent pour moi.

Paniquée, je me demandai comment entrer en contact avec les médecins et les infirmières. Si j'essayais de crier très très fort, peut-être entendraient-ils un murmure ? Ils comprendraient que j'étais encore consciente et me délivreraient de ce cauchemar. Je me mis donc à hurler de toutes mes forces :

— Au secours ! A l'aide !

Ma voix de fourmi était extraordinairement stridente. Un peu comme celle de mon ancienne prof d'anglais, juste avant qu'elle soit internée pour plusieurs mois en hôpital psychiatrique.

— Au secours ! Mon cerveau n'est pas mort ! Est-ce que quelqu'un m'entend ? criai-je d'une voix de plus en plus aiguë.

— Bien sûr que je t'entends. Tu fais assez de bruit, répondit une voix pleine de bonté.

Je sursautai. Mais j'étais contente. On m'avait entendue. Les médecins avaient trouvé le contact avec moi ! Alléluia ! Pour un peu, j'aurais dansé la gigue sur mes six pattes.

— Pouvez-vous me sortir du coma ? demandai-je avec espoir.

— Mais tu n'es pas dans le coma, répondit la voix aimable.

J'éprouvai un choc. Si je n'étais pas dans le coma, où étais-je ? Et qui me parlait ?

— Retourne-toi.

Lentement, je me retournai – mon premier virage à 180 degrés sur six pattes. Nettement plus difficile qu'un créneau en marche arrière avec un poids lourd et un taux d'alcoolémie frisant le retrait de permis.

Quand j'eus fini de démêler mes pattes de derrière, j'identifiai un peu mieux les lieux : j'étais juste sous la surface de la terre, dans une galerie visiblement creusée par des fourmis. Et une fourmi se tenait devant moi. Une fourmi extraordinairement grosse. Elle me souriait avec douceur. Comme le père Noël. Un père Noël à qui on aurait fait manger des biscuits au haschich.

— Comment ça va ?

Indubitablement, c'était la fourmi qui avait parlé. A présent, c'était officiel : mon cerveau avait rendu son tablier.

— Tu es sans doute un peu troublée, Kim.

— Tu… tu connais mon nom ? demandai-je.

— Naturellement, dit la grosse fourmi en souriant. Je connais tous les noms.

Une réponse qui soulevait davantage de questions qu'elle n'en résolvait.

— Tu veux sans doute savoir qui je suis, reprit la fourmi.

— Ça, et aussi comment je fais pour sortir de ce cauchemar.

— Ce n'est pas un cauchemar.

— Une hallucination, alors ?

— Non plus.

— Mais alors, quoi ?

En posant cette question, je pressentais que la réponse n'allait pas me plaire.

— C'est ta nouvelle vie.

A ces mots, mes maigres petites pattes se mirent à trembler, tandis que mes antennes battaient frénétiquement l'air.

8

— Siddharta Gautama, dit la grosse fourmi d'un ton plein de bonté.

— Pardon ? fis-je, complètement dépassée par les événements.

— C'est mon nom.

Siddharta... ce n'était pas un film avec Keanu Reeves ? Alex m'y avait traînée – il avait un faible pour les films d'art et d'essai où on s'ennuie tellement qu'au bout de vingt minutes, on va aux toilettes, et là, on aime encore mieux lire les graffitis sur les portes et les cloisons. Dans ce film, *Siddharta*, il était question de...

— Bouddha, dit la grosse fourmi. Tu me connais sans doute mieux sous ce nom.

Je ne savais pas grand-chose de Bouddha. J'aurais peut-être dû faire plus attention au film, au lieu de rêvasser sur Keanu Reeves torse nu. En tout cas, je savais au moins une chose avec certitude :

— Bouddha n'est pas une fourmi.

— J'apparais aux hommes sous la forme dans laquelle leur âme s'est réincarnée. Tu es réincarnée en fourmi, je t'apparais donc comme une fourmi.

— Réincarnée ? bégayai-je.

— Réincarnée, répéta Bouddha[1].

— D'accord, d'accord, d'accord, m'empressai-je d'acquiescer avant que mon cerveau n'éclate. Supposons que je croie à tout ça, ce qui bien sûr n'est pas le cas, parce que c'est tellement absurde qu'il est impossible d'y croire et que par conséquent, je ne peux pas le croire, même si…

— Où veux-tu en venir ? m'interrompit Bouddha.

J'essayai de raccrocher les wagons :

— Si… si tu es Bouddha, et si je suis réincarnée… alors, pourquoi en fourmi ?

— Parce que tu n'as pas mérité autre chose.

— Qu'est-ce que ça veut dire ? Que je n'étais pas quelqu'un de bien ? dis-je avec colère.

Je n'avais jamais pu supporter les humiliations.

Bouddha se contenta de me regarder, sans cesser de sourire.

— Les dictateurs ne sont pas des gens bien ! protestai-je. Les politiciens non plus, ni, à mon avis, les programmateurs de télévision, mais sûrement pas moi !

— C'est pourquoi les dictateurs se réincarnent en autre chose, répliqua Bouddha.

— En quoi ?

— En bactéries intestinales.

1. Mémoires de Casanova : « Quand Bouddha, il y a plusieurs siècles, me révéla que je devrais désormais passer mon existence sous la forme d'une misérable fourmi, une affreuse pensée oppressa mon âme plus que tout : jamais plus il ne me serait accordé de vivre de folles nuits d'amour. »

Tandis que j'essayais de m'imaginer Hitler et Staline s'ébattant à l'intérieur d'un côlon, Bouddha plongea son regard dans mes trois petits yeux frontaux.

— Mais les êtres humains qui n'ont pas été bons pour les autres reviennent sous forme d'insectes.

— Qui n'ont pas été bons ?

— Qui n'ont pas été bons.

— Je n'ai pas été bonne pour les autres ?

— Exactement.

— D'accord, d'accord, je n'ai peut-être pas toujours été parfaite. Mais qui l'est ? demandai-je avec aigreur.

— Plus de gens que tu ne le penses.

Bouddha ajouta :

— Fais pour le mieux dans ta nouvelle vie.

Puis il se détourna et s'en alla en sifflotant gaiement vers l'issue de la galerie.

Je n'arrivais pas à comprendre. Pas bonne ? Je n'aurais pas été bonne pour les autres ?

— Attends ! m'écriai-je en courant après lui. On n'a pas fini !

Il poursuivit son chemin sans se retourner.

— J'ai été bonne pour les autres, très bonne, même ! Meilleure que n'importe qui ! lui criai-je. J'ai tous les reçus à la maison !

Je courais toujours plus vite dans le tunnel escarpé. Jusqu'au moment où mes pattes de derrière se sont emmêlées avec mes pattes du milieu et où j'ai trébuché. Je me suis écrasée contre le mur, un tas de terre m'est tombé dessus, et, le temps que je libère mes antennes des mottes humides, Bouddha s'était évanoui dans les airs.

9

J'étais seule dans la galerie avec mes pensées, qui devaient être trois millions à se débattre dans ma tête, essayant d'attirer mon attention. Au début, on aurait pu croire que l'argument « L'année dernière, j'ai participé à neuf galas de charité » allait l'emporter. Puis une autre pensée réussit à se faufiler un court instant en première position : « De quel droit cette fourmi obèse me juge-t-elle ? » Mais un simple constat battit tout le monde sur la ligne d'arrivée : « Et merde ! Je suis vraiment morte ! »

Avant que j'aie pu réaliser ce que cela signifiait, un bruit de piétinement me détourna de mes pensées. On aurait dit un régiment qui approchait – ce qui était bel et bien le cas. Un régiment de fourmis. Venant de la direction dans laquelle Bouddha avait disparu. Et mené avec autorité par une fourmi-chef dont, grâce à mes antennes, je distinguais parfaitement les paroles malgré la distance. Elle vociférait des phrases du genre : « Plus vite, bande de feignantes », « Je vais vous apprendre à avancer », ou encore : « Vous avez intérêt à marcher droit, sinon, je vous fourre mes antennes dans l'orifice arrière ! »

Un stage de motivation positive au travail en équipe aurait fait le plus grand bien à cette chef. Dix ouvrières la suivaient, traînant quelque chose qui ressemblait à un morceau de ces oursons gélifiés bio qu'affectionnait Nils, un copain de Lilly. Nils était le type même du gamin qui met vos nerfs à rude épreuve. Je me souvins de ma dernière conversation avec lui. Je lui avais dit de ma voix la plus douce : « Si tu me traites encore une fois de sale conne, un monstre viendra te chercher la nuit pour coudre ta petite bouche malpolie. »

— Hé, toi, viens par ici ! cria la chef.

Je la regardai sans comprendre.

— Oui, c'est à toi que je parle !

Je ne savais comment réagir. Après tout, ce n'est pas tous les jours qu'on se fait interpeller par une fourmi.

— A quelle unité appartiens-tu ?

— Je... je ne sais pas, répondis-je avec autant de sincérité que de manque d'à-propos.

La chef se radoucit un tantinet :

— Ah, j'comprends, tu viens du grand brouillard.

— Quel grand brouillard ?

— Le grand brouillard qui apparaît quelquefois, là-dehors. La plupart de ceux qu'il prend meurent misérablement. Les chanceux comme toi deviennent fous ou aveugles. Ou les deux.

Ce grand brouillard ressemblait fort à l'insecticide dont je m'étais plus d'une fois servie – en vain – pour chasser les fourmis de notre terrasse.

— Euh... oui, j'ai été victime du grand brouillard, répondis-je.

— Je suis le commandant Krttx.

Cela fit un bruit de crécelle. Ce qui m'étonnait, ce n'était pas seulement l'absence de voyelles dans son nom, mais aussi les nombreuses cicatrices visibles sur son corps. Les avait-elle gagnées au combat ?

— Comment t'appelles-tu ? demanda Krttx.

— Kim.

— Qu'est-ce que c'est que ce nom-là ?

J'entendais des petits rires étouffés parmi les soldates.

— Silence dans le rang ! cria Krttx.

Apparemment, elle avait du mal à supporter qu'on s'amuse.

— Suis-nous, Kim, dit-elle.

Dans sa bouche, mon prénom sonnait comme une injure particulièrement ignominieuse.

— Non merci, répondis-je.

Il ne manquait plus que ça ! J'étais morte, et en plus, j'aurais dû traîner des oursons en gélatine !

— Suis-nous !

— Si vous le prenez sur ce ton, sûrement pas.

Je n'aimais pas du tout qu'on me crie dessus. Quand quelqu'un élevait la voix lors d'une discussion avec mon entourage, c'était généralement moi.

— Ah oui ? Et quel ton aimerais-tu entendre ? demanda Krttx d'une voix doucereuse.

— Un ton mesuré, répondis-je.

— SUIIIIIIIIIIIS-NOOOOOOOOOOOOOUS ! rugit Krttx avec une telle force que mes antennes vibrèrent.

Puis elle me demanda, encore un peu plus doucement que la première fois :

— Et comme ça, c'était assez mesuré ?

— Pas vraiment.

Cette fois, la fourmi-chef était vraiment enragée.

— Tu viens avec nous tout de suite, siffla-t-elle.

— Et pourquoi donc ?

— Parce que sinon, je te casse le cou !

L'argument était assez convaincant.

Réduite au silence, j'intégrai les rangs et portai avec les autres ouvrières le morceau d'ourson en gélatine. Il était gluant et puait la fraise synthétique. Nous le traînions le long d'une galerie interminable qui s'enfonçait toujours plus profondément dans la terre humide. Je n'avais pas transpiré comme ça depuis longtemps. Je n'avais jamais été du genre sportif. Chaque fois qu'Alex me demandait si je ne voulais pas faire un peu de jogging avec lui, je répondais : « Si Dieu avait voulu que les hommes fassent du jogging, il aurait créé des tenues de jogging plus seyantes. »

Je peinais donc sous le poids de cet amas de gélatine et de sucre, tout comme les autres fourmis qui m'entouraient, évitant d'échanger le moindre regard – l'intimidation fonctionnait assez bien sur cette troupe.

Au bout d'un moment, je m'adressai à la petite fourmi qui marchait à côté de moi :

— Tu es réincarnée toi aussi ?

Mais, avant que la jeune ouvrière ait pu dire un seul mot, Krttx me lança :

— Toi, la nouvelle ! Tu sais ce que je fais à celles qui parlent pendant le boulot ?

— Vous leur cassez le cou ?

— Après leur avoir arraché les antennes.

Plus nous étions exténuées, plus Krttx devenait inventive dans la menace. Vers la fin, elle se proposait de faire des choses extrêmement désagréables avec nos glandes sexuelles. Mais j'étais déjà trop épuisée pour l'entendre. Mes pattes chancelaient sous le poids du fragment d'ourson gélifié, mes antennes percevaient l'odeur piquante de ma propre sueur, et j'aspirais à un bain moussant bien chaud aux arômes ayurvédiques. Même si je me doutais qu'une fourmi n'avait que rarement l'occasion de goûter à un bain moussant ayurvédique. Et dans ce cas, seulement sous forme de cadavre noyé voué à disparaître dans les canalisations.

Enfin, nous approchions de la fin de la galerie. Un bourdonnement formidable nous parvenait, enflant à chacun de nos pas. Et soudain m'apparut un spectacle qui me coupa le souffle : la cité des fourmis ! Une immense caverne souterraine, baignée par la lumière qui y pénétrait par des galeries innombrables et qui, à mes yeux sensibles, l'éclairait comme en plein jour.

Des centaines, des milliers, des dizaines de milliers de fourmis bourdonnaient, grouillaient et couraient en tous sens.

Chacune savait où elle allait dans ce royaume qu'elles avaient créé, fait d'amas de nourriture, d'entrepôts de couvain et de pistes battues. J'étais subjuguée.

Je suppose qu'on éprouve la même chose quand, ayant grandi dans une ferme, on se retrouve au Caire à une heure de pointe au milieu de la circulation.

Je vis les fourmis ailées passer au-dessus de nos têtes en formation de vol. J'observai les ouvrières creusant, avec une discipline extraordinaire, des cellules dans les parois de terre. Je m'étonnai de voir les soldates traîner la nourriture jusqu'au sommet d'immenses cônes. C'était le chaos, mais poussé à la perfection. Ou était-ce la perfection poussée jusqu'au chaos ? Quoi qu'il en soit, le spectacle était grandiose.

Soudain, deux fourmis ailées passèrent en rase-mottes au-dessus de nos têtes, vrombissant comme des Cessnas et riant avec insolence :

— Regarde-moi ces ouvrières avec leur cul de plomb !

— Ça doit être vraiment très con de vivre sans ailes.

— Oui, heureusement qu'on n'est pas des femelles.

Furieuse, Krttx les suivit des yeux en maugréant :

— Crétins de mâles ! Totalement inutiles dans ce monde.

Et je me dis : voilà une phrase qu'on entend souvent aussi dans la bouche des femmes humaines.

— Tout ce qu'ils savent faire, c'est féconder la reine, pesta encore Krttx.

Et je pensai que cette phrase-là, on ne l'entendait pas souvent dans la bouche des femmes humaines.

Je regardai s'éloigner les fourmis ailées. Dans mon ravissement, je n'entendais même plus les imprécations de Krttx. Dommage, car sans cela, je l'aurais entendue me dire : « Bouge-toi de là, ou je te mords le derrière ! »

— Aïe ! criai-je très fort, et je me remis en marche.

Portant notre fardeau gélatineux, nous arrivâmes enfin devant un tas de nourriture, et je m'aperçus alors qu'il s'agissait uniquement de déchets provenant des hommes : ici un reste de gaufrette fourrée, là un petit bout de chocolat, ailleurs un demi-caramel… A cette vue, une question me vint malgré moi : les fourmis pouvaient-elles avoir du diabète ?

Quand nous eûmes déposé notre bout de gélatine sucrée, nous étions toutes rompues de fatigue. Krttx nous conduisit à notre lieu de repos, un creux dans le sol, non loin de la réserve de nourriture. Toute la troupe s'écroula aussitôt par terre et se mit à en écraser ferme. A l'exception de la jeune fourmi à qui j'avais adressé la parole dans la galerie.

— Je m'appelle Fss, dit-elle.

— Salut, Fss, moi c'est Kim, répondis-je.

— Quel drôle de nom, ricana-t-elle.

— Et c'est quelqu'un qui s'appelle Fss qui me dit ça ! répliquai-je avec amertume.

Ces fourmis commençaient vraiment à me courir sur le haricot.

— Tout à l'heure, tu m'as demandé quelque chose, reprit Fss.

Cela me réveilla d'un seul coup.

— Oui, je voulais savoir si tu étais réincarnée toi aussi.

Se pouvait-il que cette jeune fourmi ait connu le même sort que moi ? Se pouvait-il même que je ne sois pas la seule, mais que toutes les fourmis soient des humains réincarnés ?

Fss me regarda, pencha la tête de côté pour réfléchir. Longtemps. Puis elle demanda d'un air candide :

— Ça veut dire quoi, « réincarnée » ?

C'était la fin de mes espoirs.

10

La grande cité plongea peu à peu dans le silence. Les fourmis avaient cessé de bourdonner, de grouiller et de courir en tous sens. Ce n'était donc pas « la ville qui ne dort jamais ». Cependant, je ne trouvais pas le sommeil auquel mon corps aspirait si ardemment.

Je n'avais pas imaginé la mort comme cela. Plus exactement, je n'avais jamais imaginé la mort. J'étais bien trop occupée par ma vie frénétique. Par toutes sortes de choses sans importance (exemple : ma déclaration de revenus), importantes (exemple : ma carrière) ou essentielles (exemple : les massages relaxants). Mon dernier massage relaxant datait du jour où Alex avait dû confectionner ces stupides œufs de Pâques avec Lilly pour la fête du jardin d'enfants…

Lilly ! Mon Dieu ! Je ne reverrais plus jamais ma petite fille !

Ma gorge se serra : je ne serais pas là quand Lilly mettrait sous son oreiller la première dent pour la petite souris. Ni pour son premier jour d'école. Ni la première fois qu'elle irait au cinéma. Ni à sa première leçon de piano. Ni pour ses premières règles… bon, d'accord, ça je pouvais peut-être m'en passer.

Mais le reste !

Désormais, Lilly devrait vivre sans moi.

Et moi sans elle.

C'est à cet instant que je sus que les fourmis aussi ont un cœur.

Il était situé juste derrière mes pattes arrière, dans mon gros postérieur.

Et, quand je pensais à ma petite fille, il avait bougrement mal.

Un cri déchira tout à coup le silence de la nuit :

— Arrêtez-le !

Près de moi, les fourmis s'éveillèrent à contrecœur. Grâce à la faible clarté lunaire qui filtrait par les galeries, j'aperçus au sommet de la voûte de terre la cause de toute cette agitation : une fourmi mâle fuyant à une allure insensée. Poursuivie par une douzaine d'autres fourmis volantes[1].

C'était un spectacle extraordinaire.

Le fugitif tentait d'atteindre l'une des galeries qui, depuis le sommet de la voûte, menaient à la surface. Ses poursuivants cherchaient à toute force à lui couper la route, mais il leur échappait sans cesse par des loopings et des virages audacieux. Je ne le connaissais pas et n'avais pas la moindre idée de l'enjeu, mais

1. Mémoires de Casanova : « Quand, après l'acte d'amour, fort peu édifiant, la reine me demanda : "Etait-ce bien pour toi aussi ?", je n'aurais certes pas dû lui donner tant de détails sur ses piètres prouesses amoureuses. »

j'espérais qu'il y arriverait. Je sentais bien que, sans cela, ça risquait de très mal se terminer pour lui.

— Ils vont l'avoir, dit Krttx d'un ton qui laissait entendre que ce n'était pas la première fois qu'elle assistait à une scène de ce genre.

Pour le moment, les choses semblaient bien se passer pour le fugitif : il se rapprochait toujours plus du tunnel salvateur, et s'y engouffrerait sans doute bientôt. A présent, je l'enviais sérieusement : moi aussi, j'aurais bien voulu avoir des ailes. Avec ça, j'aurais pu m'enfuir de cette sinistre fourmilière. Peut-être même arriver jusqu'à ma petite Lilly.

Juste comme le fugitif allait disparaître dans la galerie, trente nouvelles fourmis ailées jaillirent soudain d'une chambre de la paroi.

— D'autres amants de la reine, commenta Krttx.

Un instant, je me demandai ce que la reine pouvait bien faire de tous ces soupirants. Puis je m'aperçus que je préférais ne pas le savoir.

Furieux, les chasseurs montèrent en chandelle, fonçant droit sur la fourmi fugitive, à qui ils coupèrent la route juste devant l'entrée de la galerie.

— Cette fois ils vont le tuer, dit Krttx du ton blasé de celle qui en a vu d'autres.

C'était vrai : toutes les fourmis se jetèrent sur le fugitif, qui, vaincu par le nombre, disparut sous la masse volante. On ne voyait plus qu'un nuage vrombissant qui tournait sur son axe à toute vitesse.

Bientôt, les chasseurs s'écartèrent du fugitif, qui tomba comme une pierre en direction du sol. Etait-il mort, ou seulement inconscient ?

— Fichez le camp ! nous cria Krttx.

Toutes les fourmis de ma troupe se mirent à courir vers les quatre points cardinaux. Seule, je ne bougeai pas, fascinée par le spectacle de la fourmi qui tombait, et c'est alors que je compris pourquoi les autres s'enfuyaient : elle tombait droit sur moi !

Une décharge électrique me vrilla le crâne. Chez les fourmis, ce devait être le signal d'alarme qui déclenchait l'instinct de fuite – quelque chose d'encore plus bête qu'un mal de tête humain.

Tout mon corps avait basculé en mode fuite. Pourtant, ma raison voyait autre chose : si la fourmi s'écrasait sur moi, j'étais morte. Et si j'étais morte, je sortais de ce cauchemar.

Peut-être.

Ça valait le coup d'essayer.

Je restai immobile. Le signal électrique dans ma tête devenait toujours plus violent, comme pour me dire : Vas-y, c'est le moment ou jamais de bouger tes petites pattes !

Mais, luttant contre la douleur, je me cramponnai fermement au sol. Je n'avais pas infligé une telle violence à mon corps depuis l'âge de douze ans, quand, au cours d'un jeu, on m'avait forcée à embrasser le gros Denis.

— Tu es folle ou quoi ? s'écria Krttx en me poussant hors de la zone d'impact.

En faisant cela, elle avait risqué sa vie. Son vocabulaire était certes composé à soixante-dix pour cent d'injures, mais, comme chef, on pouvait dire qu'elle s'investissait pour ses troupes. De quel chef humain peut-on en dire autant ? Personnellement, je n'aurais jamais risqué ma vie pour mes assistantes de rédaction ! Un jour, je m'étais cassé un ongle en aidant la grosse Sonia – j'évitais de recruter des gens plus beaux que moi – à dégager sa manche du broyeur à papier. Après quoi j'avais décidé que désormais, je laisserais les Sonia de ce monde à leur destin broyé.

L'acte courageux de Krttx était cependant inutile : juste avant de s'écraser au sol, la fourmi revint à la vie. Elle battit des ailes – la gauche, déchirée, avait des trépidations. Les battements précipités freinèrent un peu sa chute, mais pas complètement. Elle fit un atterrissage en catastrophe juste à côté de moi, et je sentis le sol vibrer sous l'impact. Hébétée, la fourmi regardait dans ma direction, sans paraître me voir. Elle voulut s'enfuir sur ses pattes, mais celles-ci refusèrent de la porter. Elle tenta de se traîner sur le sol, ce qui lui arracha un cri de douleur qui me serra le cœur.

— Emmenez-le ! ordonna Krttx.

Les autres fourmis de ma troupe se précipitèrent sur le pauvre diable. Elles le frappèrent de leurs pattes, le mordirent avec leurs mandibules, tout en poussant des hurlements belliqueux – un vrai carnage.

Ne pouvant supporter ce spectacle, je fis ce que la plupart des gens auraient fait en pareil cas : je regardai ailleurs. Je me couvris même les yeux de mes pattes, ce qui est un exploit quand on a six yeux et six pattes.

Cependant, je ne pouvais pas aveugler ma conscience. Ne devais-je pas intervenir – comme Alex l'avait fait à Venise, en me défendant courageusement contre Salvatore le peloteur ?

D'un autre côté, j'avais ici affaire à des fourmis, pas à des Italiens.

Encore d'un autre côté : pourrais-je jamais me regarder à nouveau dans une glace si je ne faisais rien ?

Mais encore d'un autre côté : en tant que fourmi, je n'aurais sans doute plus jamais à me regarder dans une glace.

Mais encore d'encore un autre côté : c'était tellement insupportable que je n'y tenais plus. Je criai aux fourmis :

— Espèces de salopes !

Elles continuèrent sans s'émouvoir. Sans doute n'avais-je pas choisi l'injure la plus appropriée à la situation.

Je criai donc, en élevant un peu la voix :

— Arrêtez ! C'est inhumain !

— Inhumain ? bafouilla le fugitif.

Les fourmis le battaient toujours comme plâtre, mais il semblait ne plus s'en apercevoir. Toute son attention était concentrée sur moi.

— Inhumain… les fourmis… ne connaissent pas… ce mot… êtes… êtes-vous… vous aussi… réincarnée ?

Ce fut un choc : je n'étais pas le seul ancien être humain ici ! Je n'étais plus seule avec mon destin ! Et puis, s'il y avait encore d'autres humains réincarnés dans cette fourmilière, nous pourrions peut-être, ensemble, trouver un moyen d'en sortir ?

Je voulus empêcher les autres fourmis de continuer à le frapper :

— Arrêtez, maintenant ! Vous allez le tuer !

A ma grande surprise, Krttx m'approuva :

— Elle a raison, ça suffit !

Les fourmis lâchèrent leur victime, qui demeura immobile, trop faible pour parler. Elle semblait consacrer toutes les forces qui lui restaient à me regarder. Krttx se dressa devant le fugitif, tendit vers lui son abdomen bosselé et l'aspergea d'un énorme jet noirâtre. De l'acide formique.

J'eus tout juste le temps de lui poser une dernière question :

— Comment t'appelles-tu ?

— C... Ca...s..., fit-il avant de sombrer dans l'inconscience[1].

---

1. Mémoires de Casanova : « De toutes mes tristes vies de fourmi, il ne m'arriva que trois fois de croiser le chemin d'un autre humain réincarné. Le premier fut Gengis Khan, de sinistre mémoire. A ce qu'il me conta, il avait déjà traversé plusieurs vies douloureuses, l'une d'elles sous la forme d'une puce de porc. Je ris beaucoup à ce récit. Mais lui, tremblant de rage de me voir si amusé : "Autrefois, je t'aurais fait jeter dans l'huile bouillante. Mais je suis plus paisible à présent." Ayant dit, il fit à mes antennes un véritable nœud gordien. Par la suite, je pris grand soin d'éviter la route du "paisible" Khan. Le second homme réincarné que je rencontrai fut une fourmi qui se présenta à moi sous le nom d'Albert Einstein. Albert supportait son sort avec patience, faisant seulement cette remarque que l'univers lui semblait à présent bien plus relatif encore qu'il l'avait cru possible. Quant au troisième être humain avec qui je liai connaissance sous ma forme d'insecte, ce fut madame Kim. La créature qui allait changer du tout au tout ma misérable existence. »

Les autres fourmis emportèrent le fugitif en le traînant. Je demandai à la petite Fss ce qu'il allait advenir de lui.

— C'est la reine qui en décidera, me répondit-elle.

— Et que va-t-elle décider ? insistai-je.

— Soit elle le fait exécuter en public…

— Et sinon ? fis-je, la gorge serrée.

— Sinon, elle le fait exécuter sans spectateurs.

C'était trop bête : à peine venais-je de rencontrer un autre humain réincarné qu'il me fallait déjà envisager d'assister à son enterrement.

11

Les autres fourmis dormaient, respirant bruyamment dans leur sommeil. Certaines étaient agitées de petits soubresauts nerveux – celles-là rêvaient. Peut-être de nourriture. Ou du fugitif. Ou peut-être se demandaient-elles dans lequel de leurs orifices Krttx allait pouvoir fourrer ses antennes.

Les scientifiques ne se sont encore jamais avisés que les fourmis aussi rêvent. Il faut dire qu'ils ne s'intéressent pas beaucoup à ce genre de chose. Sinon, ces messieurs auraient depuis longtemps trouvé le moyen de fabriquer un bon café soluble. Au lieu de quoi ils envoient des stations spatiales s'écraser sur la tête d'innocents citoyens. Merci bien ! Je m'imaginai aspergeant le visage des savants russes responsables de ma mort d'une bonne giclée d'acide formique.

Mon Dieu, ça faisait à peine un jour que j'étais morte, et déjà je commençais à penser comme une fourmi !

Cédant à l'autoapitoiement, je pensai à toutes les choses que je ne connaîtrais plus : les razzias dans les boutiques de Manhattan, les baisers de Daniel Kohn, les séances de remise en forme, être au lit avec Daniel

Kohn, les spaghettis aux gambas chez l'Italien du coin, les déclarations d'amour de Daniel Kohn…

A cet instant, je m'aperçus que Daniel Kohn revenait un peu trop souvent dans mes pensées en comparaison de mon mari.

Mais était-ce mal ?

Après tout, notre mariage était au bout du rouleau. En plus, j'étais morte. Alors, j'avais bien le droit de penser tranquillement à un autre homme !

Et, bercée par le souvenir supercalifragilisticexpidélilicieux de l'amour avec Daniel Kohn, je m'endormis.

Je fis un rêve formidable, où j'étais redevenue un être humain. Quelle sensation merveilleuse ! J'avais de nouveau deux yeux, deux jambes, dix orteils aux ongles laqués – tout avait repris sa place. Même ma cellulite était un objet de satisfaction. Mais soudain, dans mon rêve, Krttx se dressa devant moi. Aussi grande qu'un être humain. Elle me saisit et me mena devant Alex, qui avait l'apparence d'une reine des fourmis. Il m'annonça d'une voix menaçante : « Je te condamne à mort pour adultère avec Daniel Kohn. » Des centaines de fourmis géantes s'avancèrent alors vers moi en aiguisant leurs mandibules.

Je m'éveillai en hurlant.

J'avais eu trop peur pour pouvoir me rendormir.

Mais rester éveillée, en proie au remords, était encore pire.

Après une longue rumination, je finis par tomber dans un sommeil sans rêves. Dont je fus bientôt tirée par les hurlements de Krttx.

— Debout !

Avec cette voix, elle aurait pu non seulement réveiller les morts, mais encore leur faire faire leur gymnastique matinale.

Toutes les fourmis furent aussitôt debout, au garde-à-vous. Sauf moi.

— T'as assez dormi ! aboya Krttx.

Assez dormi ? Elle n'était pas un peu fêlée ? Nous n'avions sûrement pas eu plus de deux heures de sommeil.

— Il faut aller au ravitaillement !

J'avais encore mal partout de la corvée de la veille, et je devais déjà me remettre à charrier des trucs ? Toute ma vie allait-elle désormais consister à trimballer jour après jour des oursons bio en gélatine ? Je criai :

— Bouddha !

J'étais décidée à me plaindre. On ne peut pas comme ça, sans procès équitable, condamner quelqu'un à toute une vie de fourmi.

— Bouddha ! appelai-je encore.

— Y a pas de Bouddha ici.

La voix de Krttx me parut dangereusement énervée. Je criai une dernière fois :

— Bouddha ! Si tu ne me sors pas tout de suite de cette mouise, je… je…

Je m'aperçus que je n'avais pas beaucoup de moyens de pression sur lui. Krttx, elle, en avait sur moi :

— Si tu ne te lèves pas tout de suite, je te…

— … casse le cou, t'arrache les antennes, etc., etc., achevai-je, vaincue.

Et je me remis sur mes pattes, sachant que le gros Bouddha ne viendrait plus.

Notre troupe se mit à crapahuter avec peine dans la galerie qui menait à la surface. La pente était très raide, parfois à plus de quarante-cinq degrés. Même les coureurs professionnels ne font pas ça sans dopage sanguin.

Au moment de sortir, Krttx nous rappela les dangers qui nous guettaient dehors :

— Il faut faire attention aux araignées.

Les araignées ? Avec mon corps de fourmi, ces monstres à huit pattes seraient sûrement dix fois plus gros que moi, au minimum ! Quand j'étais cent fois plus grosse qu'elles, j'avais déjà du mal à les supporter lorsque j'en voyais une courir dans la douche. Dans ces cas-là, j'appelais Alex, et il emportait l'araignée dehors dans un verre tandis que je réclamais à cor et à cri la peine de mort pour l'animal, afin d'être certaine qu'il ne reviendrait pas dans la maison.

Et voilà que j'étais en danger d'être mangée par une araignée ? Je me sentais très mal.

Krttx nous mit également en garde contre le grand brouillard, puis elle évoqua autre chose : le rayon de soleil en boule.

— Le rayon de soleil en boule ? questionnai-je.

— Il y a deux jours, plusieurs fourmis volantes ont brûlé. Les survivants ont dit que le soleil était subitement devenu terriblement chaud, et que les victimes avaient été brûlées par un rayon en forme de boule.

« La loupe ! » pensai-je tout à coup. Lilly ne m'avait-elle pas raconté que cet abruti de Nils avait joué avec une loupe le jour de son anniversaire ? Je sentis l'espoir renaître en moi : peut-être avais-je atterri dans la fourmilière située juste devant notre terrasse ? Ça paraissait invraisemblable, mais quelle merveilleuse pensée : il y avait donc encore une chance que je revoie Lilly !

Toute ma fatigue s'envola. A présent, je ne pensais plus qu'à gagner la surface au plus vite.

— En avant, marche ! ordonna Krttx.

C'était la première fois que je lui obéissais avec plaisir.

Nous sortîmes au grand soleil. D'abord aveuglée par la lumière, je m'y habituai très vite. Quand nous eûmes parcouru un petit bout de chemin à travers des brins d'herbe géants, je remarquai que nous marchions maintenant sur de la pierre. Etait-ce notre terrasse ? Je regardai autour de moi. Tout paraissait démesuré : le gazon me faisait l'effet d'une forêt vierge, les arbres montaient si haut dans le ciel que je ne distinguais pas leurs feuilles, et, lorsqu'un papillon passa en voletant, il me sembla aussi gros qu'un Jumbo-Jet.

Je découvris bientôt qu'avec mes deux yeux latéraux, je pouvais focaliser mon regard comme à travers une longue-vue. Ainsi, le paysage environnant ne m'apparaissait plus aussi écrasant. Je pouvais reconnaître si un brin d'herbe avait été coupé ou non, je distinguais nettement les feuilles sur les branches, et je notai que le papillon avait un air réjoui. Il était heureux de voler au grand soleil. Soit ça, soit il avait goûté au cannabis que notre voisin faisait pousser en cachette dans son jardin.

Mais je devais vérifier si j'étais sur notre terrasse. Je cessai de contempler la pelouse et me retournai. Très lentement. Le cœur battant.

Et je vis… notre maison !

La première seconde de joie passée, je me mis aussitôt en marche. Je voulais voir Lilly ! Tout de suite !

Krttx me barra le passage.

— Où crois-tu aller comme ça ?

— Je veux entrer là !

— Chez les Grglldd ?

— Les Grglldd ?

— Les êtres qui laissent tomber la nourriture sur nous.

C'était à mon tour de ricaner. Les fourmis faisaient les cent pas dans l'herbe en attendant que les humains laissent tomber des sucreries – Charles Darwin aurait été surpris d'une telle évolution.

— Là-dedans, repris-je en montrant la maison, il y a bien plus à manger.

— Ça se peut. Mais on n'y va pas.

— Pourquoi ?

— A cause de ça ! dit Krttx.

Et elle me montra la toile d'araignée. Tendue en travers de la porte-fenêtre de la terrasse. Je me maudis : juste avant de partir pour la remise du prix de la télé, c'est moi qui avais dit à la femme de ménage d'attendre la semaine suivante pour venir, parce que c'était idiot de faire le ménage avant un goûter d'anniversaire.

Je regardai fixement la toile : pas de doute, elle avait un air menaçant. Tant pis ! Araignée ou pas, je voulais voir Lilly. Tant pis si l'araignée – comme c'était fort probable – était dix fois plus grosse que moi. Rien ne pouvait m'arrêter ! En regardant d'un peu plus près, je fis une constatation :

— L'araignée n'y est pas.

Krttx regarda à son tour.

— Et, là dedans, il y a tellement à manger qu'on ne peut même pas l'imaginer.

Krttx commençait à hésiter.

— J'y vais ! fis-je d'un air résolu.

Et je m'en allai sur mes petites pattes.

— On y va aussi ! ordonna Krttx.

Les autres fourmis la suivirent en tremblant. Il était clair que, si les règles élémentaires de la démocratie avaient été respectées, elles n'auraient pas voté pour.

Notre troupe approchait de la toile d'araignée qui se balançait doucement au vent. D'un point de vue de fourmi, cette vision suscitait une crainte respectueuse – avec l'accent sur le mot « crainte ». Le signal d'alarme se déclencha de nouveau dans ma tête, et je vis qu'il en était de même pour les autres : elles voulaient toutes s'enfuir au plus vite.

Dieu merci, l'araignée n'était effectivement pas chez elle, et nous pûmes sans encombre franchir le seuil et entrer dans la maison.

Je ne vis aucun être humain. En revanche, il y avait une grande table chargée de gâteaux. Qu'est-ce que c'était que ça ? L'anniversaire était pourtant passé. Pourquoi ces nouveaux gâteaux ?

— Tu n'as pas exagéré, dit Krttx, et elle me sourit.

Jusque-là, je n'avais jamais imaginé qu'elle en fût capable.

J'entendis la porte s'ouvrir, et Alex dire : « Entrez. » Sa voix résonna comme le tonnerre, mes antennes vibrèrent. Je me pris à espérer que je pouvais régler mon ouïe comme je l'avais fait avec ma vision. J'avais raison.

— Il y a du café et des gâteaux, dit Alex.

Cette fois, sa voix me parvenait avec une intensité normale. Il approchait du salon, et on entendait derrière lui plusieurs pas différents.

— Les Grglldd ! crièrent les autres fourmis.

Prises de panique, elles s'enfuirent pêle-mêle. Restée seule, je vis entrer Alex. Il portait un costume noir. Je compris alors la raison de la table chargée de gâteaux : c'était mon repas d'enterrement.

12

Apprendre sa propre mort est déjà très dur. Mais c'est seulement quand d'autres le savent que cette réalité vous apparaît dans toute sa brutalité. Un peu comme une grosse tache de vin en haut de la cuisse : ce n'est déjà pas très agréable en soi, mais quand on fait l'amour pour la première fois avec quelqu'un et qu'il l'aperçoit, ça devient franchement gênant. Sauf que la mort est nettement plus dégueulasse qu'une simple tache de vin.

Alex portait une cravate, lui qui détestait ça. Même pour notre mariage à Venise, il n'avait pas voulu en mettre. Et pourtant, j'étais allée jusqu'à le menacer de faire grève pendant notre nuit de noces. Je voulais un mariage classique, avec tout le tralala, et pour ça, il fallait un marié en cravate.

Bien évidemment, je n'avais pas mis ma menace à exécution : la nuit de noces avait eu lieu, et comment ! Alex m'avait embrassée sur tout le corps. Même sur mon énorme tache de vin. Sans un mouvement de recul. Tous les autres hommes, Kohn compris, avaient hésité un court instant en la voyant – mais Alex, pas même un dixième de seconde. En ce temps-là, il aimait tout de moi. C'était simplement merveilleux.

Alex posa un regard vide sur la table. Il avait les yeux rouges. De toute évidence, il m'avait pleurée. J'en fus étonnée. Puis je m'étonnai d'être étonnée. Si nous ne nous aimions plus, nous avions été heureux ensemble pendant des années.

— Hé, la folle, viens par ici ! me cria Krttx.

Jetant un coup d'œil derrière moi, je vis toute la troupe réfugiée sous le vieux fauteuil devant la télé, cachée derrière les franges. Je fis mine de n'avoir rien entendu, parce que mon chef, Carstens, venait d'entrer dans la pièce à la suite d'Alex. Le parfum de son eau de toilette flottait autour de mes antennes.

— Vous auriez pu sans problème inviter quelques collègues de Kim, disait-il à Alex.

« Je trouve aussi », pensai-je. J'aurais bien aimé les voir pleurer.

— Oui, mais après, j'aurais dû passer la journée à essuyer par terre des larmes de crocodile, répondait Alex.

C'était tout lui. Honnête, direct, consciencieux, tendre… Même si ses belles valeurs morales finissaient parfois par me taper sérieusement sur le système.

Mais, pendant des années, j'avais trouvé formidable de vivre avec quelqu'un comme lui. Dans un monde rempli de mensonges, d'intrigues et de faux cils, il était le seul à avoir toujours été honnête avec moi.

— Je ne veux voir ici que des gens qui avaient vraiment de l'affection pour Kim, poursuivait Alex.

Je regardai la table et ne comptai que cinq couverts. Ça ne faisait pas beaucoup de « gens qui avaient vraiment de l'affection » pour moi.

J'en fus à la fois choquée et triste.

Puis ma mère entra. Ses mains tremblaient, ce qui était plutôt bon signe : ça voulait dire qu'elle n'avait pas encore bu.

— Assieds-toi, Martha, lui dit aimablement Alex.

Il se montrait toujours gentil avec ma mère. Moi, je n'y arrivais jamais sans me mettre très vite à crier. Mon record était de dix-sept minutes vingt-trois secondes. J'avais chronométré. C'était un jour où j'avais décidé de tenir aussi longtemps que possible sans me disputer avec elle.

— Ma balle magique ! cria Lilly dans le couloir.

L'instant d'après, une balle en caoutchouc orange volait à travers la pièce. Elle rebondit d'abord contre le pied de la table, puis passa au-dessus de ma tête, si près que le souffle faillit me renverser, et s'arrêta enfin devant le fauteuil – au ras des franges. Les fourmis tremblaient comme des feuilles. Une balle magique orange, c'était largement au-delà de tout ce qu'elles pouvaient imaginer.

Moi, je m'en fichais complètement. D'abord, j'avais du mal à avoir peur d'une balle en caoutchouc, si grosse fût-elle. Ensuite, je n'avais d'yeux que pour Lilly, qui entrait dans la pièce en courant. Elle avait mis sa robe préférée, la verte (Alex ne l'aurait jamais forcée à porter du noir), et tenait son nounours bien serré contre elle. Elle aussi avait les yeux rouges.

Je courus vers elle aussi vite que je le pus. Je voulais la prendre dans mes bras, la consoler, lui dire : « Je ne suis pas morte ! Ne pleure pas ! »

— Mais qu'est-ce que tu fais ? T'es folle ou quoi ? s'écria Krttx, la voix encore un peu tremblante après l'épisode de la balle.

Sa question était tout à fait justifiée : j'étais une fourmi. Même le petit orteil de Lilly, je n'aurais pas pu le prendre dans mes bras pour le consoler.

Anéantie, je stoppai à mi-parcours. J'avais vraiment envie de pleurer toutes les larmes de mon corps – c'était la seule chose qui aurait pu soulager un peu mon chagrin. Sauf que, apparemment, les fourmis n'avaient pas de glandes lacrymales. J'avais le cœur déchiré, et il n'y avait rien à faire. Cela empirait même à chaque seconde que je passais à contempler les yeux rougis de Lilly.

Incapable de supporter cela plus longtemps, je détournai mon regard, qui s'arrêta sur la table. Je m'aperçus alors qu'il manquait quelqu'un.

Pouvait-il s'agir de Daniel Kohn ?

Non, Alex ne l'aurait jamais invité.

Mon père ? Peu probable. Je ne savais même pas où il habitait. La dernière fois que j'avais reçu une carte postale de lui, David Hasselhoff faisait encore tourner les têtes dans *Alerte à Malibu*.

— Bon sang, j'ai eu un mal à me garer ! fit une voix que je ne connaissais que trop bien.

Nina ! Qu'est-ce qu'elle faisait à mon repas d'enterrement, celle-là ?

Elle avait une coupe de cheveux très élégante, un corps sculpté par l'aérobic, et elle portait une robe noire du meilleur goût, très près du corps, qui disait clairement aux hommes : « Tu as le droit de fantasmer sur moi. »

Elle s'habillait toujours de façon aussi provocante, mais avec plus de classe que quand nous étions adolescentes. A l'époque, nous cherchions toujours à nous ressembler, avec les mêmes décolletés plongeants, et tellement de laque dans les cheveux qu'il valait mieux ne pas allumer un briquet à proximité de nos têtes.

Nina et moi, nous étions deux moutons noirs au milieu de tous les petits-bourgeois du collège, et nous profitions pleinement de ce statut. Nous venions toutes deux de familles brisées. Nous ne voulions laisser personne nous manger la laine sur le dos. Nous voulions conquérir le monde. Moi, j'y étais arrivée par la télévision. Et Nina… eh bien, pour Nina, ça n'avait pas vraiment marché. Elle avait fini par suivre une formation de voyagiste.

En amour, ça ne se passait pas trop bien non plus. Son bilan se résumait à un avortement et à une succession de relations dont aucune n'avait tenu plus de trois mois. Quand nous étions encore de grandes amies, je lui avais demandé un jour si elle n'en souffrait pas. Elle m'avait répondu avec un haussement d'épaules que son homme idéal n'était pas encore né : « Montre-moi un homme intelligent, beau et réglo, et je te montrerai la huitième merveille du monde. »

Je ne me doutais pas alors que la huitième merveille du monde, pour elle, c'était Alex.

Le soir où mon amitié avec Nina avait pris fin, nous avions dans les vingt-cinq ans, Lilly n'était pas encore née, et je bossais comme une dingue à la radio. J'étais donc rarement dans le vieil appartement berlinois que je louais alors avec Alex. Un jour, rentrant plus tôt que prévu du travail à cause d'une gastroentérite, j'entendis des rires dans le salon. Alex et Nina plaisantaient ensemble.

Jusque-là, pas de problème.

Je m'avançai dans le couloir. Je les entendais maintenant bavarder à voix haute.

Toujours pas de problème.

J'entrai dans le salon… pour les trouver tous deux en sous-vêtements !

Alors là, il y avait un problème.

J'essayai de ne pas faire de scène. Je voulais rester cool. Je respirai un bon coup et… vomis sur les pieds de Nina !

Pas vraiment cool.

Pendant que Nina courait chez elle se réfugier et prendre une douche, Alex tentait de s'expliquer d'une voix noyée de larmes : il n'avait pas couché avec Nina, d'ailleurs c'était la première fois qu'il l'embrassait. Il traversait une grosse crise dans ses études de biochimie, il avait loupé plusieurs partiels et se demandait même s'il pouvait encore réussir l'examen de fin d'année. En plus, il avait l'impression que je ne m'intéressais pas à lui, j'étais toujours en train de travailler, ou trop fatiguée, d'ailleurs il ne voulait pas

86

m'embêter avec ça, mais Nina, elle, était toujours là pour l'écouter, lui donner des conseils, le consoler, lui remonter le moral. C'était comme ça que, de fil en aiguille… et puis, il n'en serait peut-être pas arrivé là si j'avais été plus disponible, moins absorbée par mon travail, etc., etc., etc.

Je me fichais complètement de tout ce qu'il disait. J'étais blessée à mort. En dépit de sa voix noyée de larmes, je lui donnai exactement dix secondes pour se décider : c'était Nina ou moi.

Il lui avait bien fallu les dix secondes pour faire son choix. C'était moi.

Et je n'avais plus jamais revu Nina.

J'espérais qu'aucune douche ne ferait jamais partir l'odeur de mon vomi sur ses doigts de pied.

La dernière fois que j'avais entendu parler d'elle, elle venait de trouver un boulot à Hambourg.

Et maintenant elle était là !

Mes sens de fourmi sonnaient de nouveau l'alarme.

— Qui veut du café ? dit Alex.

Tout le monde en demanda, même Martha, qui, en présence de Lilly, avait heureusement la décence de ne pas réclamer un breuvage plus titré en alcool.

— Je vais t'aider, dit Nina.

Et elle sourit à Alex.

C'était un de ces sourires spontanés et innocents derrière lesquels le désir est presque indétectable. Les hommes n'y voient que du feu. Seules les femmes ne s'y trompent pas. Même réincarnées en fourmis.

J'écumais de rage. Ça faisait tout juste trois jours que j'étais morte ! Mon cadavre devait être encore chaud ! Bon, d'accord, peut-être pas vraiment chaud. Mais au moins à température ambiante. Et Nina convoitait déjà mon mari ?

Elle eut même l'insolence d'adresser la parole à ma fille :

— Tu aimerais un chocolat chaud ?

Lilly hocha la tête.

— Bon, je vais t'en préparer un, dit-elle.

Et elle fit une chose qui me rendit folle de rage : elle caressa les cheveux de Lilly.

— Laisse ma fille tranquille ! criai-je.

Mais, bien sûr, seules les fourmis m'entendirent, et cela ne fit que les conforter dans l'idée que j'étais gaga.

Je réfléchis pendant deux secondes : ma réaction était-elle excessive ? Nina ne voulait-elle pas seulement consoler ma fille ?

Mais je connaissais Nina : elle était comme moi.

Quand elle voulait quelque chose, elle pouvait marcher sur des cadavres.

En l'occurrence, le mien.

Car elle voulait Alex.

Elle l'avait toujours voulu.

Et le chemin de son cœur passait par notre fille.

13

Eperdue, je courus vers la table. Je voulais absolument faire quelque chose. Quoi, je n'en avais aucune idée, mais je ne pouvais pas rester sans réagir pendant qu'on me volait ma famille ! Arrivée à un pied de la table, je m'y accrochai et commençai à grimper, tandis qu'Alex et Nina allaient préparer les boissons chaudes dans la cuisine. Lilly partit chercher un jeu dans sa chambre, et Martha profita de son absence pour s'envoyer un double sherry derrière la cravate. Ainsi remontée, elle entreprit de faire la conversation à Carstens :

— Alors, vous êtes de la télé, vous aussi ?

Carstens hocha la tête.

— Un jour, faudrait que vous fassiez une émission sur les sites de rencontre sur Internet. Pour des femmes comme moi, c'est vraiment pas terrible.

— Ah bon ? dit Carstens avec un manque d'intérêt à peine dissimulé, avant de porter sa tasse de café à sa bouche.

— Oui, dit ma mère. Vous savez que la plupart des vieux qui s'inscrivent sur ces sites ne sont là que pour le sexe ?

Carstens s'étrangla avec son café.

Martha poursuivit sans se troubler :

— On trouve tout simplement personne pour bavarder un peu. Ils s'intéressent qu'à leurs couilles.

Carstens répondit comme n'importe qui l'aurait fait à sa place :

— Excusez-moi, je dois aller aux toilettes.

Il se leva et sortit au moment où Alex revenait avec le café, assisté de Nina portant le chocolat chaud pour Lilly. On aurait déjà presque pu la prendre pour la maîtresse de maison !

Je me mis à escalader mon pied de table à une allure de forcené. A côté de moi, Reinhold Messner était un débutant.

— Le pasteur a fait un très beau sermon, dit Nina.

— Oui, il a dit de très belles choses sur les souffrances des mères, renchérit Martha.

— Et surtout, il a très bien parlé de Kim, dit Alex.

Je m'arrêtai net dans mon ascension. Qu'est-ce que le pasteur avait bien pu dire de beau sur moi ?

— Il a beaucoup parlé du rôle important qu'elle avait joué dans la société, dit Nina.

Je me sentis flattée.

— Et il a dit qu'elle était une bonne mère, compléta Alex.

L'absence d'ironie dans sa voix m'agaça. Il me reprochait le contraire au moins tous les trois jours. Croyait-il vraiment que j'avais été une bonne mère ? Ce serait trop beau. Peu vraisemblable. Mais beau.

Là-dessus, Lilly revint avec sa Gameboy, et Nina posa le cacao devant elle sur la table.

— J'espère qu'il n'est pas trop chaud, dit-elle.

— Non, il est juste à la température idéale pour Lilly, dit Alex.

Ce compliment adressé à Nina me fit tout oublier. Folle de rage, j'escaladai la table et voulus courir tout droit vers Lilly sur la nappe moelleuse. Quand soudain il fut là devant moi : le gâteau !

Mon instinct de fourmi me cria : « Prends ! », et ordonna à mes pattes d'avancer. Je fonçai sans plus savoir ce que je faisais. Quelques instants plus tard, je sautais dans le nappage au chocolat.

Manger du gâteau avec les papilles gustatives d'une fourmi était une explosion sensorielle sans égale. C'était meilleur qu'un orgasme – à l'exception de ceux que j'avais connus avec Alex les premières années, et de celui que m'avait valu ma nuit d'amour avec Daniel Kohn.

Emplie d'une félicité béate, je restai vautrée sur ma part de gâteau, à manger, manger, manger...

De très loin, comme à travers un voile épais, j'entendis encore Lilly dire : « Nina, il y a une fourmi sur ton gâteau ! »

Mais il était trop tard pour que Nina réagisse – j'étais dans sa bouche !

14

Mourir mangée par Nina était encore bien plus stupide que de recevoir un lavabo de station spatiale sur la tête.

De nouveau, ma vie défila devant mon œil spirituel (les fourmis aussi n'en ont qu'un). Mais cette fois, c'était ma triste existence de fourmi : la rencontre avec Bouddha, les injures de Krttx, le spectacle grandiose de la cité des fourmis, la correction brutale de l'homme réincarné, la toile d'araignée, la balle orange, Nina cherchant à prendre ma place dans ma famille...

Quand on voit passer devant soi une telle existence, on meurt sans trop de tristesse.

Je vis de nouveau la lumière.
Plus brillante à chaque instant.
Merveilleuse.
Elle m'enveloppa.
Plus douce que la première fois.

Plus chaude encore.

Remplie d'amour.

Je la pris dans mes bras et entrai en elle.

Je me sentais si bien.

Tellement en sécurité.

Tellement heureuse.

Le cauchemar était terminé.

Pour deux bonnes secondes.

Puis je redevins fourmi.

J'avais certes un nouveau corps. Celui-ci était plus petit et plus agile. Mais j'étais de nouveau une de ces satanées fourmis !

Retourner à un destin de fourmi ne procure pas la paix intérieure. C'était bien la plus grande déception que j'aie jamais connue !

— Hé ! souffla derrière moi une voix très douce.

Je me retournai. J'étais dans la galerie où je m'étais déjà réveillée la première fois. Et, cette fois encore, un Bouddha-fourmi d'une taille extraordinaire me souriait. Il avait l'air très satisfait de lui-même, du monde, de l'univers entier. Moi, c'était exactement l'inverse :

— IL... FAUT... QU'ON... PARLE ! lui criai-je, furieuse.

— Tu as du chagrin de n'avoir pu entrer dans la lumière, constata Bouddha.

Ce n'était pas faux. Mais je n'allais pas le reconnaître devant lui. D'abord, ça ne le regardait pas. J'avais autre chose de plus urgent en tête :

— Je ne méritais pas d'être réincarnée en fourmi !

— Tu as une vision étonnante des choses, fit-il, amusé.

— J'ai peut-être fait quelques conneries, mais tu m'as jugée trop sévèrement ! protestai-je. J'exige que tu me libères de cette existence de fourmi.

— Je ne peux pas faire cela.

— Tu es bien le grand patron ici, non ?

— Toi seule peux le faire.

— Comment ça ?

S'il y avait un moyen de sortir de là, je voulais le connaître.

— Le chemin vient en marchant, murmura Bouddha.

— Tu parles comme les devises sur les gaufrettes ! fis-je, agacée.

— Peut-être, répondit Bouddha avec un doux sourire, mais ça n'en est pas moins la vérité.

Sur ces paroles, il s'évanouit lentement dans les airs.

Ce type commençait vraiment à me taper sur les nerfs !

Je réfléchis rapidement à ce qu'il avait voulu dire avec son proverbe pour biscuit. Mais du diable si j'en avais la moindre idée !

Alors, je repensai à mon repas d'enterrement. Nina voulait récupérer Alex. Et il allait se laisser faire. Pas aujourd'hui, ni demain. Mais je savais que ça arriverait.

Parce que Nina le voulait.

Et parce que Alex avait été, une fois déjà, bien près de la choisir.

Quand j'étais encore vivante.

Maintenant, en plus, j'étais morte !

Je n'étais donc plus un obstacle. Tôt ou tard, Alex se laisserait embobiner par Nina. Et elle deviendrait la nouvelle maman de Lilly.

A cette idée, mon petit estomac de fourmi se noua.

C'est alors que j'entendis un piétinement. Des fourmis approchaient, houspillées par l'inévitable Krttx. Je ne devais pas retomber sous sa coupe. Si je devais vivre une vie de fourmi, au moins, je la prendrais entre mes six petites griffes, et je trouverais le moyen d'empêcher Nina de me voler ma famille.

Pour cela, un seul être pouvait m'aider : l'homme réincarné en fourmi que la reine voulait faire exécuter. Peut-être connaissait-il un moyen d'influencer la vie des humains quand on est soi-même un humain réincarné en fourmi ?

Avant que Krttx ait pu me voir, je m'enfuis à toutes pattes.

C'est ainsi que commença ma nouvelle vie.

Une vie dans laquelle Giacomo Casanova allait jouer un rôle essentiel.

15

Tandis que je m'enfonçais dans les entrailles grouillantes de vie de la fourmilière, j'échafaudais mon plan : d'abord découvrir la prison de la reine. Et ensuite... ensuite, j'aviserais.

Formulé ainsi, il faut reconnaître que mon plan n'avait pas de quoi épater la galerie. Mais, vu les circonstances, ce n'était déjà pas si mal.

Quelles circonstances ? Eh bien, je ne pouvais pas imaginer un seul instant que Nina élève ma petite Lilly. Mais le problème, quand on ne peut pas imaginer une chose, c'est justement qu'on l'imagine, et sous les couleurs les plus crues ! Je revoyais ma douce mignonne se serrer contre moi, le soir dans son lit, parce qu'elle avait peur du sorcier Gargamel, pourtant si nul qu'il n'était même pas capable d'attraper les Schtroumpfs. Lilly ne devait pas tomber dans les griffes de Nina ! Elle en ferait une femme dure, impitoyable. Une femme comme... moi ?

Prise à mon propre piège, je balayai en hâte cette pensée, et, pour plus de sûreté, injuriai Nina à voix haute.

— Ah, la sale vache !

— Qu'est-ce que tu viens de dire ?

La fourmi qui me faisait face sur le sentier, suivie de sa troupe, était une commandante. Une fois et demie plus grosse que moi, et vraiment impressionnante.

— Je suis une sale vache ? reprit-elle, piquée au vif.

— Euh… hem… bafouillai-je. Ma langue a fourché.

— Et qu'est-ce que tu voulais dire ?

— C'est la relâche, répondis-je sans trop de conviction.

— La relâche ? répéta-t-elle, un peu surprise.

— Oui, la relâche.

— Et ça veut dire quoi ?

J'aurais bien aimé le savoir moi-même. Je bafouillai :

— Hem… eh bien… c'est parce que… je n'aime pas voir des fourmis qui restent à ne rien faire… donc qui se relâchent.

— Ah oui ? fit la commandante, pas vraiment satisfaite de mon explication.

Je voulus poursuivre, mais elle me coupa :

— Qu'est-ce que tu fais ici toute seule ?

— Je travaille.

— Aucune fourmi ne travaille seule, dit la commandante en faisant un pas dans ma direction.

Je sentis son haleine et me pris à souhaiter que quelqu'un inventât et mît rapidement sur le marché un bain de bouche pour fourmis.

— Et où vas-tu ? insista-t-elle.

Mon cerveau travaillait à toute vitesse. Que fallait-il répondre à ça ? Je tentai une demi-vérité :

— Je… hem… je dois me rendre à la prison royale.

Je la vis soudain frémir :

— Tu… tu fais partie de la garde royale ?

— Evidemment, je fais partie de la garde royale ! dis-je du ton le plus autoritaire que je pus.

Là-dessus, la commandante se mit à trembler comme si j'étais Méphisto en personne. Cette réaction me plut énormément. Je ne connaissais que mes assistantes pour avoir aussi peur de moi.

— Pardonne-moi, prêtresse, fit la commandante d'un ton plein de déférence.

Et, en toute hâte, elle ordonna à sa troupe de se remettre en route. Apeurées, les petites fourmis montèrent le sentier à une allure telle qu'on aurait pu croire qu'elles ne s'arrêteraient qu'après avoir quitté le pays.

« Prêtresse », avait-elle dit. Apparemment, les fourmis avaient donc une espèce de religion. Je me demandai à quoi elle pouvait bien ressembler. Avaient-elles un dieu ? Ou plusieurs ? Peut-être croyaient-elles à la réincarnation ?

Je repris mes recherches, remontant les sentiers tortueux en quête de la prison royale, que je supposais se trouver dans l'une des chambres de la paroi de droite. C'est dans cette direction que les fourmis de la troupe de Krttx étaient parties lorsqu'elles avaient emporté le corps du prisonnier.

A présent, chaque fois qu'une commandante me regardait méchamment, je n'avais qu'à dire : « Je suis de la garde royale », et il fallait voir comme elle sursautait. Enfin, on me témoignait un peu de respect. « Je suis de la garde royale » devint ma phrase préférée, et je la disais même à des commandantes qui ne me regardaient pas de travers.

101

Sauf que, bêtement, je l'ai dite une fois de trop :

— Je suis de la garde royale.

— Nous aussi.

Je regardai la tête des trois fourmis qui me faisaient face. Leurs yeux étaient froids, durs, impitoyables. Les yeux des inquisiteurs espagnols auraient sans doute ressemblé à ça, s'ils en avaient eu six.

— Nous ne te connaissons pas, fit la chef d'une voix tranchante.

— Je suis nouvelle, répondis-je faiblement.

Elles s'entre-regardèrent. Il était facile de lire dans leurs pensées : « Voilà quelqu'un qui se fait passer pour l'une d'entre nous. C'est un sacrilège. Nous devrions la tuer sur-le-champ. Mais le plus lentement possible, afin de faire justice de ce sacrilège. »

Le signal d'alarme vrilla mon crâne de fourmi. Mon instinct de fuite avait à peine eu le temps de se déclencher que je courais déjà. Plus vite que dans aucune de mes vies. Le sang battait dans mon crâne, mon cerveau travaillait à toute vitesse. « Comment leur échapper ? Le mieux, c'est de me jeter dans la foule. Parmi des milliers de fourmis, j'ai une chance de les semer. On ne me retrouvera jamais là-dedans. Voilà. C'est ce que je vais f... »

Je n'eus pas le temps d'achever. Aussi rapides que des forces spéciales américaines dopées aux amphétamines, mes poursuivantes me maîtrisèrent en moins d'une seconde. En outre, ces prêtresses étaient douées d'une précision chirurgicale : elles me bloquèrent simultanément les articulations des six pattes en marchant dessus, me faisant un mal de chien. Non seulement je ne pouvais plus bouger, mais je ne pouvais même pas crier : l'une des trois prêtresses avait mis mon appareil phonatoire hors d'état d'un coup précis à la gorge. Quelle que fût la religion de ces fourmis, il paraissait évident que l'amour du prochain ne faisait pas partie de ses dogmes essentiels.

— Allons-nous la tuer tout de suite ? demanda l'une des prêtresses avec une note d'impatience joyeuse qui me laissa toute tremblante.

— Non, jetons-la au cachot avec les autres prisonniers, décida la chef.

Et, pour faire bonne mesure, elle se remit à me frapper avec quatre de ses pattes.

« Au moins, maintenant, je n'ai plus à chercher la prison… » Et, sur cette dernière pensée optimiste, je m'évanouis de douleur.

16

Quand je revins à moi, je dus recracher pendant un bon moment le sable qui crissait entre mes mandibules. Redressant péniblement la tête, je constatai que je gisais dans l'une des grandes chambres de la fourmilière. Très au-dessus de moi, deux prêtresses de la garde royale surveillaient l'unique issue. Je calculai mes chances de m'échapper en passant devant elles, et parvins à un résultat de 0,0003 pour cent. En arrondissant.

Je regardai autour de moi et aperçus, somnolant dans un coin, une fourmi volante à l'aile déchirée. D'un seul coup, je fus tout à fait réveillée. C'était l'homme réincarné. Je m'approchai de lui aussi vite que me le permettaient mes pattes encore endolories.

— Bonjour, dis-je aimablement.

Il me jeta un bref regard, puis se rendormit. Il n'en avait vraiment rien à faire de moi.

Je choisis l'approche directe :

— Moi aussi, je suis un être humain réincarné.

Cette fois, il était tout ouïe.

— Mon nom est Kim Lange.

Ses yeux brillèrent, mais il ne dit rien. Sans doute lui fallait-il d'abord mettre de l'ordre dans les milliers de pensées qui s'agitaient dans son esprit[1]. J'essayai de l'aider :

— Comment t'appelles-tu ?

— Casanova.

— Hein, quoi, comment, pardon ?

— Giovanni Giacomo Girolamo Casanova, énonça-t-il avec fierté.

Il n'y avait que trois possibilités : 1. Il était réellement la réincarnation de Casanova. 2. Il se foutait de moi. 3. Il était complètement cinglé.

— Pour vous servir, madame Lange, ajouta-t-il avec un accent qui sonnait nettement plus authentique que celui de notre serveur italien de Potsdam.

L'homme réincarné fit une sorte de révérence, qui consistait à fléchir ses pattes de devant tout en faisant tournoyer avec élégance sa patte droite du milieu, comme s'il ôtait de sa tête un chapeau imaginaire.

— Etes-vous vraiment Casanova ? *Le* Casanova ?

— Ne m'avez-vous pas entendu ? demanda-t-il avec une modestie presque parfaitement imitée.

— Mais… si vous êtes le vrai Casanova… ça doit faire très longtemps que vous êtes mort !

— Depuis le 4 juin 1798.

— Ça fait plus de deux cents ans.

— Deux cents… ans ? bégaya-t-il.

---

1. Mémoires de Casanova : « Une seule pensée joyeuse occupait mon esprit transporté et ravi : "Dieu soit loué ! Après tous ces siècles de privations, je rencontre enfin une femme !" »

Un instant, sa belle assurance parut se dégonfler. Ses antennes tombèrent. Apparemment, c'était bien Casanova en personne.

— Avez-vous été fourmi pendant tout ce temps ? demandai-je avec compassion.

— Oui, sans aucune interruption, répondit-il en redressant vaillamment ses antennes, et je suis dans ma cent quinzième vie.

Son ton gaillard dissimulait mal le grand vide affectif que laissait supposer une telle phrase.

Cent quinze vies. Quel terrible destin ! Le pauvre homme tournait en rond dans un piège sans fin.

Et moi aussi ! pensai-je tout à coup.

Je dus m'asseoir. C'était à mon tour d'avoir les antennes pendantes. Cela réveilla en Casanova l'instinct chevaleresque. Il posa sur ma tête une patte consolatrice et se mit à la caresser doucement :

— Madame, ne désespérez pas du sort.

Ce disant, il se rapprocha de moi. Un peu trop.

— Hé, ce n'est pas ma glande sexuelle que vous touchez là ? dis-je, effrayée.

— Pardonnez mon audace, dit-il en retirant hâtivement sa patte arrière. Je ne force jamais une femme, ajouta-t-il[1].

Je le regardai dans les yeux et vis que je l'avais blessé dans sa fierté.

Je pris une grande inspiration et me lançai :

1. Mémoires de Casanova : « Forcer une femme n'était pas dans ma nature. Je leur tournais si bien la tête que c'étaient elles qui me forçaient. »

107

— Pourriez-vous m'aider ?

— A votre service, dit-il avec un sourire.

— Avez-vous une idée de la façon dont on peut influencer la vie des hommes lorsqu'on est une fourmi ?

Casanova se tut un instant, puis il dit d'un ton encourageant :

— Si grande que soit votre détresse, madame, nous lui trouverons une issue.

Ce n'était qu'une façon aimable de me dire : « Je n'en ai pas la moindre idée. »

J'étais venue pour rien.

— Que voulez-vous donc faire chez les humains ? demanda Casanova.

Je cherchai la meilleure façon de lui présenter l'affaire Nina, mais ne trouvai pas les mots.

— Il n'est pas nécessaire de me l'expliquer, reprit-il. Nous pouvons à tout moment nous enfuir et nous rendre chez les hommes.

— Mais comment passerons-nous devant les gardiennes ?

Casanova se mit en devoir de m'expliquer qu'il s'était déjà évadé d'une prison bien mieux gardée que celle-ci : les sinistres Plombs de Venise. En 1756.

— Pourquoi donc vous y avait-on enfermé ? demandai-je.

— C'était une erreur judiciaire des plus banales. On me reprochait une morale dissolue[1].

1. Mémoires de Casanova : « Tout cela pour la seule raison que j'avais séduit ces deux nonnes du couvent vénitien de Santa Maria degli Angeli. »

Casanova me sourit en clignant de l'œil, et je dois admettre que, pour une fourmi, il avait un sourire extraordinairement charmeur.

— Si nous pouvons fuir à n'importe quel moment, demandai-je, pourquoi ne l'avez-vous pas déjà fait ?

— Rien ne m'y incitait.

— Rien ? Mais la reine veut vous faire exécuter !

— Dans ce cas, je ne ferai que renaître fourmi une fois de plus.

— Ça, c'est vrai.

Je commençai à me demander si je ne ferais pas mieux, moi aussi, d'attendre mon exécution. Ensuite, je renaîtrais sans doute fourmi, mais hors de la prison, et de là, je pourrais rejoindre Lilly.

Je constatai avec étonnement que la perspective d'une exécution ne me faisait maintenant pas plus d'effet que celle d'une visite chez le dentiste.

— Quand doit-on nous tuer ? demandai-je.

— La reine attendra la fin de son cycle de fécondité.

— Et ce sera quand ?

— Dans deux ou trois semaines.

— Je ne peux pas attendre aussi longtemps !

— Alors, nous devons essayer de quitter ce cachot, dit Casanova, visiblement repris par l'esprit d'aventure.

— De quelle manière ?

— De la manière qui m'a servi lors de ma première tentative d'évasion des sinistres Plombs : par un tunnel.

Nous nous mîmes à creuser un tunnel, sans savoir où il nous mènerait. Comme le disait fort justement Casanova : « Tout autre endroit vaut mieux qu'une prison. »

Les prêtresses qui montaient la garde à l'entrée du cachot ne nous voyaient pas : nous creusions dans leur angle mort, et pratiquement sans bruit. En chuchotant, je demandai à Casanova quelle était la religion des prêtresses.

— Leur déesse, c'est la reine, répondit-il en souriant. Il n'y en a pas d'autre.

Tandis que je méditais encore sur cette religion où seule la divinité pouvait se réaliser pleinement, Casanova m'appela :

— La terre devient plus meuble, nous n'allons pas tarder à pass...

Et nous dégringolâmes tous deux dans le trou. Juste sur la reine en plein jeu amoureux avec quelques fourmis volantes mâles.

La Queen ne fut pas *amused*.

17

— Toi ! s'écria-t-elle en reconnaissant Casanova.

— Je vois que Votre Altesse se souvient de moi, dit Casanova avec un sourire.

Sa dignité forçait le respect, si l'on songe que nous étions devant une reine à qui nous venions tout juste de causer un coïtus interruptus.

— Tu... toi... toi bientôt mort, bafouilla la reine avec fureur.

— Et je vois que vous vous exprimez toujours aussi impeccablement, dit Casanova, moqueur.

La reine se dressa devant nous. Près de six fois plus grande que les autres fourmis, elle me faisait penser aux monstres des films de science-fiction des années cinquante, sauf que là, c'était trop bête : elle était vivante et en couleurs.

— Attrapez-les ! cria-t-elle aux gardiennes qui se tenaient à la porte.

Les murs de la grande chambre étaient faits d'un sable minutieusement poli par un long frottement. C'était là sans doute un signe extérieur d'opulence royale.

— J'ai un plan formidable, me souffla Casanova.

— Lequel ? demandai-je avec angoisse.

— Fuir.

— Vraiment formidable, approuvai-je.

Casanova se mit à courir, et moi à sa suite. Mais il ne courait pas vers la porte, d'où les gardiennes arrivaient déjà. Il se dirigeait vers un trou percé dans la paroi de terre, et qui servait apparemment à la reine de fenêtre panoramique pour contempler d'en haut la grande cité des fourmis.

Je compris en un éclair que Casanova voulait de nouveau s'échapper en volant vers les galeries qui, du sommet de la voûte, permettaient de rejoindre la surface. Pas une mauvaise idée. Avec juste un petit inconvénient.

— Je ne peux pas voler ! criai-je. Vous avez des ailes, mais pas moi !

— J'y ai pensé, madame, dit Casanova quand je l'eus rejoint au bord de l'à-pic. Montez sur mon dos, et nous volerons vers la sortie.

— Mais vous avez une aile déchirée.

— Notre fuite n'en sera que plus admirable.

Je jetai un coup d'œil sur la métropole fourmilière, et constatai qu'elle s'enfonçait à une profondeur impressionnante. Je me sentis les pattes en coton. Tout à coup, j'avais quand même peur de mourir. Ça m'était bien égal de me réincarner. S'écraser après une telle chute, ça devait faire fichtrement mal !

— Attrapez-les ! cria la reine, et je vis que les gardiennes étaient presque sur nous.

Je grimpai à toute vitesse sur le dos de Casanova. Il étendit ses ailes, cria : « Attenzione ! » et sauta.

Nous tombâmes comme une pierre. Ou plutôt comme deux pierres.

— AHHHHHH ! criai-je, affolée.

— AHHHHHH ! cria Casanova, affolé.

Le voir lui aussi pris de panique me fit perdre le peu de confiance qui me restait. Nous n'en sortirions pas vivants.

— AHHHHHHHHHHHHHHHHHHHHH ! hurlai-je.

— AHHHHHHHHHHHHHHHHHHHHH ! hurlait Casanova tandis que le sol se rapprochait toujours.

— Volez ! lui criai-je.

— Je ne peux pas !

Il était comme pétrifié par la peur.

Je le mordis. Très fort.

— AÏE ! hurla-t-il.

— Vous allez voler, à la fin ?

Nous n'étions plus qu'à quelques fractions de seconde de nous écraser sur un tas de nourriture. Je distinguais déjà nettement le Smartie sur lequel nous allions nous fracasser.

— Bon, je vole, je vole ! Mais ne me mordez plus ! s'écria Casanova, sortant enfin de sa paralysie.

Et c'était vrai : nous prenions de la hauteur. Evidemment, à cause de son aile déchirée, nous tournions un peu en rond, et j'avais toutes les peines du monde à m'accrocher. Mais nous montions. Adieu, Smartie !

Peu à peu, le vol de Casanova commença à se stabiliser. Je me sentis plus assurée sur son dos et pus observer d'en haut la cité des fourmis. On dit que, vus d'une très grande hauteur, les hommes

113

ressemblent à des fourmis. Eh bien, vues d'en haut, les fourmis sont comme nous : des êtres vivants. Actifs, remuants, pressés, toujours en mouvement. Et dire que ce petit crétin de Nils en avait fait brûler avec une loupe – et que moi je les avais aspergées d'insecticide…

— Voyez, madame : la reine, dit Casanova alors que nous passions à la hauteur de la fenêtre panoramique.

— Je vais vous faire exécuter ! nous cria-t-elle.

Casanova se rapprocha encore de la reine vociférante :

— Très chère dame, vous vous agitez beaucoup trop.

On ne pouvait pas lui dénier un certain panache. A défaut d'intelligence. Car, si les prêtresses de la garde n'avaient pas d'ailes, il avait oublié les amants de la reine, tous capables de voler.

— Ramenez-les-moi. Mais d'abord, déchiquetez-les en petits morceaux ! ordonna la souveraine à son bataillon de chasse – et, en disant cela, elle avait l'écume aux mandibules.

Une douzaine de fourmis ailées s'envolèrent en vrombissant de la chambre royale et se dirigèrent droit sur nous.

— Qu'est-ce qu'on fait ? criai-je.

— J'ai un plan formidable, dit Casanova.

S'il était aussi formidable que le précédent, il y avait du souci à se faire.

— Quel plan ? demandai-je sans enthousiasme.

— Vous verrez, madame. Mais accrochez-vous bien.

Nous fonçâmes en piqué vers le sol, cette fois délibérément. Ce fou voulait-il nous tuer ? Grâce aux petites ventouses situées entre mes crochets, je me tenais fermement à son dos cuirassé. Sentant le vent de la course s'accélérer, je m'agrippai encore plus fort et me mis à prier. Mais une pensée m'arrêta net : était-ce bien le moment de prier Dieu ? D'ailleurs, toute cette histoire de réincarnation avait-elle vraiment quelque chose à voir avec Lui ?

Nous fuyions à une vitesse folle, et pourtant, les fourmis volantes gagnaient du terrain. Leur accélération était fulgurante. Des missiles fonçant vers le sol doivent faire cet effet-là.

Je fermai les yeux, certaine que nous allions nous écraser en laissant derrière nous un cratère géant où l'on ne retrouverait que nos restes pulvérisés. Nos poursuivants étaient presque parvenus à notre hauteur, et nous n'étions plus qu'à quelques longueurs de fourmi du sol.

Casanova choisit ce moment précis pour se redresser. Avec un gémissement de douleur, il réussit à repartir en vol plané juste à temps pour éviter le fond de la fourmilière.

Nos poursuivants n'eurent pas cette chance : ils s'écrasèrent au sol, laissant derrière eux un paysage de cratères.

Casanova commenta sa manœuvre avec un orgueil à peine dissimulé :

— Madame, j'ai derrière moi l'expérience de vol de cent quinze vies. Ces fourmis n'en ont vécu qu'une seule.

Il reprit lentement de la hauteur, tandis que je contemplais les restes de nos défunts poursuivants. Malgré l'éloignement qui les rendait de moins en moins identifiables, j'avais du mal à détacher mes yeux de ces corps mutilés.

18

Par l'une des galeries supéricures de la voûte, nous volions vers la liberté. Cependant, je ne parvenais pas vraiment à me réjouir. A ma grande surprise, la mort de nos poursuivants m'avait profondément affectée. Pour moi, les fourmis étaient devenues un tout petit peu comme des êtres humains.

— Qu'est-ce donc qui vous tourmente, madame ? demanda Casanova.

La terrasse où nous venions de nous poser était tiède sous les derniers rayons du soleil couchant, mais je le remarquais à peine.

Je regardais la maison, essayant de me concentrer sur l'essentiel : empêcher Nina de devenir la nouvelle maman de Lilly.

— C'est ici que vit ma famille, dis-je à Casanova.

Après un bref silence, il me demanda :

— C'est donc leur vie que vous voulez influencer ?

Je hochai tristement la tête. Je n'avais pas la moindre idée de la façon d'y parvenir.

— Quel que soit votre dilemme, je veux bien vous accompagner, offrit-il. Je ne laisse jamais tomber une jolie femme dans l'embarras.

— Comment savez-vous que je suis une jolie femme ? Mon apparence actuelle ne permet pas d'en voir grand-chose !

— Ce n'est pas l'apparence qui fait la beauté d'une femme, c'est son rayonnement.

Je ne pus m'empêcher de sourire. Cet homme savait vraiment embobiner les femmes. Un peu comme Daniel Kohn.

— A qui pensez-vous ? demanda Casanova.

— Pardon ?

— Vous venez de sourire d'un air particulièrement rêveur. Comme on le fait seulement quand on pense à une personne envers qui on a de la tendresse.

Casanova ne savait pas seulement ce qui plaisait aux femmes, il semblait aussi savoir ce qu'elles pensaient. Je n'étais pas sûre d'aimer ça.

Au lieu de lui répondre franchement au sujet de Daniel, je me contentai d'un :

— Allons-nous-en d'ici.

Nous traversâmes la terrasse en direction de la porte-fenêtre. La toile d'araignée à l'odeur de moisi était toujours inoccupée. L'araignée l'avait bel et bien abandonnée.

La porte était grande ouverte, et nous pûmes entrer sans problème dans la salle de séjour. La pièce était déserte, la table desservie.

— Est-ce là votre demeure ? demanda Casanova.

Je fis oui de la tête.

— Le goût des hommes a bien changé avec le temps, dit-il en regardant notre lampadaire à pied chromé – et on sentait bien que, dans sa bouche, ce n'était pas un jugement flatteur.

Soudain, nous entendîmes des pas. Qui cela pouvait-il être ? Alex ? Lilly ?

C'était Nina. En peignoir de bain et les cheveux humides.

Je faillis m'étrangler.

— Qui est cette aimable créature ? demanda Casanova.

Le souffle court, je ne répondais pas.

— Elle est merveilleuse, commenta-t-il, fasciné.

Je lui lançai un regard furibond.

— Au cours de ces derniers siècles, je n'ai eu que peu d'occasions de contempler une femme, encore moins avec un tel décolleté.

De fait, Nina avait entrouvert son peignoir juste ce qu'il faut pour intéresser les hommes tout en leur faisant croire qu'on ne le fait pas exprès. Avait-elle déjà séduit Alex, le jour même de mon enterrement ? C'était certain ! Sinon, pourquoi se serait-elle promenée chez moi en peignoir de bain ?

Folle de rage, je courus jusqu'à Nina et mordis son petit orteil, qui sentait mon gel de douche à l'abricot. Je la pinçais de toutes mes forces ! Avec mes crochets, je déchirais, j'arrachais comme une malade ! Tout en hurlant : « Hiya ! Hiyaaahhhhhhhh !!!! » Une vraie boucherie !

Mais naturellement sans le moindre effet.

Elle ne s'était même pas aperçue de ma présence. J'étais trop petite. Affreusement déçue, je renonçai.

C'est alors qu'Alex entra dans la pièce. Il avait troqué son costume noir contre un jean et un tee-shirt, et ses yeux étaient encore plus rouges et plus fatigués que la première fois.

— Comment va Lilly ? demanda Nina, l'air soucieux.

— Elle joue avec sa Gameboy, répondit Alex en se laissant tomber sur le canapé.

Il se tut un moment avant d'ajouter tristement :

— Je me demande si la petite s'en remettra un jour.

— Bien sûr, répondit Nina.

Elle disait cela moins par conviction que pour essayer de le consoler.

Alex ne répondit pas.

— Merci de me permettre de passer la nuit ici, dit Nina en s'asseyant à côté de lui sur le canapé.

— Je pouvais difficilement t'envoyer dormir à l'hôtel, répondit Alex d'une voix lasse, les yeux fixés au sol.

Honnêtement, il ne s'intéressait pas du tout au décolleté de Nina, et j'eus honte d'avoir imaginé qu'il s'était déjà passé quelque chose entre eux.

— Si tu as besoin d'aide, je peux encore prendre deux ou trois jours de congé, offrit Nina.

— Il n'a pas besoin d'aide ! criai-je. Disparais ! Retourne à Hambourg !

Alex réfléchit un instant avant de répondre :

— Oui, ce serait bien si tu pouvais rester encore un peu. Je pourrais mieux m'occuper de Lilly, et si tu peux me donner un coup de main pour la paperasse, ça me fera vraiment plaisir.

— Je suis très bonne pour les coups de main, répondit Nina.

— Je t'en ferai voir, des coups de main ! criai-je. Et des coups de griffe aussi !

Alex regarda Nina avec un pauvre sourire et la remercia :

— C'est gentil de ta part.

— N'en parlons pas, fit Nina, rayonnante.

Casanova contemplait Nina avec ravissement.

— Elle est merveilleuse, dit-il.

— Elle est quoi ? fulminai-je.

— Merveilleuse. C'est une femme d'une grande beauté, et qui n'abandonne pas un homme dans la souffrance.

Je lui décochai un bon coup de ma patte arrière gauche.

— Aïe ! s'écria-t-il.

Je fus déçue de ne pas lui avoir fait assez mal pour qu'il hurle : « AAAAAAAAÏE ! »

— Je vais coucher la petite, annonça Alex en se levant du canapé.

— D'accord, répondit Nina. Pendant ce temps je prépare le dîner.

— C'est gentil, dit-il avec lassitude.

Il se dirigea vers la chambre d'enfant, et je trottinai à sa suite, tandis que Casanova, fasciné, restait en contemplation devant Nina.

19

— Tu veux bien te préparer pour dormir ? demanda Alex à Lilly, qui jouait à la Gameboy sur son petit lit.

La petite haussa les épaules. Elle n'avait jamais été très bavarde, mais cette fois elle semblait avoir définitivement perdu la parole.

S'efforçant de ne pas montrer son désarroi, Alex emmena Lilly à la salle de bains. Je décidai de les attendre dans la chambre. En regardant autour de moi, je vis les étoiles fluorescentes que nous avions collées au plafond. Je vis l'énorme quantité de jouets, dont Lilly n'utilisait que cinq pour cent tout au plus. Et je vis une photo : la mienne. Lilly l'avait punaisée au mur au-dessus de son lit. Je lui manquais.

C'est alors que je m'aperçus que, oui, les fourmis ont bien des glandes lacrymales. Mais elles ne fonctionnent que lorsque la douleur devient vraiment intolérable – et c'était le cas en cet instant. Je pleurai comme aucune fourmi n'avait pleuré avant moi.

Alex et Lilly revinrent. Je me ressaisis : Lilly ne devait pas me voir pleurer. Bien sûr, elle ne m'aurait pas vue de toute façon, j'étais bien trop petite, mais c'était une question de principe.

Alex arrangea tendrement la couette sur Lilly, puis il se mit à lui lire *Fifi Brindacier*. Mais, même aux passages les plus désopilants avec Mlle Prysselius, Lilly ne rit pas une seule fois.

Après avoir lu trois chapitres, Alex éteignit la lumière et se coucha près de la petite jusqu'à ce qu'elle fût endormie. On sentait à quel point il s'inquiétait pour elle.

Lorsqu'il entendit le doux ronronnement caractéristique du sommeil, il se leva avec mille précautions, se glissa jusqu'à la porte, jeta un dernier regard à Lilly endormie et, avec un profond soupir, sortit de la chambre.

Maintenant, j'étais seule avec ma fille.

Je m'approchai de son visage. Mes six petites pattes ne pouvaient manquer de la chatouiller, mais elle ne tressaillit même pas. Elle dormait profondément. Je lui murmurai : « Je t'aime », et posai sur sa lèvre inférieure un minuscule baiser de fourmi.

Puis je m'installai sur la joue de mon enfant. Bercée par sa respiration régulière, je finis moi aussi par m'endormir.

A mon réveil, le lendemain matin, je me sentis dans une forme remarquable. J'étais parfaitement reposée, mes six pattes ne se ressentaient pas de notre fuite, et j'avais enfin un plan : dorénavant, je vivrais dans la chambre de Lilly. De cette façon, je pourrais lui parler chaque soir avant qu'elle s'endorme. Même si elle ne comprenait pas ce que je disais, j'atteindrais peut-être son subconscient. Ainsi, je pourrais la protéger au cas où Nina deviendrait vraiment sa nouvelle maman.

Et si je venais à mourir, je me réincarnerais encore en fourmi et je grimperais encore jusqu'à elle. Oui, c'était un plan parfait pour mes prochaines vies.

Un plan qui dura bien trois minutes et demie.

20

Pendant trois minutes vingt-neuf, je profitai encore du plaisir d'être avec Lilly. De contempler son visage, de respirer son doux souffle d'enfant. Au bout de trois minutes trente, Alex entra dans la chambre, s'approcha et... ME vit !

Moi : non pas son ex-femme, mais une fourmi qui se baladait sur la joue de sa fille.

— Très bien, fit-il à mi-voix. Cette fois j'en ai vraiment marre de vous, sales bestioles !

Il m'envoya valser d'une chiquenaude, assez délicate pour ne pas éveiller Lilly. Quant à moi, après un contact plutôt brutal avec le papier peint façon crépi, je me demandai si les fourmis avaient quelque chose pour soigner le coup du lapin.

Lilly marmonna vaguement dans son sommeil, mais se rendormit aussitôt. Alex lui donna un petit baiser et quitta la pièce d'un pas décidé. J'étais certaine qu'il allait tenter d'exterminer les fourmis. Un truc que je n'avais jamais réussi à faire. Deux jours avant ma rencontre avec la station spatiale, j'avais encore dit à Alex qu'il allait falloir prendre des mesures plus radicales, qu'un de ces jours je passerais le nid au tuyau d'arrosage. Pour moi, ce « j'en ai vraiment marre de vous » signifiait clairement : « Cette fois, je vais chercher le tuyau d'arrosage ! »

J'encaissai le coup. La cité des fourmis allait être détruite par une gigantesque inondation. Puis, très vite, je me calmai : qu'est-ce que j'en avais à faire ? Cette fourmilière n'avait rien de spécialement intéressant. Et puis, avec un peu de chance, les fourmis aussi entrent dans la lumière.

Oui, mais sinon ?

Si c'était vraiment pour elles la fin de toute existence ?

Alors, leur mort serait tout simplement absurde.

Et cruelle.

Tout cela me déstabilisa sérieusement.

Je courus à toutes pattes jusqu'au couloir, passai à côté des patins à roulettes de Lilly et entrai dans le salon, où Casanova dégustait paisiblement quelques miettes du repas d'enterrement. Je le questionnai :

— Vous la connaissez, vous, cette lumière qui apparaît quand on va se réincarner ?

— Oui. C'est la carotte pour nous faire avancer.

— Vous croyez que les fourmis y entrent aussi ?

— Je ne sais pas, répondit-il. Mais j'ai du mal à imaginer que des créatures aussi ordinaires que les fourmis puissent accumuler du bon karma durant leur existence.

— Du karma ? répétai-je, surprise.

21

Bien sûr, j'avais déjà entendu parler du karma. Au plus fort de sa crise de doute à propos de ses études de biochimie, Alex avait lu un livre sur le bouddhisme. Moi, quand j'étais en crise, je lisais plutôt des livres du genre *Mieux s'aimer soi-même, S'aimer encore mieux soi-même*, ou *Ne pensez plus aux autres*.

— C'est très simple, reprit Casanova. Celui qui fait le bien accumule du karma positif et entre dans la lumière du Nirvana. Celui qui fait le mal a tout juste le droit de survivre, comme nous.

— Mais j'ai rien fait de mal ! protestai-je.

— Vous en êtes sûre ?

Je fis oui de la tête, pas trop sûre quand même. Il enfonça le clou :

— Vous n'avez jamais commis l'adultère ?

Je fus bien obligée de penser à Daniel Kohn.

— Ou fait du tort à quelqu'un pour en tirer un avantage personnel ?

Là, je repensai à Sandra Kölling, dont on m'avait donné le poste parce que j'avais raconté à la direction des programmes qu'elle prenait de plus en plus de cocaïne.

— Peut-être avez-vous négligé des personnes de votre entourage ?

Je pensai à Lilly.

— Et n'avez-vous jamais tourmenté des subordonn… ?

— Ça suffit ! dis-je brusquement.

— Ou encore…

— Je vous ai dit : ça suffit ! Qu'est-ce que vous n'avez pas compris, le « ça » ou le « suffit » ?

— Je vous prie de m'excuser, madame.

— Et vous, pourquoi n'avez-vous pas accumulé de bon karma ? demandai-je.

— Tout d'abord, dans une fourmilière, ce n'est pas si simple…

— Et ensuite ?

— Ce n'est pas vraiment dans ma nature !

En disant cela, il sourit de façon si charmante que je ne pus m'empêcher de sourire à mon tour.

— Mais vous, vous pourriez certainement y parvenir, reprit-il d'un ton encourageant.

Je réfléchis à la question.

— Mais je ne veux pas entrer dans la lumière, dis-je. Je veux juste empêcher Nina de me prendre ma famille !

— Alors… fit Casanova avec un sourire entendu.

Puis il lui vint une autre idée :

— L'avant-dernière fois où je suis mort, Bouddha m'est apparu… Mais je suppose que vous avez déjà fait la connaissance du Seigneur ?

— Je ne le porte pas spécialement dans mon cœur, répondis-je.

— Un sentiment que je partage tout à fait. Lors de cette rencontre, il est vrai que la Grande Fourmi soupirait beaucoup. Selon elle, j'avais bien du mal à comprendre l'enjeu. Il fallait donc qu'elle me l'explique une bonne fois.

— Et c'est là qu'il vous a parlé du karma ?

— Et aussi du fait qu'un bon karma ne suffit pas pour atteindre aussitôt le Nirvana.

— Ah bon ?

Là, il commençait à m'intéresser.

— D'abord, on se réincarne en un animal supérieur.

— Un animal supérieur ?

— Un chien, un chat, un mouton – selon le karma accumulé.

J'étais comme électrisée.

— Vous comprenez ce que cela signifie ? dit-il avec un sourire.

— Oui : si je reviens sur terre sous la forme d'un chien…

— … vous aurez à coup sûr plus d'influence sur le monde des hommes qu'une fourmi, acheva Casanova.

22

J'avais de nouveau un plan, et cette fois, il allait durer plus de trois minutes et demie : je devais accumuler du karma positif !

Et je savais déjà comment.

— Je vais avertir les fourmis qu'on veut les noyer, dis-je.

A cet instant, le sol se mit à trembler sous moi. Alex venait d'enfiler ses chaussures dans l'entrée et se dirigeait résolument vers le jardin. Même si je savais qu'il lui faudrait un bon moment pour dénicher l'embout du tuyau d'arrosage dans le fouillis de la remise, je n'avais plus beaucoup de temps : il fallait alerter les fourmis. Je laissai tomber Casanova et fonçai.

— Madame ! me cria Casanova, inquiet. Pour pouvoir vous réincarner, il faut d'abord que vous mouriez !

Mais je n'entendais plus rien, je ne pensais qu'à mon bon karma. Tout de suite. Mourir, ça me paraissait secondaire.

Je courais de toutes mes forces sur la terrasse. Alex me suivait de près. En même temps, je jetais des regards derrière moi pour mesurer mon avance. C'était une erreur.

J'atterris en plein dans la toile d'araignée.

Le piège se referma aussitôt sur moi : chaque fil était comme un câble imbibé de colle à prise rapide. Plus je me débattais pour leur échapper, plus ils se resserraient. Jusqu'à ce que l'air commence à me manquer.

J'essayai de me calmer. J'inspirai profondément, puis j'expirai. Je refis l'exercice un peu plus lentement. Je commençais déjà à me sentir plus calme. J'étais toujours prisonnière, mais je n'étouffais plus. Le sentiment de panique disparut.

Je réfléchissais aux moyens de sortir de cette fâcheuse situation, quand le signal d'alarme se déclencha en moi : une douleur fulgurante qui me vrillait le crâne.

Mes pattes voulaient courir, mais elles s'agitaient en vain sur la toile. Les fils recommençaient à m'enserrer, sans que je puisse m'arrêter. Mon besoin de fuite était incontrôlable. Je gigotais, je ruais, et j'étais ligotée toujours plus solidement. En tournant la tête, je vis pourquoi mon signal d'alarme s'affolait : l'araignée était là, tout en haut de sa toile !

C'était une araignée gigantesque, avec des pattes velues comme celles d'un footballeur professionnel argentin, et un air de « la compassion n'est pas mon fort » répandu sur toute sa physionomie. Elle avançait vers moi ! Tout doucement. Comme un téléspectateur professionnel rampant vers le frigo pendant la pause

134

publicitaire. J'étais son petit en-cas du matin. Neuf heures et demie en Allemagne.

Je voulais fuir, mais j'étais bel et bien suspendue au milieu des cordages gluants. Alors, je criai :

— Au secours ! Au secours !

— Ah là là, j'supporte pas quand la bouffe fait un boucan pareil ! ronchonna l'araignée d'une voix de crécelle énervée.

Comme j'aimerais avoir tes problèmes ! pensai-je.

Me dire que, si je mourais, je me réincarnerais encore en fourmi n'était pas une consolation. D'abord, je n'avais pas pu prévenir les fourmis de l'inondation, et j'avais donc gâché une splendide occasion d'accumuler du bon karma. Ensuite, ça me plaisait moyennement d'être dévorée morceau après morceau par une araignée.

— T'es pas vraiment une affaire, grommela l'araignée.

J'avais bien trop peur pour m'intéresser à ses jérémiades.

— Mais pour un petit snack, ça devrait suffire, acheva-t-elle.

Un snack ? pensai-je. Comment une araignée peut-elle connaître le mot « snack » ?

Elle avançait toujours en crabe, descendant lentement vers moi. Elle n'avait aucune raison de se presser.

— Ouais, ça me calera un peu l'estomac en attendant l'heure du brunch.

Le brunch, maintenant. Cette araignée connaissait aussi le mot « brunch ». Mon cerveau travaillait ferme : était-ce concevable ? Et pourquoi pas ? Ça faisait partie des possibilités.

L'araignée était maintenant suspendue juste au-dessus de moi.

— Bon. Ma petite fourmi, maintenant, normalement, je devrais t'injecter mon poison. Mais, très franchement, j'aime pas trop les toxines dans la nourriture. Alors excuse-moi, mais je préfère te manger vivante.

Toxines ? répétai-je en moi-même. Cette fois, le doute n'était plus permis !

L'araignée ouvrit une bouche gigantesque. Je lui dis à toute vitesse :

— Vous aussi, vous êtes un être humain réincarné, n'est-ce pas ?

L'araignée recula légèrement, ferma la bouche et balança la tête d'un air perplexe.

— J'ai raison, ou pas ? insistai-je.

Elle hésita un instant avant de hocher la tête. Mon signal d'alarme fit la pause. Un peu plus détendue, je poussai plus loin mon avantage :

— Moi aussi, je suis réincarnée. Mon nom est Kim Lange.

— L'animatrice de télévision ?

— Oui, elle-même, répondis-je avec soulagement, et vaguement flattée qu'elle me connaisse, en plus.

— Et vous, qui êtes-vous ? demandai-je.

— Qui j'étais, plutôt !

— Qui étiez-vous ?

—Thorsten Borchert, répondit l'araignée.

Je fis mentalement le tour de ma banque de données : il n'y avait aucune entrée au nom de Thorsten Borchert.

— Ne vous fatiguez pas à chercher, vous ne me connaissez pas, dit l'araignée. Je n'étais personne.

Cette araignée n'était pas un modèle de confiance en soi.

— Personne n'est personne, dis-je du ton aimablement badin que j'avais mis au point pour les invités difficiles.

— Moi, si, répliqua-t-il. Vous étiez animatrice à la télé, et moi juste un petit gros employé à la régie des eaux.

— Oh, mais c'est un métier très intéressant, repris-je, de plus en plus aimable.

— Ah oui ? Et qu'est-ce que vous trouvez d'intéressant là-dedans ?

— Eh bien… euh… mais tout ! Les eaux usées, c'est un sujet passionnant.

En cet instant, je remarquai que les araignées aussi sont capables de vous regarder d'un air de dire : si c'est pour te foutre de ma gueule, je peux le faire moi-même !

— Autrefois, quelqu'un comme vous ne m'aurait jamais regardé plus d'une seconde ! constata Thorsten Borchert.

— Mais si, mais si, protestai-je.

— Maintenant encore, vous ne parlez avec moi que parce que je veux vous manger.

« Veux » ? pensai-je, il a dit « veux » ? Il aurait dû dire « voulais » ! Son emploi du présent ne me

137

plaisait pas du tout. Mon signal d'alarme s'agitait à nouveau.

Du ton le plus calme que je pus employer, je lui dis :

— Je veux tout savoir de vous. Détachez-moi. Et après nous pourrons bavarder.

— Vous voulez bavarder avec un type qui habitait encore chez sa mère à trente-trois ans ?

— Euh… oui, mentis-je effrontément.

— J'vous crois pas.

— Vous n'avez aucune raison de ne pas me croire, dis-je – et je remarquai que ma voix ne sonnait pas du tout comme celle de quelqu'un en qui on peut avoir toute confiance.

— J'ai gâché ma vie entière, pleurnicha Thorsten. Je n'ai pas réalisé un seul de mes rêves. Savez-vous que je n'ai jamais dansé nu sous la pluie ?

— Non…

Et, à vrai dire, rien ne pouvait m'intéresser moins.

— J'aurais tellement aimé danser nu sous la pluie, soupira-t-il. Avez-vous déjà dansé nue sous la pluie ?

— Non, répondis-je avec sincérité.

Je n'aimais pas prendre froid.

— Ma mère, oui.

Je jetai un coup d'œil vers le fond du jardin. Dans l'appentis, j'entendais Alex jurer parce qu'il ne trouvait pas l'embout du tuyau d'arrosage.

— Laissez-moi partir maintenant, s'il vous plaît ! suppliai-je. Il faut que je sauve la fourmilière de la destruction !

Mon soudain changement de sujet agaça l'araignée Thorsten, et je me dépêchai de lui expliquer ce qui était en train de se passer.

— Je me fous complètement de ces bestioles !

— Pas moi ! criai-je.

— Alors, vous voulez parler avec moi, oui ou non ? demanda-t-il.

— Non ! répondis-je avec un manque total de diplomatie. Détache-moi, à la fin, espèce d'idiot !

— Maman avait raison, toutes les femmes sont des menteuses.

Je n'aimais pas la tournure que prenait cette conversation.

Il recommença à avancer vers moi. Ça non plus, ça ne me plaisait pas. Et encore moins à mon signal d'alarme, qui manqua me faire exploser la tête.

— Qu'est-ce que tu vas faire ? demandai-je d'une voix dont j'avais du mal à maîtriser le tremblement.

La réponse, lapidaire, me parvint aussitôt :

— Te manger.

— QUOI ?!?

— J'ai faim.

— Mais tu ne peux quand même pas manger un être humain !

— Tu n'es pas un être humain. Tu es une fourmi. Et moi une araignée. C'est ça notre vie, maintenant. Il faut s'y faire. Ça ne sert à rien de se cacher la tête dans le sable.

Cette façon de concevoir le phénomène de la réincarnation était décidément trop pragmatique pour moi.

Thorsten se rapprochait de plus en plus. Comment décourager ce cinglé ? En désespoir de cause, une idée me vint :

— Laisse-moi partir, sinon je pète dans ta bouche.

— Quoi ? fit Thorsten d'une voix pas très nette – il avait déjà la gueule grande ouverte.

— Laisse-moi partir, sinon je pète dans ta bouche !

Il réfléchit et dit :

— Ça ne m'empêchera pas de te manger.

— Oui, mais tu ne trouveras pas ça bon, ripostai-je.

Thorsten hésita un instant avant de contre-attaquer :

— Oui, mais tu seras morte.

— Et je me réincarnerai, objectai-je.

Déconcerté, il ne répondit pas. Je repris :

— Et avant de mourir, j'aurai pété dans ta bouche. Et tu ne pourras pas te débarrasser du goût avant plusieurs jours.

Thorsten chercha un autre argument et, malheureusement, il en trouva un bon :

— Je t'aurai peut-être avalée avant que tu aies pu péter.

A mon tour, je cherchai un contre-argument et en trouvai un :

— Je pète plus vite que mon ombre.

Thorsten hésita. Longuement. Il cherchait un contre-argument à mon contre-argument. Pendant ce temps, je sentais son souffle chaud sur mon derrière de fourmi. Je paniquais de plus en plus. D'un instant à l'autre,

140

mon instinct allait prendre le dessus et j'essaierais de m'enfuir. Et Thorsten me croquerait. Je luttai de toutes mes forces contre moi-même. Puis je capitulai. Mes pattes attendaient le signal de départ qui causerait à coup sûr ma perte. A la dernière seconde, Thorsten dit :

— Bon, bon, d'accord. Tu as gagné.

Il détacha les fils qui m'enserraient et commenta :

— J'aime pas manger les trucs qui discutent avec moi.

Je m'écrasai sur le sol. Ça me fit mal, mais j'étais surtout extrêmement soulagée de ne pas achever cette vie en casse-croûte pour araignée.

Je vis Alex sortir de l'appentis. Il avait trouvé l'embout du tuyau d'arrosage. Je voulus courir, mais mes pattes encore gluantes me maintenaient collée à la terrasse.

— Puis-je vous aider, madame ? fit la voix de Casanova derrière moi.

Et, sans me laisser le temps de répondre, il joua prestement de ses six pattes pour me débarrasser des restes de colle.

— Merci, dis-je.

J'allais repartir, quand il m'arrêta :

— Restez, je vous en prie.

— Il faut avertir les fourmis ! répliquai-je, et je fonçai vers l'entrée de la galerie.

Casanova courut derrière moi :

— Vous allez vous noyer, madame ! Et ce n'est pas une belle mort.

Au ton de sa voix, on pouvait penser qu'il avait l'expérience personnelle de la mort par noyade[1].

— J'ai besoin de bon karma ! ripostai-je vaillamment.

— Votre courage est plus grand que votre raison, soupira Casanova sans ralentir le pas.

Je tâchai de sourire :

— Pour un homme réputé charmant, ce n'était pas très gentil.

— Oh, bien au contraire ! Chez une femme, j'admire l'intelligence, je vénère la sensualité, mais surtout, surtout, je suis impressionné par le courage.

— Merci, dis-je.

J'étais tout à coup étonnée moi-même de ce courage. Ce que j'avais fait de plus courageux dans ma vie d'être humain, c'était de mettre Lilly au monde.

A l'entrée de la galerie, Casanova se posta devant moi.

— N'essayez pas de me retenir ! lui dis-je rudement.

— Il n'est pas question de cela, répondit Casanova. Montez sur mon dos.

Je le regardai avec étonnement.

---

1. Mémoires de Casanova : « Les progrès accomplis par l'humanité durant ces derniers siècles me furent souvent fatals. Dans ma cent sixième vie, je me trouvai un jour sur un grand plat de céramique blanche. La surface en était si lisse que je glissai et tombai dans une eau profonde. Les dernières paroles que je perçus me semblèrent fort mystérieuses : "Regarde, chérie, disait une voix grave d'homme, j'ai installé un bouton économiseur sur la chasse d'eau." »

— Peut-être aurai-je moi aussi besoin d'un peu de bon karma.

— Je croyais que ce n'était pas dans votre nature ?

— Il est vrai que nous n'avions encore jamais fait cela, répondit-il avec un charmant sourire.

23

Nous parcourûmes la galerie à une allure insensée. Casanova stoppa net au ras du sol, et je me mis à beugler de toutes mes forces :

— Sauvez-vous ! Sauvez-vous ! Tout va être inondé !

Les fourmis levèrent les yeux un bref instant.

Je criai de nouveau :

— Courez vite ! C'est une question de vie ou de mort !

Personne ne bougea.

— Mais allez-y ! Foncez !

Elles ne couraient toujours pas.

— Foncez, je vous dis ! Bougez vos fesses !

Elles me jetèrent un dernier regard dénué d'expression, puis retournèrent à leurs occupations habituelles. Je n'étais pas leur commandante, encore moins leur reine, et mes exhortations ne leur faisaient ni chaud ni froid. C'était comme dans n'importe quelle grande entreprise : le bon sens se casse le nez sur les échelons de la hiérarchie interne.

— Elles ne vous écoutent pas, madame, dit Casanova.

— Merci, je n'avais pas remarqué, répliquai-je, sarcastique, avant d'ajouter : Allons chez la reine. C'est la seule à qui les fourmis obéissent. Elle seule peut donner l'ordre d'évacuation.

— Mais nous ne faisons pas précisément partie de ses favoris, objecta Casanova.

— Tant pis. J'ai besoin de bon karma !

— Vous êtes très obstinée, soupira Casanova.

Puis il reprit son vol en direction des appartements royaux.

Nous atteignîmes la fenêtre panoramique, où deux prêtresses de la garde royale se tenaient en sentinelle. Casanova se mit en vol stationnaire à hauteur de leurs yeux.

— Que voulez-vous ? demanda l'une des deux gardiennes sans nous reconnaître.

Les prêtresses qui nous avaient poursuivis la veille n'étaient visiblement pas de garde aujourd'hui.

— Nous voulons voir la reine. C'est urgent ! dis-je.

— La reine ne reçoit aucune visite imprévue.

— Mais il en va de la vie de toutes les fourmis !

— La reine ne reçoit aucune visite imprévue.

— Si elle ne nous entend pas tout de suite, nous allons toutes mourir !

— La reine ne reçoit aucune visite imprévue.

— Tu ne sais pas dire autre chose que « La reine ne reçoit aucune visite imprévue ? » m'énervai-je.

— La reine ne reç…

— Ça va, ça va !

— N'allons-nous pas sortir d'ici maintenant ? me chuchota Casanova.

— Non, nous entrons là-dedans ! répliquai-je en désignant la chambre de la reine.

— Si nous entrons, les prêtresses vont nous maîtriser.

Je me contentai de lui jeter un regard pénétrant.

— Je lis dans vos yeux que je ne peux vous faire changer d'avis, soupira Casanova.

— Vous lisez bien.

Casanova décrivit un grand arc de cercle de façon à prendre son élan, puis il fonça sur les prêtresses qui nous regardaient stoïquement. De moins en moins stoïquement, il est vrai, à mesure que nous nous rapprochions.

Lancés à la vitesse maximale, nous passâmes entre les deux gardiennes. Le souffle les projeta sur les côtés, et elles tombèrent. Cela leur fit peut-être un peu mal, mais elles s'en tirèrent à bien meilleur compte que nous. Battant des ailes comme un forcené, Casanova me cria :

— Je ne peux pas…

— Qu'est-ce que vous ne pouvez pas ?

— Je ne peux pas freineeeeeeeer !

Nous nous écrasâmes contre le mur du fond et tombâmes, hébétés, sur la couche royale.

En soi, c'était déjà un sacrilège. Circonstance aggravante, la reine dormait encore sur sa couche. Nous tombâmes assez mollement, sans doute, mais la Queen fut encore moins *amused* que lors de notre précédent atterrissage forcé sur sa royale personne.

Casanova fut le premier à reprendre ses esprits. Il me dit :

— Je n'ai pas l'impression que la reine soit encline à nous prêter l'oreille.

Avant que j'aie pu répondre « Moi non plus », la reine dressa son corps monstrueux et gronda :

— Cette fois, je n'appellerai pas la garde.

— Ah bon ? dis-je avec un soupçon d'espoir.

— Non. Je vous arracherai moi-même la tête… ici et maintenant ! cria-t-elle.

Je déglutis avec peine, tandis qu'elle s'avançait vers nous sur ses immenses pattes.

— Attendez ! suppliai-je. Nous sommes tous en grand danger de mort !

— Vous, pas pour longtemps. Vous allez mourir maintenant !

Tout en parlant, elle me chassait devant elle. Jusque dans un coin.

Je dis à toute vitesse :

— La fourmilière va être submergée par une gigantesque inondation !

Les pattes antérieures de la reine s'arrêtèrent à quelques nanomètres de ma tête.

— Une inondation ? dit-elle.

— Oui, un homme…

— Qu'est-ce que c'est, un « homme » ?

— Pardon, un Grglldd, me corrigeai-je.

— Le singulier de Grglldd est Grgglu ! me cria Casanova.

Je me corrigeai à nouveau :

— Pardon, ma reine : un Grgglu va noyer la cité des fourmis.

La reine abaissa ses pattes et constata :

— Les Grglldd sont bien capables d'une chose pareille.

— Vous devez donner aux fourmis l'ordre d'évacuer la cité, insistai-je.

La reine me dévisagea avant de demander :

— Pourquoi devrais-je croire une ridicule petite ouvrière ?

— Si ce n'était pas vrai, je ne serais pas revenue. Après tout, vous vouliez me faire exécuter.

La reine hocha la tête, convaincue. Puis elle donna l'ordre d'évacuation.

Malheureusement, elle ne l'entendait pas tout à fait comme moi. Elle ordonna aux deux prêtresses :

— Allez chercher mes meilleurs amants dans mes appartements. Nous fuirons avec eux.

Les deux prêtresses partirent en courant. La reine les rappela :

— Et ne dites pas aux autres prêtresses que nous décampons !

Je la regardai avec colère :

— Vous ne voulez pas que les autres prêtresses le sachent ?

— Mes amants ne peuvent porter que moi et les deux prêtresses, m'expliqua-t-elle comme si c'était la chose la plus naturelle du monde.

— Les autres prêtresses vont se noyer ? dis-je, épouvantée.

— Et alors ?

Les prêtresses revenaient en hâte dans la chambre, accompagnées de dix fourmis ailées.

— Vous ne voulez donc pas vous adresser au peuple ? dis-je.

— Dans une telle situation, chaque seconde est précieuse. Je ne dois pas perdre de temps ! répondit la reine.

Puis elle se tourna vers ses amants :

— Conduisez-nous à la surface.

Les fourmis ailées obéirent. Chacune des deux prêtresses fut prise en charge par deux d'entre elles, tandis que les six autres soulevaient péniblement la reine.

— Mais vous ne pouvez pas laisser votre peuple se noyer ! lui criai-je.

— L'important est la survie de notre peuple, répondit la reine dans la meilleure tradition des conférences de presse dictatoriales. Je dois me sauver moi-même pour sauver mon peuple.

Sur ces paroles, elle se fit emporter dans les airs par ses amants.

J'étais en état de choc : d'un instant à l'autre, Alex allait engloutir la cité sous les eaux, et la reine abandonnait ses sujets à leur sort !

L'esprit confus, je m'approchai de la fenêtre. Des petites troupes grouillaient de tous côtés. Celle de Krttx et de Fsss était certainement là aussi. Elles méritaient bien plus de survivre que la reine.

— Nous devons avertir les fourmis ! dis-je à Casanova, sans avoir la moindre idée de la façon dont je m'y prendrais pour les forcer à m'écouter.

C'est alors que nous entendîmes le grondement de l'eau qui s'engouffrait dans la galerie.

— Trop tard, dit Casanova.

— Il semblerait, dis-je avec tristesse.

— Du moins avons-nous sauvé quelques fourmis, reprit Casanova. Peut-être cela compte-t-il pour du bon karma.

— Espérons-le, dis-je.

Et ce fut le Déluge.

24

Une fois de plus, ma vie défila devant mon œil spirituel : la fuite des appartements royaux, Nina en peignoir de bain, le désespoir d'Alex, comment je m'étais endormie sur la joue de Lilly...

Parvenue à cet endroit, j'essayai à toute force d'arrêter le film. Je voulais rester dans le souvenir de Lilly, de son souffle, de son contact, du petit baiser de fourmi que je lui avais donné – je voulais goûter cela pour toujours...

Mais le fleuve du souvenir emporta tout : je vis la fuite de la reine, j'entendis le flot de l'inondation. Je vis l'énorme masse d'eau s'abattre sur la cité des fourmis ! J'entendis leurs cris ! Je vis la voûte se ramollir et s'effondrer sur nous. Je me sentis emportée par un torrent de boue... Puis tout devint noir devant mes yeux...

Pour une seconde.

Je vis de nouveau la lumière.
Plus brillante à chaque instant.
Merveilleuse.

Elle m'enveloppa.

Mais je me doutais qu'elle allait me repousser une fois de plus. Alors, j'essayai de toutes mes forces de ne pas la prendre dans mes bras. De ne pas entrer en elle. Je ne voulais plus connaître une telle déception.

Pourtant je n'avais aucune chance, elle était trop douce. Je cessai de lutter.

Je la pris dans mes bras.
Je me sentais si bien.
Tellement en sécurité.
Tellement heureuse.

Puis je fus rejetée loin de la lumière. Une fois de plus.

Je m'éveillai dans une profonde tristesse. Avec Casanova, j'avais triché : oui, je voulais chasser Nina. Mais une part de moi n'en aspirait pas moins à cette lumière. Une part diablement grande.

Le *Signore* avait raison : c'était une sacrée carotte qu'on nous tendait là pour nous faire avancer.

J'espérais ne plus être réincarnée en fourmi. Mais comment croire que j'avais échappé à ce sort ? En fin de compte, ma tentative pour sauver les fourmis n'avait pas été un très grand succès. J'avais tout juste réussi à sauver une reine qui opprimait son peuple.

Mais… si j'étais de nouveau fourmi, pourquoi ne voyais-je rien ? Pourquoi ne sentais-je que quatre pattes au lieu de six ?

Et pourquoi diable me léchait-on avec cette insistance ?

— Tiens-toi tranquille, ma petite, je veux seulement te nettoyer, dit une voix douce.

Je voulus demander : « Qui suis-je ? Qui es-tu ? Ne suis-je plus une fourmi ? Qu'est-ce qui se passe ? Où est ce cinglé de Bouddha ? »

Mais tout ce qui sortit de ma bouche fut un long *Piiiiiiiiiiiiiiiiip !*

C'était moi, ça ? J'essayai encore. Je criai : « Bouddha ! », mais on entendit seulement : *Piiip !*

D'accord. De toute évidence, ces couinements venaient bien de moi.

J'étais peut-être un bébé chien ?

— Calme-toi, me susurra la tendre voix avec une intonation maternelle.

Me calmer, me calmer, je veux bien, pensai-je. Mais je suis aveugle, je ne peux pas parler, je ne sais pas dans quel corps je me trouve, et il y a une langue qui n'arrête pas de me lécher – alors, comment diable veux-tu que je me calme ?

— Piiiiiiip ! fis-je donc, pas du tout apaisée.

— Il ne faut pas avoir peur de la vie, ma petite, fit la tendre voix.

« Pas peur de la vie », c'était bien joli, mais je voulais d'abord savoir quelle vie : celle d'une taupe ? Mais nous n'étions pas sous terre, je sentais sur mon corps la chaleur des rayons du soleil. Je n'étais donc pas une taupe. Alors, quoi ? Un mouton aveugle ? Un chien aveugle ? Une poule aveugle ? Non, là, je m'égarais…

— Bon, au tour des autres maintenant, dit la voix – et, Dieu merci, la séance de léchage s'interrompit.

« Les autres ? » voulus-je demander, mais, là encore, je ne pus que pousser un *Piiiip*. C'est alors qu'un autre *Piiiip* me répondit, puis un autre, un autre, et encore un autre. Je n'étais pas seule[1].

— Ne soyez pas agités, mes petits. Maman est là, dit la voix.

Les autres *Piiip* devinrent moins perçants.

« Maman est là », quelle jolie phrase ! Mais elle me rappela aux choses sérieuses. Peu importait en quoi j'étais réincarnée, si je n'étais pas près de…

— Lilly ! Regarde, la maman cochon d'Inde nettoie ses petits !

C'était la voix d'Alex.

Une avalanche de pensées déferla dans mon esprit :

• Lilly est là !

1. Mémoires de Casanova : « J'étais revenu en ce monde sous la forme d'un mammifère, et mon cœur débordait de joie, car ma vie amoureuse allait à coup sûr prendre un nouvel essor. »

- Alex aussi.
- Alex a tué presque toutes les fourmis.
- Ça me met en rage.
- Même s'il ne savait pas ce qu'il faisait.
- Il n'a jamais été une fourmi.
- Ni un cochon d'Inde.
- Et moi j'étais un cochon d'Inde ?!?
- En tout cas, c'est ce qu'Alex avait dit.
- C'est vrai, il avait offert un cochon d'Inde à Lilly pour son anniversaire.
- La voix que j'entendais était sans doute la sienne.
- Et aussi la langue humide.
- Elle était donc bien enceinte.
- J'avais raison.
- Et Alex avait tort.
- L'imbécile.
- En tout cas je n'étais plus une fourmi.
- Youpi !!!
- J'avais réussi à amasser du bon karma.
- Trois fois youpi !!!
- J'étais un cochon d'Inde.
- Pas vraiment de quoi faire « Youpi !!! ».
- J'étais dans la merde.
- Comment diable un cochon d'Inde allait-il pouvoir chasser Nina ?

— Ton travail n'est pas de chasser Nina.

Je reconnus aussitôt les accents de père Noël de cette voix. C'était Bouddha.

Je vis alors émerger de l'obscurité un énorme cochon d'Inde qui me souriait aimablement. Il rayonnait d'une lumière blanche. Et quand je dis « rayonnait », ce n'est pas une image : je devais serrer très fort les paupières pour ne pas être aveuglée. Bouddha l'avait dit lors de notre première rencontre : « J'apparais aux hommes sous la forme dans laquelle leur âme s'est réincarnée. »

D'un petit geste de ses pattes, le cochon d'Inde-Bouddha dissipa les ténèbres, et, à la place, je vis apparaître une immense prairie dans un Technicolor chatoyant. Les fleurs les plus merveilleuses s'y épanouissaient à perte de vue – on se serait cru dans un trip au LSD. Bien sûr, il ne s'agissait pas d'un vrai décor. Bouddha m'avait seulement entraînée là pour pouvoir parler avec moi sans que nous soyons dérangés.

Ce doit être très plaisant de pouvoir créer à volonté sa propre réalité. Si j'étais capable de le faire, voici à quoi ressemblerait ma réalité : je serais de nouveau un être humain, la société ne trouverait pas répréhensible qu'on trompe son mari avec Daniel Kohn, et Nina vivrait au bord du lac Titicaca, totalement amnésique.

Je jetai un coup d'œil à mon corps et vis que j'étais un minuscule bébé cochon d'Inde, avec un pelage marron et blanc encore tout gluant de ma mise au monde.

— Pourquoi ne suis-je pas devenue autre chose qu'un cochon d'Inde ? demandai-je à Bouddha, et, sans lui laisser le temps de répondre, je me mis à trépigner sur mes petites pattes en criant : Je veux être un chien ! Je veux ! Je veux ! Je veux !

Une semaine plus tôt, je n'aurais jamais cru possible de m'entendre un jour prononcer une phrase pareille.

— Pour renaître en chien, il t'aurait fallu amasser davantage de bon karma.

— C'est parce que je n'ai pas sauvé les bonnes fourmis ? demandai-je.

— Non.

— Pourquoi, alors ?

— Tu ne les as pas sauvées pour les bonnes raisons.

— Pour les bonnes raisons ?

— Tu as agi pour des motifs égoïstes. Parce que tu voulais chasser Nina. Si tu avais fait la même chose d'un cœur pur, tu serais à présent...

— Un chien ? demandai-je avec espoir.

— Ou même quelque chose de plus élevé, dit-il tandis que la prairie psychédélique s'estompait lentement autour de nous.

Je ne voyais plus que Bouddha et sa radieuse lumière blanche. Et autour de lui un bon paquet de ténèbres.

— Que ta vie soit belle, dit le gros cochon d'Inde avant de se dissoudre à son tour.

— Hé, tu ne peux pas te débiner comme ça ! lui criai-je.

Mais il pouvait faire ce qu'il voulait, le salaud. J'étais de nouveau seule dans le noir à me demander

159

ce que pouvait signifier « quelque chose de supérieur » : un singe ? ou même un être humain ?

Mais qu'est-ce que ça m'apporterait de me réincarner en être humain ? Je serais beaucoup plus jeune que Lilly. Je serais un nourrisson.

Et soudain l'espoir rejaillit en moi ! A deux ans, je saurais déjà parler. Je raconterais tout à Alex, et je l'empêcherais de refaire sa vie avec Nina. Peut-être même attendrait-il que je sois adulte pour m'épouser à nouveau. Il aurait alors autour de cinquante ans, et moi dix-huit…

Holà ! Je faisais des projets pour me remarier avec Alex ? J'avais donc encore des sentiments pour lui ?

De toute façon, il y avait un hic : si, comme j'avais pu le faire en tant que fourmi ou cochon d'Inde, les êtres humains se souvenaient d'avoir été réincarnés, n'y aurait-il pas des quantités invraisemblables de gens qui se souviendraient de leurs vies antérieures ? Des gens qui diraient : « Salut, j'ai été Humphrey Bogart, et je suis content parce que maintenant je suis beaucoup plus grand. » Ou bien : « J'étais danseuse au Moulin-Rouge, mais, comme président de Mercedes, ça ne m'avance pas à grand-chose de savoir danser le french cancan. » Ou encore : « J'étais John Lennon, pourquoi maintenant j'arrive pas à passer le premier tour de la Nouvelle Star ? »

160

Or, dans la réalité, les seuls à se rappeler leurs vies antérieures étaient soit Shirley MacLaine, soit des cinglés – soit les deux.

Tant pis. Que je me réincarne en chien ou en être humain, ça valait mieux que de rester à mâchonner dans un corps de cochon d'Inde. Je devais le plus vite possible amasser davantage de bon karma !

— Est-ce que je peux prendre un des bébés cochons d'Inde dans mes bras ? demanda Lilly.

J'étais de nouveau dans la cage. Les rayons du soleil ne me réchauffaient plus, le ciel avait dû se couvrir. J'avais froid.

A présent, la maman cochon d'Inde léchait mes petits yeux encore collés. La première chose que je vis donc dans cette nouvelle vie fut une langue rose d'animal. Mais la deuxième, ce fut Lilly ! Elle semblait avoir tout à fait oublié son chagrin. La présence des cinq bébés cochons d'Inde que nous étions lui réchauffait le cœur.

— S'il te plaît, s'il te plaît, donne-moi le petit, là dans le coin ! dit-elle en me montrant du doigt. Tu as vu comme il me regarde !

Mon cœur battit à coups redoublés. Je voulais tant que Lilly me prenne dans ses bras et me cajole !

Alex ouvrit la porte de la cage. Mes frères et sœurs se mirent tous à pousser des cris de panique : *Piiiiiip !*

— Tout va bien, mes petits, chuchota la maman cochon d'Inde, les Oualalalala ne mangent pas les cochons d'Inde.

(De toute évidence, maman cochon d'Inde n'avait jamais vécu au Chili.)

Malgré ces paroles apaisantes, mes frères et sœurs continuaient de couiner, tandis que j'attendais calmement.

— Celui-là, dans le coin, c'est le seul qui n'a pas peur, remarqua Lilly.

— Alors, je prends celui-là, dit Alex.

Mon cœur battit encore plus fort. Il allait me prendre, me mettre dans les bras de ma petite fille. Je pourrais la câliner, sentir sa présence…

— Qu'est-ce que vous faites ?

C'était la voix de Nina.

— Lilly voudrait prendre dans ses bras un des petits cochons d'Inde.

— Mais ils viennent juste de naître, dit Nina. Ce n'est sûrement pas bon pour eux.

— Pas bon ? criai-je. Qu'est-ce que tu en sais, de ce que peut ressentir un cochon d'Inde ? Tu n'en as jamais été un !

Evidemment, Nina m'entendait seulement couiner : *Piiiiiip !* Mais, du coup, les autres petits se remirent à couiner de plus belle.

— Vous entendez, ils sont complètement affolés, dit Nina.

Je fermai aussitôt ma petite gueule de cochon d'Inde. Mais trop tard.

— Tu as raison, dit Alex. Nous attendrons qu'ils soient un peu plus grands, ajouta-t-il pour Lilly.

Et il ferma la cage.

Lilly était de nouveau loin de moi.

25

Nous passâmes les jours suivants à grandir, choyés par notre mère. Et je dois reconnaître qu'elle nous maternait drôlement bien. Elle nous dorlotait vingt-quatre heures sur vingt-quatre, nous disait des choses positives, nous nettoyait avec sa langue. Et, aussi étonnant que cela puisse paraître, ça commençait à me plaire. Après les journées agitées de mes vies de fourmi, c'était presque des vacances. Bon, j'aurais quand même préféré une semaine en thalassothérapie avec des masseurs musclés (et j'aurais sans doute encore mieux apprécié d'être léchée dans ces conditions).

Pendant un bon moment, je me demandai pourquoi ça me plaisait tellement. Au début, je mis ça sur le compte de l'instinct du petit cochon d'Inde qui sait que « maman m'aime ». Puis je commençai à entrevoir que, même quand j'étais un enfant humain, cet instinct devait exister en moi... sauf que ma mère, hélas, était la plupart du temps trop occupée par ses propres problèmes.

Au fil des années, j'avais développé diverses stratégies pour attirer son attention : petite fille, j'essayais de l'impressionner en ayant de bonnes notes à l'école. En vain. Adolescente, je m'étais révoltée. Et, quand j'avais constaté que ça lui était tout aussi égal, j'avais cherché l'amour ailleurs. En Alex, j'avais trouvé non seulement un amoureux, mais aussi un ami et un soutien. Contrairement à moi, il venait d'une famille très unie. Ses parents étaient mariés et heureux en ménage depuis plus de vingt ans, ils aimaient leurs enfants, avaient toujours une vision positive de l'avenir. Bref, pour moi, c'étaient des créatures sorties d'un roman de science-fiction.

Quand je déjeunais chez eux, je me sentais à la fois bien et mal à l'aise. Bien, à cause de toute cette harmonie. Mal, parce que je pensais toujours à cette vieille chanson de *1 rue Sésame* : « L'une de ces choses ne va pas avec les autres. »

Et la « chose » qui n'allait pas au milieu de tous ces gens doués pour le bonheur, c'était moi.

Pourtant, Alex m'avait donné confiance : nous aussi, nous étions capables de fonder une famille pareille à la sienne. Et j'y avais même cru pendant quelque temps.

Mais mon faux pas avait détruit ma famille humaine, et à présent j'appartenais à cette sacrée famille cochon d'Inde !

Enfin, au bout de dix jours, Alex dit à Lilly :

— Maintenant, tu peux prendre un des petits cochons d'Inde dans tes bras.

166

Aussitôt, je me précipitai vers la porte, bousculant les autres au passage – avec l'un d'eux, qui me serrait vraiment de trop près, je dus même être un peu plus ferme, nonobstant le sermon de notre maman : « Tu ne dois pas donner de coups de pied mal placés à ton frère[1]. »

Je ne répondis que par un bref couinement : mon appareil phonatoire n'était pas encore assez développé pour me permettre de m'expliquer.

— Lequel je prends ? demanda Lilly.

Je la regardai avec une confiance tout à fait bouleversante. Alex me sortit précautionneusement de la cage. Ses mains étaient aussi grandes que mon corps entier, et je m'aperçus que c'était la première fois qu'il me touchait depuis des jours. Ce fut une sensation merveilleuse, à la fois forte et douce.

Je me demandai s'il me toucherait à nouveau un jour de cette façon dans la peau d'un être humain. Après tout, il existait peut-être une chance que je revienne sous cette forme, et qu'il m'ait attendue ? Aurait-il encore les mains aussi douces à cinquante ans ? Je m'aperçus que cette rêverie m'emplissait de nostalgie, et je dus me rendre à l'évidence : j'avais encore des sentiments pour lui.

Alex me déposa dans les bras de Lilly en lui recommandant de faire attention. Tout excitée, Lilly me dit :

1. Mémoires de Casanova : « Pendant quelques heures, je couinai une octave plus haut. »

167

— Viens, je veux te montrer quelque chose !

Elle ajouta effrontément à l'adresse d'Alex :

— Et toi, t'as pas le droit de regarder.

Un peu étonné, il la laissa faire.

Lilly m'emporta dans un coin au fond du jardin. Tout à coup, elle éternua, mais, aussitôt après, posant les doigts sur ses lèvres, elle me fit un petit « Chut ! », s'accroupit sur le sol – et c'est alors qu'apparut… une meringue au chocolat !

— C'est ma cachette de bonbons, expliqua-t-elle fièrement.

J'étais très étonnée. En tant que mère, j'avais toujours cru que les secrets commenceraient tout au plus à l'approche de la puberté.

— On va partager, proposa-t-elle.

Ce n'était pas une bonne idée, pour au moins deux raisons : d'abord, un petit cochon d'Inde ne peut pas digérer la meringue au chocolat ; ensuite, Lilly allait à tous les coups être malade si elle mangeait ce truc-là.

Je secouai énergiquement la tête, à quoi Lilly répondit seulement, entre deux éternuements :

— Bon, ben si t'en veux pas, je vais la manger toute seule.

C'était pire. Alors, comme je ne voulais pas que Lilly ait mal au ventre, je pris la meringue au chocolat, qui avait un vague goût de moisi, et me mis bravement à la grignoter. Une bonne action si l'on songe que j'évitais ainsi à Lilly d'être trop malade. Mais moins bonne si on considère que, d'un autre côté, j'allais passer la soirée à vomir dans toute la cage.

Quand j'eus fini de m'empiffrer, Lilly me demanda :

— Tu sais ce qui m'arrive tout le temps au jardin d'enfants ?

Je secouai la tête, chose qui, pour elle, allait de soi. Les enfants ne s'étonnent pas quand les animaux leur répondent. (Inversement, quand on est adulte, on se demande toujours : « Est-ce que cette bête peut comprendre ce que je lui dis ? » A présent je connais la réponse : si c'est un être humain réincarné, oui. Et il aurait beaucoup à dire sur des phrases du genre : « Pcht-pcht-pcht, qui est-ce qui est mon petit chéri ? »)

— Les autres me font des misères.

Ces paroles de Lilly m'arrachèrent brusquement à mes pensées. Les autres enfants n'étaient pas gentils avec elle ? Je sentis monter en moi une violente colère. Ah, je savais pourquoi j'avais du mal à supporter la plupart des enfants !

— Lucas et Nils m'appellent tout le temps Pipi-Lilly, et ils me tapent.

Furieuse, je frappai le sol de mes petites pattes.

— Ils font ça depuis des semaines, dit Lilly, les larmes aux yeux.

Depuis des semaines ? pensai-je. Ça voulait dire que ces petits salauds embêtaient déjà Lilly quand j'étais encore un être humain ! Pourquoi ne m'avait-elle rien dit ? Et, plus grave : pourquoi n'avais-je rien remarqué ?

Mon cœur se serra. De toute évidence, je n'en savais pas assez sur la vie de ma petite fille.

— Maman m'a toujours dit que je devais avoir confiance en moi et me défendre, poursuivait Lilly en se grattant le bras. Mais moi je ne peux pas.

Mon Dieu ! Elle ne nous avait rien raconté parce que je lui avais dit que, si jamais elle avait un problème au jardin d'enfants, elle devait se faire confiance ! J'étais partie du principe qu'elle saurait s'imposer toute seule, et, en disant cela, j'avais traité ce petit être comme un adulte. Mais elle n'avait que cinq ans. J'aurais dû être là, j'aurais dû leur passer un savon, à ces petits crétins.

Et maintenant, je ne pouvais rien faire pour aider ma petite fille à s'en sortir.

Lilly me regardait tristement. Impuissante, je posai ma petite patte sur sa main et la caressai. Lilly se gratta le cou.

Je passai la nuit à me débattre à la fois avec mes remords envers Lilly et avec des crampes d'estomac. Comme la douleur m'empêchait de dormir, je pus voir Alex et Nina préparer le repas ensemble. Ils faisaient cela tous les soirs, après quoi ils s'installaient devant la cheminée, où Alex allumait un feu quand les soirées étaient trop fraîches. Dans ces moments-là, Nina ne cessait de lui adresser des sourires prudents, mais jusqu'ici, heureusement, il n'avait encore jamais répondu à ses avances. Avec l'accent sur le « jusqu'ici »…

Ce soir-là, ils étaient de nouveau en grande conversation devant la cheminée. C'était surtout Alex qui parlait, tandis que Nina affichait une mine d'auditrice attentive. Elle était très probablement en train de se demander à partir de quel moment il cesserait d'être indécent de le séduire.

Soudain, Nina fit une observation.

Je ne pus entendre ce qu'elle disait, mais Alex sourit. Cela me déplut profondément. Comme Nina reprenait la parole, j'essayai de lire sur ses lèvres.

— Frblmpf, dit-elle.

— Aaaba, laaaffne, brull, lus-je sur le visage souriant d'Alex.

Il fallait que je me concentre un peu mieux.

— Les gynécologues dansent le sorbet, lus-je sur les lèvres de Nina.

— Et les urologues la tarte à l'oignon, répondit Alex.

Je devais me concentrer beaucoup plus encore.

— J'aime ton wapiti, dit Nina.

Soit ça, soit : « J'aime ton petit zizi. »

A quoi Alex répondit :

— Mon petit zizi a le Dolby Digital aussi.

— Argghhh ! hurlai-je – cet exercice me rendait dingue.

— Chut ! fit ma maman cochon d'Inde. Les autres dorment.

Malgré son ton aimable, je sentis qu'elle commençait à me considérer comme un enfant à problèmes.

Refusant d'entrer dans ces considérations, je voulus continuer à lire sur les lèvres, mais ce n'était plus nécessaire. Nina venait de faire rire Alex. A voix haute. De tout son cœur !

Comment pouvait-il rire ? J'étais morte ! Il aurait dû pleurer constamment ! Nuit et jour ! Tellement qu'après ça, il aurait dû se faire remplir les glandes lacrymales par un médecin !

Mais Alex riait toujours. Il ne songeait absolument pas à refaire le plein de larmes.

Furieuse, je flanquai un bon coup au peloteur obsédé. Il dormait, mais je m'en fichais. Il grogna et se rendormit.

Cependant, maman cochon d'Inde me faisait la leçon :

— Tu dois être plus gentille avec les autres. Vous êtes tous frères et sœurs, un jour tu les aimeras toi aussi.

Le jour où j'aimerai ces cochons d'Inde, pensai-je avec amertume, le pape dansera sur *Hava Nagila* !

Je regardai de nouveau Alex. Il essuyait des larmes de rire ! Puis il dit à Nina : « Merci » (ça, je n'eus pas de mal à le lire), lui souhaita bonne nuit avec un « Je vais laver mon petit zizi » (là, j'avais eu un peu de mal à déchiffrer), puis il se dirigea vers la chambre à coucher tandis que Nina le dévorait des yeux.

Je la dévisageai avec colère. Si on avait voulu faire un film des images qui me passèrent par la tête en cet instant, on aurait pu l'intituler *L'Attaque du cochon d'Inde tueur*.

— La femelle Oualalalala est une bonne créature.

Cette réflexion de maman cochon d'Inde m'arracha à mes fantasmes de film d'horreur.

— Le mâle a perdu son ancienne femelle il y a peu, et elle a du chagrin pour lui.

— Bonne créature, pfff ! couinai-je du ton le plus sarcastique permis à un cochon d'Inde – ce qui, je l'admets, n'était pas grand-chose.

Puis je me remis à observer Nina, me demandant comment me débarrasser d'elle. Mais, à part le projet peu réaliste d'attraper moi-même la rage pour la mordre ensuite, je ne trouvai rien.

Au lieu de cela, c'est Nina qui trouva un moyen de me retirer de la circulation

Le lendemain matin, Alex se tenait devant notre cage avec Nina.

— Tu crois vraiment ? disait-il.

— J'en suis tout à fait sûre, répondit Nina.

– Si nous donnons les cochons d'Inde, Lilly en aura le cœur brisé, reprit Alex.

Donner ? Ils voulaient nous donner ?

— C'est la meilleure solution pour la petite, dit Nina.

Alex hocha la tête.

— La meilleure solution ? couinai-je. Qu'est-ce que tu en sais ? La solution, c'est que tu ailles te planter au milieu de l'autoroute A1 à une heure de grande circulation !

— La petite a déjà le visage tout enflé, dit Nina. Elle est allergique aux poils de cochon d'Inde.

Oh, non, pas ça ! Et dire que je n'y avais même pas pensé ! Pendant tout le temps que j'avais passé avec elle, la petite éternuait et se grattait, et la cause n'en était pas le froid ni une quelconque éruption, mais moi. Plus grave encore : Nina faisait tout ça dans l'intérêt de la petite. Autrement dit, elle marquait des points auprès d'Alex.

Je couinai bruyamment pour manifester ma désapprobation.

— Nous serons obligés de garder la maman. Elle est trop vieille. Mais je peux emporter les autres au travail, dit Alex.

Je cessai de couiner. Alex avait un travail ?

Ça me revint d'un coup : peu de temps avant ma mort, Alex m'avait raconté que son copain Bodo lui proposait un boulot à l'université. Comme collaborateur scientifique.

Au laboratoire d'expérimentation animale.

Et là, je me remis à couiner éperdument !

26

Le lendemain matin, je me retrouvai dans une petite cage grillagée en compagnie de mes frères et sœur. On nous avait posés sur une table en bois, dans un cagibi sans fenêtre, près d'un ordinateur qui avait connu des jours meilleurs vers la fin des années 1990. Nous respirions de l'air conditionné. C'était le nouveau bureau d'Alex, dans un centre de recherches en périphérie de la ville. Un lieu de désolation qui aurait poussé au suicide n'importe quel spécialiste du feng shui.

Moi non plus, je ne m'y sentais pas très bien.

Pourquoi Alex avait-il accepté ce poste ? L'expérimentation animale – si louable que soit son but – n'était vraiment pas sa tasse de thé. Et puis, je lui avais laissé suffisamment d'argent pour…

Aïe, merde, non ! Pas du tout ! Tout mon argent était passé dans la villa, parce que je m'étais totalement plantée dans mes calculs sur les travaux de rénovation. Et je n'avais souscrit aucune assurance-vie. Pour payer l'hypothèque et pour survivre, Alex était maintenant obligé de travailler.

Qu'est-ce que nous sommes égocentriques, nous autres défunts ! J'avais toujours considéré la vie après la mort comme quelque chose de dégueulasse. Mais, pour ceux qui restaient, la vie avant la mort l'était presque autant.

J'avais tellement de remords qu'il fallait que je fasse quelque chose pour me défouler : je tapai sur le peloteur obsédé.

— Vas-tu cesser, petit crétin ! grommela-t-il.

Je restai stupéfaite. Pas seulement parce que l'appareil phonatoire de ce petit cochon d'Inde noir avec une tache blanche sur l'œil avait beaucoup évolué, mais aussi à cause de sa façon de s'exprimer. A mon tour, je fis un essai de voix :

— Eêê…

Mes cordes vocales n'étaient pas encore bien rodées, mais les mots finirent par sortir :

— Etes-vous Casanova ?

Les yeux du peloteur s'illuminèrent :

— Madame Kim ?

— Oui ! dis-je, heureuse de ce rayon de soleil dans la grisaille.

— Quelle merveille, nous ne sommes plus des fourmis ! exulta le *Signore*.

En même temps, il se pressait si fort contre moi que j'éprouvai le besoin urgent d'une tente à oxygène. Cependant, il poursuivait son bavardage :

— Cette histoire de bon karma en valait la peine ! Je ne saurais vous dire à quel point je suis charmé d'être redevenu un mammifère ! Et savez-vous, madame, ce qui me réjouit le plus ?

— Non, pas vraiment.

— C'est de retrouver les plaisirs de la chair.

— Les plaisirs de la chair ? fis-je, un peu déconcertée.

— Quand j'étais fourmi, l'acte d'amour avec la reine était pour moi une véritable abomination, m'expliqua-t-il. Mais à présent, je suis un cochon d'Inde mâle. Et, si vous me pardonnez cette expression triviale, madame, les cochons d'Inde s'acc…

— Je ne veux pas entendre le reste ! coupai-je brusquement.

Après tout, je faisais partie des partenaires potentielles.

Et j'avais des problèmes plus urgents à résoudre que la libido de Casanova. J'essayai de le lui faire comprendre :

— Nous sommes dans un laboratoire d'expérimentation animale !

— Qu'est-ce que c'est ? demanda une voix douce derrière nous.

En nous retournant, nous vîmes les visages apeurés des trois autres petits.

— Je ne le sais pas moi-même, répondit Casanova au cobaye brun qui avait posé la question et qui le regardait d'un air de doute.

— Et qu'est-ce que c'est, « l'acte d'amour » ? demanda un deuxième cobaye, une délicate petite femelle presque toute blanche.

— Cela, mademoiselle, je peux vous l'expliquer très précisément, commença Casanova, plein d'entrain.

— Que veut dire « mademoiselle » ? l'interrompit le troisième, un cochon d'Inde brun-roux très costaud.

— Une femme qui n'est pas mariée est…

— C'est quoi, « mariée » ? demanda la petite femelle.

— Les hommes…

— C'est quoi, les ho…

— Mon Dieu, allez-vous me laisser terminer ? gronda Casanova.

Les petits cobayes, intimidés, se turent. Casanova se lança alors dans une longue explication sur les nombreuses formes de l'amour, mais en vain. Ils n'étaient encore que des enfants.

— Nous parlerons de mâles et de femelles quand vous serez un peu plus grands, l'interrompis-je.

Les petits cochons d'Inde hochèrent la tête, tout à fait d'accord. Ce luxe de détails sur l'acte sexuel les avait tout de même pas mal perturbés.

— Oui, mais que veut dire « expérimentation animale » ? insista le cochon d'Inde sceptique, sentant bien que c'était là que résidait le danger.

Je commençai à expliquer :

— Les Oualalalala font avec nous des choses désagréables, et…

Mais c'était déjà suffisant pour provoquer la panique.

— Maman ! criaient les petits. On veut voir maman !

— Quelles choses ? demanda Casanova.

Je n'eus pas le temps de répondre : Alex entrait dans le bureau. Il venait sûrement nous chercher pour ses expériences. Je me mis à crier :

— C'est moi, ta femme ! Fais-moi sortir d'ici tout de suite ! Je ne veux pas qu'on me branche des électrodes jusqu'à ce que je devienne tout juste bonne à ânonner « Lalalala bamba ! ».

Malgré leur ignorance de ce qu'étaient des électrodes ou *La Bamba*, les autres cobayes, tout aussi paniqués – à l'exception de Casanova, très digne –, faisaient un boucan d'enfer.

Mais Alex nous dit d'une voix apaisante :

— Ne vous affolez pas. Nous faisons juste une petite étude de comportement.

Une étude de comportement ? Ne pas s'affoler ? Bon, c'était déjà quelque chose. Nous n'étions pas tirés d'affaire, loin de là, mais il y avait un net progrès par rapport aux électrodes.

A cet instant, Bodo, l'ancien copain de fac d'Alex, entra dans le bureau. A près de trente-cinq ans, il était célibataire. Pas seulement parce qu'il était petit avec un air sournois. Mais aussi parce qu'il y a des phrases nettement plus excitantes à entendre que : « Je gagne ma vie en faisant des expériences sur les animaux. »

Alex et lui ne se seraient sans doute jamais connus si leur professeur ne les avait pas fait plancher ensemble sur un projet de recherche. Et, comme Alex voyait toujours le bon côté des gens, il avait continué à le défendre fidèlement par la suite : « Tu te trompes, Bodo est loin d'être un sale type. »

— Bienvenue dans ton nouveau job ! dit Bodo en riant.

Alex hocha la tête sans répondre, visiblement mal à l'aise d'avoir dû accepter ce boulot. Et moi donc ! D'abord parce que c'était ma faute s'il avait dû l'accepter. Mais aussi parce que, maintenant, j'étais moi-même l'objet de son activité.

— Le professeur veut les résultats de l'expérience du labyrinthe avec les cobayes dès demain.

— Mais pourquoi ? Ce n'est qu'un vieux test standard que plus personne ne fait nulle part, en dehors de lui !

— Les études de comportement, c'est son dada.

— Mais je dois vraiment commencer dès aujourd'hui ? demanda Alex.

— Où est le problème ?

— Il faut que j'aille chercher ma fille au jardin d'enfants.

— Personne ne peut le faire à ta place ? Le prof ne sera pas très content si tu te tires avant l'heure.

— Il… il y aurait bien quelqu'un, hésita Alex.

Je n'en croyais pas mes oreilles : il voulait envoyer Nina chercher Lilly ?!?

— C'est la bonne attitude. Si tu veux passer la période d'essai, dit Bodo avant de quitter le bureau.

Avec un soupir, Alex nous regarda et dit :

— Eh bien, allons-y pour le labyrinthe.

27

Alex nous transporta dans un grand laboratoire éclairé au néon, où un immense labyrinthe en miroirs avait été construit sur le carrelage. Puis il attribua un numéro à chacun des cochons d'Inde, de un à cinq. Moi, j'étais le numéro quatre. Autrefois, il lui était arrivé de me donner des petits noms plus gentils.

Je me sentais terriblement énervée. Tandis que les autres petits couinaient peureusement, Casanova me demanda :

— Que veut faire votre mari ?

— Si nous avons de la chance, nous aurons juste à courir dans un labyrinthe.

En disant cela, je tortillais nerveusement mes moustaches de cochon d'Inde avec ma patte.

D'une voix douce, Alex nous dit :

— N'ayez pas peur, mes petits. C'est juste une expérience inoffensive.

J'aurais bien voulu le croire sur parole !

Alex nous déposa tous les cinq au centre du labyrinthe. Il y régnait une odeur de désinfectant – l'endroit était bien sûr constamment nettoyé. A peine étions-nous là que les trois petits, affolés, s'enfuyaient à toute allure.

— Nous serons dehors en un clin d'œil, dit Casanova.

Et il déguerpit à son tour.

Quant à moi, je restai assise et décidai de faire la grève. Les autres pouvaient se fatiguer s'ils voulaient. Moi, j'attendrais qu'Alex se lasse et me sorte de là. Qu'est-ce qu'il pouvait faire d'autre ?

C'est alors que je sentis sous mes pattes un choc électrique, certes inoffensif, mais tout de même assez violent.

Voilà donc ce qu'il pouvait faire !

— Aïe ! Merde, ça va pas la tête ?!? lui criai-je.

— Désolé, mon petit, l'entendis-je répondre d'une voix mal assurée.

Il n'aimait pas ce qu'il faisait là. Mais moi encore moins !

Ma stupéfaction était telle que je restai d'abord immobile. La seconde décharge électrique arriva très vite. Un peu plus forte que la première.

— Ce que tu fais là est clairement un motif de divorce ! criai-je à Alex avant de me mettre à courir.

Au bout de quinze secondes environ, j'éclatais ma petite tronche de cochon d'Inde contre la première cloison réfléchissante.

Je tentai de me calmer. Je devais pouvoir sortir de cet endroit d'une façon ou d'une autre. Après tout, je n'étais pas un cochon d'Inde ordinaire : j'étais un être humain réincarné ! Donc infiniment supérieure à de vulgaires animaux de laboratoire ! Ce serait à crever de rire si je n'arrivais pas à sortir de là en une minute au plus !

Deux heures plus tard, je n'étais toujours pas sortie. Et je ne riais pas.

Mes pattes étaient fatiguées, j'avais mal à la tête. Je m'étais cognée un nombre incalculable de fois contre des miroirs. Mais, chaque fois que j'avais voulu renoncer et m'arrêter un peu trop longtemps, Alex m'avait envoyé une décharge électrique.

A un moment, je me retrouvai face à Casanova dans un cul-de-sac. (Ou bien n'était-ce que son reflet dans un miroir, et me parlait-il d'un autre endroit ?)

— Je ne supporte pas votre mari, me confia-t-il.

— Moi non plus ! répondis-je.

Ce qu'Alex faisait là avec moi conférait une dimension toute nouvelle à la notion de « problème de couple ». Entre-temps, il m'était devenu tout à fait égal que ce fût ma faute s'il était à présent aux manettes. Ça faisait bien une douzaine de décharges électriques que tous mes scrupules envers lui s'étaient envolés.

Et voilà qu'il m'en envoyait une nouvelle !

— OK, cette fois c'est fini ! Je divorce ! criai-je.

Alex se pencha sur le labyrinthe. Son visage, qui m'apparaissait surdimensionné, exprimait la perplexité : que lui voulait ce petit cochon d'Inde brun tacheté de blanc qui piaillait au-dessous de lui ? Il aurait été très étonné d'apprendre qu'il était en train de lui réclamer le divorce.

Pendant encore une demi-heure, je continuai à courir, le ventre creux. Ça faisait très longtemps qu'on ne nous avait donné aucune nourriture, et je ne rêvais plus que de sortir du labyrinthe pour trouver à manger. Soudain, à la sortie d'un tournant, j'aperçus deux écuelles. L'une remplie d'herbe, l'autre de mortadelle.

L'odeur de l'herbe semblait infiniment plus appétissante au cochon d'Inde que j'étais, tandis que la mortadelle me dégoûtait carrément. Autrefois, quand j'étais humaine, je n'étais absolument pas végétarienne – l'impressionnant excédent de biomasse sur mes hanches était là pour en témoigner. Mais il en allait tout autrement à présent : la seule pensée de la quantité de viande que j'avais absorbée au cours de ma vie humaine me faisait frémir d'horreur. Surtout parce que je me demandais maintenant si je n'avais pas boulotté quelques humains réincarnés : le porc aigre-doux n'était-il pas, par hasard, un Chinois réincarné ? La saucisse au curry, ma défunte tante Kerstin ? Et cette mortadelle dans l'écuelle, n'était-ce pas feu le chancelier Konrad Adenauer ?

Cette histoire de réincarnation faisait surgir des questions de plus en plus déplaisantes. Essayant de ne penser ni à tante Kerstin, ni à Adenauer, ni à des Chinois émincés à la sauce aigre-douce, je considérai les deux écuelles, me demandant comment l'expérimentateur – en l'occurrence, Alex – avait pu concevoir l'idée saugrenue qu'un cochon d'Inde envisagerait un seul instant de choisir la mortadelle.

Je me dirigeai vers l'écuelle remplie d'herbe… et reçus une nouvelle décharge électrique.

— Aïe ! criai-je.

Je compris soudain comment il avait pu concevoir cette idée saugrenue : seule l'écuelle de mortadelle n'envoyait pas de décharge électrique.

— Je te hais ! lui criai-je. J'aurais dû te tromper avec Daniel Kohn depuis bien longtemps !

Alex attendait de voir si je me dirigerais vers la mortadelle. Tout ça était vraiment une…

— Foutue saloperie sadique !

Je sursautai : Alex venait d'exprimer tout haut ma pensée.

— Pardonnez-moi, mes petits. Je vous sors de là tout de suite. Tout ça est une vaste connerie. Je démissionne !

— Au bout d'une seule journée ? fit la voix de Bodo, qui venait apparemment tout juste d'entrer dans la pièce.

— Je ne peux simplement pas faire ça, dit Alex.

— Pourtant, ici, tu n'as à faire qu'un peu de recherche comportementale, avec de toutes petites décharges électriques. Qu'est-ce que tu dirais de ce que je fais avec mes bestioles, en face, pour l'étude sur le diabète !

— Ce que tu fais, je le sais, dit Alex.

— C'est pour la bonne cause.

— Ça se peut. Mais l'expérimentation animale, c'est pas mon truc, c'est tout.

— Je croyais que ta femme t'avait laissé sans un ? insista Bodo avec quelque chose de répugnant dans la voix.

— Je préfère encore aller vivre dans une cité HLM plutôt que de continuer à travailler ici ! répliqua Alex d'un ton acide.

Sa voix s'était raffermie. Il avait retrouvé toute son assurance.

— Restons-en là. Je démissionne !

Mon cœur bondit de joie.

— Et j'emmène les cochons d'Inde.

Cette fois, mon cœur faisait du trampoline.

— Oublie ça, dit Bodo. J'en ai besoin d'urgence pour la recherche sur le diabète. C'est pour ça que je suis là.

Le trampoline fut brusquement retiré de sous mon cœur.

— Je viens de paumer un de mes groupes témoins à cause d'une stupide erreur. Si tu ne me laisses pas ceux-là, on va perdre une journée décisive pour l'étude sur le diabète.

Alex réfléchit avant de répondre d'un ton maussade :

— Bon, d'accord, prends-les.

Mon cœur s'écrasa à côté du trampoline avec un grand « Splatch ! ».

Alex quitta la pièce sans dire au revoir à Bodo.

— Je reviens vous chercher, nous dit Bodo, qui sortit à son tour.

Il fallait comprendre Alex : pour lui, nous n'étions que des cobayes. Et cette étude pouvait sauver des êtres humains. Oui, on pouvait le comprendre. Mais on n'était pas obligé. En tout cas, sûrement pas moi. Je lui en voulais à mort. Il m'avait torturée avant de m'abandonner entre les griffes d'un sadique. Et il laissait Nina aller chercher Lilly au jardin d'enfants. Dire que, quelques heures plus tôt, j'imaginais encore qu'Alex et moi pourrions un jour redevenir un couple…

J'étais si furieuse contre Alex que je me précipitai contre mon image dans le miroir, m'y jetant à plusieurs reprises de toutes mes forces de cochon d'Inde. Jusqu'à ce que la cloison vole en éclats. Casanova se trouvait juste derrière.

Il me demanda avec intérêt :

— Que signifie l'expression : recherche sur le diabète ?

— Qu'on fait des expériences sur nous pour soigner des humains malades, expliquai-je en recommençant à tirailler très fort mes moustaches.

— Mais c'est merveilleux ! dit Casanova.

Je le regardai, incrédule.

— Parce que, dans ce cas, acheva-t-il d'un air triomphant, nous allons vraiment amasser du bon karma !

Casanova était d'excellente humeur. Pas trop étonnant si l'on songe que, contrairement à moi, il n'avait
jamais animé d'émission sur l'expérimentation animale. Je savais, moi, que, comparé à ce genre d'étude,
un séjour à Guantanamo, c'était des vacances au
Club Med.

Je tremblais donc comme une feuille, alors que
Casanova se voyait déjà atteindre directement le Nirvana, avec un peu de chance.

La perspective d'amasser du bon karma me sédui-
sait aussi, bien sûr. Mais au point de me laisser injecter pendant des jours, peut-être des semaines, de
l'insuline ou Dieu sait quoi encore ? J'aurais d'abord
de la fièvre, puis de l'arythmie cardiaque, avant de me
mettre à délirer.

Certes, je viendrais en aide à des malades humains.
Mais étais-je d'accord pour me laisser torturer à mort
pour des gens qui avaient mangé trop de sucreries
dans leur vie ?

Cependant, avais-je une autre solution ?

M'enfuir ? Mille autres espèces d'animaux avaient
plus de chances que moi de se tirer d'une telle

situation. Je n'avais même pas été capable de trouver la sortie d'un fichu labyrinthe.

Mais ne devais-je pas au moins essayer ?

Tandis que nous attendions Bodo, je pesai le pour et le contre.

Pour : je ne serais pas torturée à mort.

Contre : je n'amasserais pas de bon karma.

Pour : je ne serais pas torturée à mort.

Contre : peut-être même amasserais-je du mauvais karma.

Pour : je ne serais pas torturée à mort.

Contre : avec un mauvais karma, j'allais peut-être me réincarner en fourmi.

Pour : aucun de ces stupides arguments karmiques ne faisait le poids devant « je ne serai pas torturée à mort ».

La chose était entendue : j'allais tenter de fuir. Les diabétiques n'avaient qu'à faire leurs expériences sur eux-mêmes !

Sauf que Bodo revint avant que j'aie pu échafauder un quelconque plan d'évasion.

— Ça y est, mes jolis, votre protocole est prêt, dit-il gaiement.

Je pensai : il n'est pas toujours positif que les gens aiment leur métier.

Bodo nous sortit l'un après l'autre du labyrinthe pour nous mettre dans une cage posée par terre à côté de lui. Il me prit en dernier. Ses doigts puaient tellement la cigarette qu'on aurait dû lui conseiller de travailler plutôt sur le cancer du poumon.

Il voulut me fourrer dans la cage où les trois petits regardaient autour d'eux avec inquiétude, tandis que Casanova, lui, souriait aux anges. Il m'apparut que, dès que Bodo aurait tiré le verrou derrière moi, je n'aurais plus aucune chance de fuir. Alors, je mordis aussi fort que je pus son doigt empestant la nicotine.

Il poussa un cri et me laissa tomber. Je heurtai brutalement le carrelage froid, mais, malgré la terrible douleur, je filai aussitôt de toute la vitesse de mes petites pattes.

— Que faites-vous donc, madame ? me cria Casanova.

— Il faut se tirer d'ici !

— Mais… et notre bon karma ?

— Merde pour le bon karma ! lui criai-je.

Et je courus pour sauver ma peau.

29

Bodo était encore en train de sucer son doigt blessé que j'avais déjà atteint la porte du laboratoire. Je me retournai un bref instant et vis que, dans la cage, mes frères et sœur se demandaient ce qu'ils devaient faire. Surtout Casanova.

Bodo se pencha pour fermer la cage :

— J'ai déjà bien assez avec un seul à attraper.

C'est alors que Casanova le mordit à son tour[1].

— Ahhh ! Mais qu'est-ce que c'est que ces bestioles de merde ! hurla Bodo.

— Vite ! dit Casanova aux trois autres.

Il bondit hors de la cage, imité par les trois petits. Les cochons d'Inde étaient décidément – comme les humains, en fait – des animaux grégaires.

Et cinq petits cochons d'Inde franchirent comme des flèches la porte du laboratoire. J'eus encore le temps d'entendre Bodo hurler :

1. Mémoires de Casanova : « Je lus dans les yeux de madame Kim l'immense terreur que lui inspiraient ces expériences, et je songeai en moi-même : j'ai déjà vécu tant de vies sans bon karma, je peux bien faire cela une fois de plus. »

— Je vous aurai !

Nous filions à toutes pattes dans un long corridor blanc et désert, où je cherchais désespérément une cage d'escalier. Bodo courait derrière nous en criant :

— Si vous ne vous arrêtez pas tout de suite, je fais les expériences sans anesthésie ! Je me fous des instructions !

Nous arrivions au bout du couloir, où une seule porte était ouverte. Déjà, nous entendions Bodo haleter derrière nous. Nous n'avions pas le choix.

— Par ici ! criai-je aux autres.

Nous passâmes la porte en trombe. Pour tomber au milieu d'un vrai cauchemar : dans la cage qui occupait la pièce, quatre singes étaient enfermés – plâtrés, bandés, partiellement rasés. Ce spectacle me mit dans une telle rage que je souhaitai ardemment à Bodo et à tous ses collègues de se réincarner non en bactéries intestinales, mais en animaux de laboratoire.

— Je vous tiens ! exultait Bodo, debout dans l'encadrement de la porte.

En le voyant, les singes se recroquevillèrent peureusement dans les coins de leur cage, à l'exception d'un orang-outan qui avait fière allure, malgré la plaque métallique qui ornait son crâne.

— Nous pourrions passer à côté de lui, dit Casanova. Si nous courons assez vite, il ne pourra pas nous attraper tous.

— Mais certains, si, rétorquai-je.

Et je n'avais aucune envie que ça tombe sur moi.

En regardant bien, je vis que la cage des singes était fermée à clé. Mais je me souvins aussi du trousseau de clés dans la poche du pantalon de Bodo. J'interpellai les singes :

— L'un de vous saurait-il ouvrir la cage avec la clé ?

— Je l'ai vu faire assez souvent, répondit l'orang-outan majestueux.

Sa voix était ferme. Visiblement, on n'avait pas encore réussi à briser sa volonté, et je me demandai s'il pouvait être un humain réincarné. Et si oui, quel crime il avait pu commettre dans sa vie précédente.

— Il nous faut la clé, dis-je à Casanova.

— Et comment nous la procurer ?

— Quand il se penchera vers nous, mordez-le à l'endroit où ça fait le plus mal.

— Madame, cela ne me plaît pas beaucoup de m'introduire ainsi dans l'intimité d'un homme !

— Et être torturé à mort, ça vous plairait ?

— Touché ! dit-il en inclinant la tête.

— Maintenant ça va barder pour vous ! menaça Bodo.

Tandis qu'il se penchait vers nous, Casanova se faufila prestement dans une de ses jambes de pantalon.

— Qu'est-ce que tu fiches, sale bête ?

Une bosse apparut sous le pantalon de Bodo. Le *Signore* grimpait en s'accrochant aux poils de ses jambes. Tout à coup, Bodo s'écroula sur le sol en hurlant[1] : « Ahiiiiiiiiii ! » Je courus vers lui, sortis la clé

---

1. Mémoires de Casanova : « Pour moi aussi, ce fut une expérience dont je me serais volontiers passé. »

de sa poche avec mon museau et la traînai jusqu'à la cage en tirant de toutes mes forces. Mon pelage était trempé de sueur.

Bodo hurlait toujours : « Ahiiiii ! » Casanova ne lâchait pas prise.

— Tu y es presque ! m'encouragea l'orang-outan à la plaque métallique.

Les autres singes s'étaient rapprochés de la porte de la cage. Dans leurs yeux, je lus un mélange de soif de liberté et d'appétit de meurtre.

Pendant ce temps, Bodo essayait d'attraper Casanova, sans cesser de l'invectiver.

Je poussai la clé à travers les barreaux de la cage. L'orang-outan s'en empara.

— Dépêche-toi ! le pressai-je.

— Une revendication que je ne peux que soutenir, cria Casanova.

— Pas de souci, fit l'orang-outan.

Bodo avait empoigné le *Signore* :

— Cette fois, tu es foutu ! gronda-t-il.

Au même moment, la porte de la cage s'ouvrit et les singes se précipitèrent au-dehors. Pris de panique, Bodo lâcha Casanova, qui s'écrasa sur le carrelage.

— Je n'apprécie guère ces sauvetages *in extremis*, articula-t-il péniblement.

Bodo voulut courir vers la porte, mais les singes furent plus rapides. Ils se jetèrent sur lui avec des hurlements terrifiants. Bodo cria :

— Lâchez-moi, sales bêtes !

Mais les singes frappaient à bras raccourcis. Ce fut violent. Juste comme il le méritait.

A peine sortis du bâtiment, nous courûmes ventre à terre jusqu'à un petit bois proche, où nous nous enfonçâmes aussi loin que nos petites pattes voulurent bien nous porter. Pour notre première expérience de la liberté, c'était une très longue course. Complètement épuisés, nous finîmes par nous écrouler dans un pré. Enfin hors de danger. Quand nous eûmes repris notre souffle, nous nous mîmes à grignoter l'herbe. Je dois le dire : c'était infiniment plus délicieux que de la mortadelle de Konrad Adenauer.

Une fois nos estomacs bien remplis, le cobaye sceptique qu'Alex avait baptisé « Numéro un » posa une question :

— Et maintenant, qu'est ce qu'on fait ?

Moi, je voulais retrouver ma fille.

— Le mieux, c'est qu'on vous ramène chez maman, dis-je. Et pour ça, il faut commencer par trouver une route !

Les trois petits, fous de joie à l'idée qu'ils allaient peut-être revoir leur maman, couraient à toute allure. Moi aussi, j'éprouvais un bonheur extraordinaire à me sentir libre de mes mouvements. Et, tandis que nous courions tous les cinq dans la forêt, je remarquai que les caractères de mes frères et sœur étaient maintenant bien différenciés. Numéro un, le sceptique, imaginait une menace derrière chaque arbre. Numéro deux, le gros, nous arrêtait à tout bout de champ pour poser sa question préférée : « Est-ce que ça se mange ? » (« Non, Numéro deux, ça c'est une pierre. ») Et Numéro trois, la mignonne, harcelait Casanova de questions sur les « différences entre mâles et femelles, et pourquoi ces différences conduisent à toutes sortes de plaisirs » – questions auxquelles le *Signore* répondait par des descriptions extraordinairement poétiques. Que j'écoutais moi aussi avec recueillement et nostalgie, Alex et Daniel Kohn se relayant dans mes fantasmes brûlants.

Pendant notre cavale, je constatai aussi avec étonnement que je commençais à aimer ces minuscules créatures remplies de curiosité. Maman cochon d'Inde ne s'était pas trompée : j'avais réellement pris les petits en affection. J'imaginai le pape, au Vatican, dansant sur *Hava Nagila*…

Au bout d'un moment, nous atteignîmes une aire d'autoroute. Elle était déserte, mais on entendait, tout près, le grondement des voitures, qui inquiéta beaucoup mes frères et ma sœur, Casanova compris. Ils furent bien plus effrayés encore quand un camion entra sur le parking.

— Un carrosse sans chevaux ? s'étonna Casanova. A-t-on jamais rien vu de plus hideux ?

J'oubliais toujours que le *Signore* venait d'une autre époque.

Le chauffeur qui descendit du camion était un costaud d'une trentaine d'années, coiffé d'une casquette de base-ball, et amateur de musique country : il se mit à pisser dans les buissons en chantant (extrêmement faux) *I Show You How I Love You*. Je vis que son camion était immatriculé à Potsdam. Aussitôt, je compris ce que cela signifiait pour nous : il pouvait nous ramener à la maison.

Je fis signe à ma famille cochon d'Inde de me suivre. En grimpant sur un jerrycan abandonné près du camion, nous sautâmes sur le marchepied, et de là dans la cabine du chauffeur, où nous nous aplatîmes sous le siège afin de ne pas être vus. Peu après, l'homme remonta dans son camion, ôta chaussures et chaussettes, et démarra. Pendant tout ce temps, nous ne faisions pas plus de bruit qu'une petite souris – ou plutôt qu'un petit cochon d'Inde. Nous avions une vue directe sur les pieds nus du conducteur, posés sur l'accélérateur et sur la pédale d'embrayage, et je maudissais notre odorat subtil.

Notre homme continuait de fredonner des airs country, et il ne nous aurait sans doute jamais remarqués s'il n'avait laissé tomber quelques miettes de sa tartine beurrée. Je vis dans les yeux de Numéro deux qu'il allait se jeter dessus. Avant qu'il ait pu sortir de sous le siège, je me précipitai pour lui barrer le passage. Malheureusement, Numéro deux se répandit en bruyantes protestations.

En entendant ses couinements, le chauffeur du camion regarda sous son siège et eut une belle frousse. Un peu plus et il faisait l'objet du prochain avis de fermeture complète de l'autoroute.

Il se rangea sur la bande d'arrêt, puis nous dit avec un grand sourire :

— Vous avez faim ?

Au nom de mes frères et sœur qui ne comprenaient pas le langage des hommes, je fis oui de la tête. Aussitôt, il nous donna des carottes qu'il tira d'une boîte en plastique. Ça nous changeait agréablement de tomber sur quelqu'un qui nous nourrissait sans nous torturer d'abord avec des décharges électriques, comme mon cinglé de mari. Ou devais-je dire : mon cinglé d'ex-mari ?

Nous grimpâmes sur le siège du passager, tandis que l'aimable camionneur se présentait :

— Je m'appelle Willi, et vous ?

C'est alors que je m'avisai que les petits n'avaient pas de noms, mais seulement les numéros attribués par Alex.

— Je vais vous donner des noms, leur dis-je.

Les cochons d'Inde numéros un à trois me regardèrent sans comprendre.

— Vous n'êtes pas des numéros, vous êtes des cochons d'Inde, déclarai-je avec dans la voix des trémolos spartakistes.

Le sceptique, Numéro un, je le nommai Schopenhauer. La petite mignonne qui avait jeté son dévolu sur Casanova, ce fut Marilyn. Quant au gros qui mangeait de si bon cœur, je le baptisai Depardieu.

Comme ils étaient tous très contents de leurs noms, je couinai en réponse à la question du camionneur :

— Nous nous appelons Schopenhauer, Casanova, Marilyn, Depardieu et Kim.

Willi nous fit un grand sourire, redémarra le moteur et, avant de partir, caressa avec amour une photo collée sur son tableau de bord en disant :

— Ma famille va être vachement contente de vous connaître.

Sur la photo, une grosse femme à qui un stage Weight Watchers aurait fait le plus grand bien fixait l'objectif avec un sourire radieux. Et trois gros enfants qui n'auraient pas déparé l'affiche d'une campagne d'information sur les ravages de l'obésité. Mais cette famille au physique hors normes avait pourtant l'air plus heureuse que la mienne.

Le camionneur, lui, était encore plus heureux : il avait une chouette famille, un boulot qu'il aimait, et des chansons country à fredonner tout au long de la route.

Cet homme n'avait pas besoin du Nirvana.

Il avait sa vie.

Je n'aurais jamais cru pouvoir un jour envier un chauffeur de camion.

30

Le camion entra dans le quartier de Babelsberg, dont les avenues baignées par les derniers rayons du soleil couchant auraient sûrement fait très kitsch en photo sur un calendrier. Mais, comme j'avais la version live, ce spectacle me sembla merveilleux. Probablement aussi parce que je savais que Lilly n'était plus très loin. Il ne me restait qu'à trouver le bon moment pour sauter du camion, puis courir jusqu'à la maison.

Willi s'arrêta à un feu rouge, et, tandis que je contemplais avec délices, installée sur le tableau de bord, la splendeur des arbres illuminés par le soleil couchant, un cabriolet Porsche rouge vif s'arrêta dans la file de gauche, juste devant le camion. Je le voyais à travers le pare-brise. Et au volant, il y avait... Daniel Kohn !

Aussitôt, mon petit cœur de cobaye se mit à battre la chamade. C'était la première fois que je revoyais Daniel. Et, après les décharges électriques d'Alex, il m'apparaissait plus séduisant que jamais.

En tout cas, il me faisait toujours autant d'effet. Et j'espérais – contre toute raison – qu'il pensait la même chose de moi. Pas de moi cochon d'Inde, évidemment, mais de l'être humain que j'avais été. Il devait se souvenir de moi comme de la femme la plus sexy au monde, malgré des cuisses un peu fortes.

Je regardai le bas de mon corps : mes cuisses de cochon d'Inde étaient grosses aussi. Et poilues. Une combinaison fatale pour une femme.

Je me dressai et appuyai mes pattes de devant sur le pare-brise pour mieux voir. Et je vis : Daniel Kohn n'était pas seul. Mais pas du tout. Une blonde était assise à côté de lui. Une de ces filles aux mensurations 90-60-90 qu'on voit dans les reportages sur les nuits de Saint-Tropez, mais assez rarement ailleurs. A vue de nez, elle devait avoir dans les vingt-cinq ans, et un quotient intellectuel guère plus élevé. En effet, elle pouffait de rire à chaque phrase que Daniel prononçait. Très probablement, il aurait déclenché le même petit rire idiot en récitant : « Dans un triangle rectangle, le carré de l'hypoténuse est égal à la somme des carrés des deux autres côtés. » Ou en lui susurrant : « Je viens de faire exhumer ta grand-mère. »

Quand je vis Daniel Kohn dispenser à cette bécasse les mêmes sourires charmeurs qu'il avait eus pour moi, mon cœur cessa de battre la chamade et fit simplement : « Plaf. »

J'étais déçue, profondément blessée. J'avais espéré que Daniel serait rongé de chagrin, qu'une seule pensée dominerait désormais sa vie : Kim était la femme la plus merveilleuse que j'aie jamais connue. Jamais je n'en trouverai une autre comme elle. Je ferais mieux de me retirer dans un monastère.

Or, ce n'était visiblement pas du tout ce qu'il pensait. Au contraire, il se laissait complaisamment bécoter l'oreille par cette Pamela Anderson du pauvre.

Je me sentais abattue, honteuse d'avoir espéré que je manquerais à Daniel Kohn, entre tous les hommes.

Mais… après tout, peut-être lui manquais-je vraiment ? Peut-être cette femme n'était-elle pour lui qu'un dérivatif, un simple moyen de tromper sa douleur ?

Bien sûr, Daniel n'était pas du genre à se faire moine, ni à étaler sa mélancolie. Il ne pouvait qu'enfouir sa douleur profondément dans son cœur, se jeter dans une vie de débauche afin d'essayer de combler son vide intérieur.

Voilà pourquoi il se promenait avec une bimbo. Ça expliquait tout.

Mon cœur se remit à battre la chamade.

C'est alors que je vis la main de Daniel se poser sans équivoque sur la cuisse de la bimbo.

J'aurais préféré un chagrin plus monacal

La main de Daniel remontait vers le bord de la jupe de la blonde, qui se mit à lui bécoter l'oreille de plus belle.

Je devais me rendre à l'évidence : je m'étais fait des illusions. Je ne lui manquais pas du tout.

A présent, j'avais honte non plus seulement d'avoir souhaité qu'il me regrette, mais aussi d'avoir été assez bête pour souhaiter cela alors que je le voyais avec une autre femme et que les faits étaient suffisamment éloquents.

Le feu passa au vert, et le camion redémarra. Mes pattes de devant glissèrent sur le pare-brise, je perdis l'équilibre et tombai du tableau de bord, juste à côté des pédales. Willi s'était tellement habitué à nous qu'il ne remarquait même plus quand des petits cochons d'Inde faisaient la culbute entre ses pieds nus.

Je me relevai, léchai mes pattes meurtries et pensai : je dois oublier Daniel Kohn une fois pour toutes.

Je savais déjà, bien sûr, que ce serait impossible.

Willi s'arrêta à une station-service toute proche de notre maison. Je fis un effort pour écarter Daniel Kohn de mes pensées et pour me concentrer sur notre fuite.

Dès que Willi ouvrit la porte, je donnai à mes frères et sœur le signal du départ, et nous sautâmes du camion.

— Hé, où est-ce que vous allez comme ça ? nous cria Willi, surpris.

Ça me faisait de la peine de ne pas pouvoir lui expliquer. C'était vraiment un chouette gars, même si on aurait aimé pouvoir lui offrir une séance de pédicure.

Je conduisis mes frères et sœur à travers les rues de Potsdam, leur expliquant comment traverser sans se faire écraser. Enfin, nous atteignîmes l'avenue où se trouvait notre maison.

Tout heureuse, je courus vers elle, suivie de près par Schopenhauer, Marilyn, Casanova et... pas Depardieu ?!?

Avant d'avoir tout à fait fini de traverser, je me retournai, et je vis Depardieu au milieu de la chaussée, en arrêt devant une pâquerette qui avait poussé à travers une fente de l'asphalte. Une stupide petite pâquerette que Depardieu mâchonnait avec, sur le visage, la même expression béate que Bouddha dans sa prairie psychédélique. Avec une différence : Bouddha n'avait pas une Renault Scénic en train de foncer droit sur lui.

— Depardieu ! criai-je.

C'était sans espoir. Quand il mangeait, il oubliait le monde entier.

— DEPARDIEU ! criai-je encore.

Les autres, qui entre-temps avaient grimpé sur le trottoir, prirent conscience de la situation. Seule la conductrice, un genre de « desperate housewife », ne voyait rien. Elle était bien trop occupée à repousser ses enfants sur le siège arrière.

A présent, nous criions tous : « DEPARDIEU !!! »

Mais le petit gars n'entendait rien. Soudain, Casanova s'élança[1].

Je pensai : « Il va y arriver ! Il va y arriver ! Il va y arriver ! »

Il n'y arriva pas.

Casanova avait certes réussi à écarter Depardieu, mais sans pouvoir se mettre lui-même hors de danger. La Renault Scénic le faucha de plein fouet. Le *Signore*

1. Mémoires de Casanova : « Je désirais ainsi amasser du bon karma. Et, accessoirement, produire quelque impression sur Marilyn, la petite femelle cochon d'Inde. »

tournoya dans les airs et s'écrasa juste à côté de moi sur la chaussée[1].

Casanova était mort. Je restai là, comme paralysée. Ce n'était pas la chose à faire. Parce qu'une Volkswagen Polo arrivait dans l'autre sens, fonçant droit sur moi. Beaucoup trop vite pour m'éviter. Pendant les quelques secondes qui suivirent, je priai pour que le conducteur – un jeune type du genre employé d'assurances – me vît à temps.

Ma prière fut exaucée.

Il me vit.

Son visage l'exprimait clairement.

Il m'avait vue.

Mais cela ne fit aucune différence.

Il ne freinait pas pour les humains réincarnés.

---

1. Mémoires de Casanova : « A l'instant d'un douloureux trépas, je pensai : "Ce bon karma ne vaut pas tant de misères". »

31

Ma dernière pensée fut : « Je ne m'habituerai jamais à cette putain de mort ! »

Le numéro de « ma vie défile devant mes yeux » recommença : Alex et Nina rient ensemble à propos de zizis. Lilly me câline. Alex m'envoie des décharges électriques. Je crie : « Merde pour le bon karma ! » Je donne des noms aux cochons d'Inde. Je constate que Daniel Kohn ne perd pas son temps à penser à moi. Et qu'un simple camionneur a une vie de famille plus heureuse que la mienne.

Puis vint la lumière.
De nouveau, je me sentis si bien.
Tellement en sécurité.
Tellement heureuse.
Le truc habituel, quoi.

Le truc habituel, et qui ne dure jamais longtemps.

Quand la lumière me rejeta de nouveau, je me demandais déjà en quoi je me réincarnerais cette fois-ci.

Il y a des choses plus agréables que de s'apercevoir qu'on est une vache.

Il y a aussi des choses plus agréables que de constater qu'on vient d'être mise bas dans une étable puante. Mais quand, par-dessus le marché, le fermier s'écrie : « *Fuck, this is a really shitty birth!* » et qu'on comprend alors que, décidément, on n'est pas à Potsdam, on commence vraiment à se sentir de mauvaise humeur.

— Bouddha !!! criai-je une fois de plus.

Mais pour un observateur extérieur, ça ressemblait plutôt à : « Meuhhh ! »

Et, comme sur commande, une énorme vache apparut dans un coin de l'étable et s'avança vers moi en se dandinant.

— Hello, Kim !

— Mais où suis-je encore tombée ?

— Dans une ferme, à Yorkton.

— Yorkton ?

— Province du Saskatchewan.

— Du Saskatchewan ?

— Au Canada.

— Au Canada ?!?

— En Amérique du Nord.

— Ça va, je sais quand même où est le Canada !!!

— Alors, pourquoi demandes-tu ? dit Bouddha en souriant.

A mon humble avis, son sens de l'humour laissait sérieusement à désirer. J'étais si furieuse contre lui que je perdais tout contrôle de moi-même. Je voulus lui sauter à la figure, mais je n'étais qu'un veau nouveau-né vacillant sur ses jambes, et, au bout de trois pas, je m'étalai dans la paille.

— Pourquoi m'as-tu laissée me faire écraser ? demandai-je avec amertume quand j'eus recraché les brins de paille.

— Tu es toi-même responsable de ce qui survient dans ta vie. Moi, je ne m'occupe que des réincarnations.

Merde, pensai-je. Alors, c'est encore ma faute si je me suis fait écraser ?

— Et pourquoi suis-je une vache, maintenant ?

— Parce que tu as amassé du bon karma.

J'étais stupéfaite : j'avais amassé du bon karma ?

— Mais... mais, je me suis enfuie ! J'ai refusé délibérément d'aider les malades du diabète !

— Mais tu as sauvé les petits cochons d'Inde.

— Je voulais me sauver moi-même.

— Et tu leur as donné des noms.

Je sursautai.

— Et donc une conscience.

Je ne savais vraiment pas quoi répondre à ça.

— Et tu n'as pas agi pour des motifs égoïstes. Tu as fait cela d'un cœur pur.

Là, il avait raison.

— Tu n'es donc pas une si mauvaise créature.

— C'est ce que je disais depuis le début, nom d'un chien ! trépignai-je.

— Eh bien, continue comme cela, répondit Bouddha.

Et il me refit le coup du « je m'évanouis dans les airs ».

Je me mis aussitôt à réfléchir aux moyens de quitter ce foutu Canada pour rentrer à la maison. Réincarnée en veau, je pouvais difficilement me rendre au guichet d'une agence de voyages pour demander un vol pas cher « Saskatchewan-Berlin ».

Plus j'y pensais, plus cela me paraissait évident : je ne partirais d'ici qu'en amassant du bon karma et en mourant à nouveau.

32

Vache. Ver de terre. Doryphore. Ecureuil.

Ce fut une période très dure.

Si loin de la maison, Lilly me manquait, et je me demandais sérieusement si je la reverrais jamais[1].

Pourtant, le mal du pays n'était pas mon seul problème. Les ennuis commencèrent dès la première semaine de ma vie de veau chez le rancher Carl. Toujours de mauvaise humeur, il semblait sortir d'une pub pour Marlboro, et on l'entendait venir de loin à cause de sa toux chronique de fumeur. Quand il arriva avec son fer rouge pour nous marquer, les

---

1. Mémoires de Casanova · « Deux ans. C'est le temps que je passai sans qu'il me fût donné de revoir madame Kim. Le sauvetage héroïque de Depardieu m'avait valu assez de bon karma pour que je puisse revenir sur terre sous la forme d'un chat. C'est ainsi que je vécus non loin du domicile de monsieur Alex, dans l'espoir constant d'apercevoir mademoiselle Nina. Cette créature enchanteresse séjournait chaque fin de semaine chez son bien-aimé monsieur Alex. Et, chaque fois que je la voyais, mon cœur ensorcelé battait plus fort. C'est ainsi que j'entrai dans le triangle amoureux le plus étrange que j'eusse jamais connu. Et ce n'est pas peu dire, car je m'étais déjà trouvé dans un nombre considérable de triangles amoureux insolites. »

autres veaux meuglèrent désespérément. Leurs cris de douleur pendant qu'on leur appliquait le fer me parurent insoutenables. Aussi, quand Carl s'avança vers moi avec ce truc brûlant, j'optai pour la frappe préventive : je lui décochai un violent coup de pied au genou.

Il jura et revint à la charge. Alors, comme je l'avais fait avec le singe à la plaque métallique, j'appelai à l'aide les autres veaux. Ce fut un soulèvement en bonne et due forme. Affolé, Carl dut s'enfuir de l'étable.

Le lendemain, il me fit euthanasier avec tous les autres veaux.

Quel bon karma avais-je pu amasser comme ça ? Eh bien… aucun. Plutôt du mauvais. J'étais responsable de la mort des autres veaux.

C'est ainsi que je dégringolai dans l'échelle des réincarnations.

Je renaquis en Irlande sous la forme d'un ver de terre. Là, je me tortillais à longueur de journée sur la terre humide, et je sus ce que c'était que d'être hermaphrodite. (Par exemple, il n'y a pas de conflits entre les sexes – ce qui peut grandement faciliter la vie.)

Je sus aussi ce que c'était que de se séparer en deux quand une tondeuse à gazon vous passe sur le corps.

Mais surtout, j'appris ce que c'était que de se sentir totalement impuissant. Comme je ne pouvais pas chasser Nina, je mettais tous mes espoirs dans l'éventualité qu'Alex la chasse lui-même de son existence[1].

Cependant, je ne pouvais pas trop compter là-dessus. Alors, rassemblant mes forces, je décidai de me mettre sérieusement à amasser du bon karma. C'était ma seule chance de renaître un jour pas trop loin de Potsdam. J'accumulai donc du bon karma en apprenant aux autres vers à se mettre à l'abri d'une tondeuse à gazon.

Sous la forme d'un doryphore, je mis à sac un champ de pommes de terre en Corse avec l'aide de mes congénères. En cette occasion, je fis la connaissance d'un petit doryphore qui parlait français, et qui, de fait, avait été Napoléon dans une vie antérieure. Et j'amassai du bon karma en l'empêchant, au péril de

---

1. Mémoires de Casanova : « Quand j'étais chat, un soir, près du feu qui flambait dans la cheminée, je vis mademoiselle Nina si égayée par un rire de monsieur Alex qu'elle voulut lui donner un baiser. Alex la repoussa avec horreur. Elle versa des pleurs déchirants, se précipita hors de la villa et s'enfuit dans la nuit avec son carrosse sans chevaux. Les jours suivants, Alex, dans son salon, parla à maintes reprises avec animation dans une petite boîte. Etait-il devenu fou ? Ou bien était-ce là quelque instrument magique grâce auquel on pouvait communiquer de loin ? Quel que fût cet instrument, par un pluvieux après-midi, mademoiselle Nina était de retour près de lui. Ayant échangé un bref regard, tous deux s'embrassèrent avec passion dans le salon et... je détournai les yeux. Non par pudeur, car, dans ma vie d'homme, j'avais bien souvent assisté aux jeux amoureux des autres (et je venais volontiers les soutenir dans leurs entreprises). Non, si je détournais le regard, c'est la douleur qui en était cause, car je savais que j'avais perdu mademoiselle Nina – du moins provisoirement. »

ma vie, d'entraîner les autres doryphores dans une guerre absurde d'anéantissement des charançons.

Sous la forme d'un écureuil, près de la frontière entre les Pays-Bas et l'Allemagne, j'appris combien il est merveilleux de sauter d'arbre en arbre. Et j'amassai du bon karma en allant faucher chaque jour des chips et du chocolat dans les bungalows du Center Parc voisin. Je sauvai ainsi mes congénères de la famine hivernale, et les touristes d'un excès de cholestérol.

Enfin, au terme de cette phase vache-ver de terre-doryphore-écureuil, j'entamai ma dernière vie d'animal.

33

Une fois de plus, je m'éveillai aveugle. Cependant, quand j'ouvris la bouche pour appeler : « Bouddha ! », ce ne fut pas un couinement qui en sortit. Plutôt une sorte de glapissement : « Raouuuuuhhhhhh. » D'ailleurs, d'autres créatures autour de moi geignaient de la même façon : « Raouuuuuhhhhhh. » Je n'étais donc pas un cochon d'Inde. Ni une fourmi, ni un ver de terre, ni un écureuil. Sous cette dernière forme, je venais juste de mourir. Un touriste m'avait jeté son portable à la tête parce que j'essayais de lui faucher ses chips au paprika. Ce qui prouve deux choses : d'abord, les hommes ne trouvent les écureuils mignons que lorsqu'ils ne les énervent pas. Ensuite, il existe des gens incapables de se détendre, même en congé.

— Comment vas-tu ? demanda la voix de père Noël que je ne connaissais que trop.

— Salut, Bouddha… Je dirais bien : « Ça faisait longtemps que je ne t'avais pas vu », mais justement, je ne vois rien du tout.

— On peut arranger ça.

A peine avait-il dit cela que mes yeux devinrent opérationnels. J'étais couchée dans une corbeille, au milieu d'une portée de bébés beagles. Et la corbeille se trouvait elle-même dans un chenil. On nous avait séparés de notre mère juste après la naissance. J'avais certes émis un jour le désir de devenir un chien, mais il y avait des limites à mon enthousiasme – j'avais toujours trouvé cette mode du beagle parfaitement ridicule.

— Si tu fais tout ce qu'il faut, ce sera ta dernière incarnation dans un corps d'animal, dit Bouddha.

Il m'était apparu sous la forme d'un beagle fauve, noir et blanc absolument énorme, donc avec un air encore plus stupide qu'un beagle de base.

— La dernière fois ? dis-je, incrédule.

— Tu as amassé beaucoup de bon karma dans tes différentes vies : tu as sauvé des fourmis, ramené chez eux des cochons d'Inde, préservé des écureuils de la famine. Et, même si tu as aussi perdu un peu de bon karma entre-temps, le total penche désormais très nettement en ta faveur. Tu en as fait davantage que dans toute ta vie d'être humain. Tu peux être fière de toi, acheva-t-il.

Un instant, je songeai que j'avais effectivement de quoi être fière.

Mais ce n'était qu'une simple idée, pas un sentiment. En réalité, Lilly me manquait. Depuis combien de temps ne l'avais-je pas vue ? Sept mois ? Huit mois ? Avec toutes ces vies, on finit par perdre la notion du temps.

— Presque deux ans, dit Bouddha.

— Deux ans ?

Pendant une seconde, mon cœur cessa de battre. Deux ans... ça signifiait que Lilly avait maintenant

218

près de sept ans. Elle allait à l'école. Depuis deux ans déjà, elle vivait sans sa mère !

J'étais anéantie. Mais aussi en colère. Contre Bouddha. Il m'avait pris Lilly, il avait fait en sorte de m'éloigner d'elle.

— Toi seule es responsable de ta vie, dit-il en souriant.

Une responsabilité que j'aurais bien voulu prendre, c'était celle de lui en coller une ! Mais je n'étais qu'un chiot beagle, et lui non seulement un gros chien adulte, mais surtout ce foutu Bouddha. Si l'envie lui en prenait, il pouvait sûrement me changer en citerne, ou je ne sais quel foutu objet.

— Ne jure pas tout le temps.

En plus, il lisait dans les pensées.

— Il ne te reste qu'une seule chose à apprendre, dit-il.

— Et tu vas sûrement me dire ce que c'est ? dis-je d'un ton légèrement agacé.

Bouddha se contenta de sourire.

— Je m'attendais un peu à une réponse de ce genre, dis-je, de plus en plus énervée.

— Tu finiras bien par apprendre ta leçon, dit Bouddha.

Et le gros beagle s'éloigna à pas lourds, direction la sortie du chenil.

Au même instant, je me retrouvai dans le noir. J'étais redevenue un chiot aveugle. Et je me demandai de quelle leçon pouvait bien parler Bouddha.

34

Je passai les semaines suivantes à me laisser nourrir au biberon par des éleveurs de chiens. Dès que je fus assez grande, je m'échappai de l'enclos, courus jusqu'à la route et sautai dans un autobus. Je voulais retourner à la maison – même si je n'étais pas du tout certaine qu'Alex ait pu la conserver.

Quand le bus arriva à notre arrêt, je descendis d'un bond et me mis à courir. Bien que l'on fût déjà en mars, le printemps ne semblait pas pressé de s'installer. La pluie battante dégoulinait le long de mon pelage ras, et je commençais à sentir très fort le chien mouillé. Mais je n'avais pas froid. Et, quand j'aperçus enfin les lumières de notre maison, j'oubliai tout.

Je voyais nos fenêtres, j'entendais la pluie crépiter contre les vitres.

Je voyais un grand feu flamber dans la cheminée du salon.

Et puis, je vis…

… je vis Nina qui regardait Alex au fond des yeux.

Que diable faisait-elle là ?

Qu'est-ce qu'elle lui disait ?

Pourquoi sortait-elle un anneau d'un écrin ?

Mon Dieu ! Elle lui proposait le mariage !

Ça... ça... ça ne se fait pas quand on est une femme !

Ça... ça... ça me faisait trop mal !

Je devais empêcher ça ! Elle ne pouvait pas devenir la femme d'Alex... la maman de Lilly !

Au moment où les lèvres de Nina formaient les mots « Veux-tu... ? », je me précipitai vers elle... Pour m'écraser contre la porte-fenêtre de la terrasse.

Saloperie de verre antireflet !

Il y eut un bruit de tonnerre, aussi bien dans ma tête qu'à l'extérieur. Alex se dressa d'un bond, courut à la porte-fenêtre et l'ouvrit. Nina était sous le choc :

— Qu'est-ce que c'est que ce chien ?

— Aucune idée, dit Alex, mais je crois qu'il s'est fait mal.

— Tu ne vas tout de même pas le faire entrer ici ? demanda Nina.

— Je ne peux pas le laisser dehors dans cet état.

— Tu vois, il va déjà beaucoup mieux, dit Nina – et elle voulut refermer la porte coulissante.

En hâte, je me laissai tomber à terre et, les quatre pattes en l'air, me mis à râler : « Chrrllllllllll ! »

Mon numéro de beagle à l'article de la mort aurait mérité un oscar.

— Il n'a pas l'air d'aller bien, dit Alex. Je l'amène à l'intérieur.

— Laisse-le ! S'il est malade, il va te contaminer ! supplia Nina.

Au ton de sa voix, on sentait qu'elle s'inquiétait réellement pour Alex.

— Je ne peux pas le laisser dehors, c'est tout, dit Alex.

Nina n'insista pas davantage.

Je franchis le seuil dans les bras puissants d'Alex. Si j'avais été un être humain, la scène eût été d'un romantisme achevé.

— Je vais appeler un vétérinaire, dit Alex en se dirigeant vers le téléphone.

Nina hocha la tête d'un air sceptique. Tout ça ne lui disait rien qui vaille.

C'est alors que mon regard tomba sur l'anneau avec lequel Nina avait voulu faire sa proposition. Je réfléchis. Pas plus d'une fraction de seconde.

Je me relevai d'un bond.

— Le chien va mieux, dit Nina.

Aussitôt après, elle poussa un cri :

— Il a bouffé l'anneau !!!

Il y a des choses meilleures à manger qu'une alliance en or, mais jamais repas ne m'avait procuré autant de satisfaction que celui-ci.

Alex me regardait avec étonnement. Quand une situation le laissait perplexe, son visage prenait toujours une expression très douce. A présent, grâce à mon odorat hypersensible de beagle, je constatais aussi qu'il sentait extraordinairement bon. Et je ne

223

parle pas ici de son eau de toilette, non : c'était son odeur naturelle qui était renversante. Il y a des hommes qui sentent bon. D'autres qui ont une odeur fantastique. Et puis, il y avait Alex. Avec mon nez de chien, son odeur me plaisait plus que jamais. Elle m'envoûtait au point que j'oubliai tout : les décharges électriques, le fait que Nina habitait chez lui… J'étais littéralement grisée. Par chance, j'étais encore trop jeune pour être en chaleur !

— Comment va-t-on faire pour récupérer l'anneau, maintenant ? dit Nina, horrifiée.

A ma grande surprise, Alex lui répondit avec un large sourire :

— Il n'y a qu'à attendre. Il ressortira à un moment ou à un autre d'une façon naturelle.

— Je ne sais pas si je le trouverai aussi romantique après ça, objecta Nina.

Et, profondément déçue de l'échec de sa proposition, elle se dirigea vers la chambre à coucher. Je pensai avec satisfaction : « Tant que mes sphincters tiendront le coup, il n'y aura pas de mariage en vue. »

— Qu'est-ce qu'on va faire de toi, maintenant ? demanda Alex.

— Me garder ici. Dès que tu auras fichu Nina dehors manu militari, aboyai-je.

— Je peux difficilement te mettre dehors sous la pluie, dit-il avec un sourire en me caressant la tête.

Installe-toi devant la cheminée. Mais ne fais pas de bruit. Ma petite mignonne dort.

J'eus envie de courir vers la chambre de Lilly, mais mon voyage m'avait complètement épuisée. Je me contentai donc d'obéir. Tandis que mon pelage séchait à la chaleur du feu, je m'assoupis. C'était bon de rentrer chez soi.

Un gémissement me réveilla. C'était la voix de Nina :

— Alex ! Vas-y !

Je ne sais pas ce qui m'étonna le plus : qu'ils soient en train de se réconcilier sur l'oreiller, ou bien qu'une femme puisse crier « Vas-y ! » pendant l'amour. En tout cas, je trouvais que ça n'allait pas bien avec un prénom comme « Alex ». « Vas-y, Paul-Marie ! » ou « Vas-y, gros cochon ! » aurait sûrement sonné moins faux.

Les gémissements de Nina étaient de plus en plus audibles. Je constatai alors que même un beagle pouvait rougir. J'étais surtout très déprimée qu'Alex, après ma mort, n'ait pas choisi le célibat. Pas plus lui que Daniel Kohn. Pour l'effet permanent sur les hommes, je repasserais.

J'aurais de beaucoup préféré ne rien entendre. Mais, avec ces foutues oreilles de chien, rien à faire !

Je sentais la colère monter en moi : comment Alex avait-il pu m'oublier aussi rapidement ? Je n'étais morte que depuis deux ans ! Bon, d'accord : quand je l'avais trompé avec Daniel, Alex était bien vivant. Alors, avais-je le droit de lui en vouloir ?

Mais là, il s'agissait d'autre chose ! Parce que… parce que – je cherchais un argument – parce que… parce que, venant de lui, c'était en quelque sorte… indigne. Voilà : indigne. Un mot génial. Tout à coup, je me sentis moralement très supérieure à lui.

Nina était bien partie. Si ce n'était pas du chiqué. Ne m'avait-elle pas confié un jour qu'elle simulait souvent l'orgasme ? « Ça vaut mieux que de dire au mec : "Lis plutôt un bon livre sur le sujet", ou : "Je préfère me finir toute seule." »

Après cette conversation avec Nina, j'avais essayé moi aussi de simuler un orgasme à la première occasion. Quand j'étais sortie avec Robert, un étudiant en droit avec qui faire l'amour était à peu près aussi épanouissant que de se mettre des gouttes dans les yeux.

C'était d'ailleurs pour ça que, ce soir-là, j'avais plutôt envie de regarder la télé. Un coup d'œil au réveil m'avait appris qu'*Ally McBeal* commençait dans deux minutes, et l'orgasme simulé m'était apparu comme le meilleur moyen de ne pas rater le début de l'épisode. Je mis donc toute la gomme. Cependant, je devais être moins bonne actrice que Nina, parce que Robert me demanda : « Tu as une crampe au mollet ? »

Nina devenait vraiment bruyante. Je commençais à craindre sérieusement qu'elle ne fasse pas semblant. Ce n'était pas supportable ! Je devais faire quelque chose. Je poussai la porte de la chambre avec mon museau et me mis à aboyer :

— Nina, descends de là tout de suite ! Tu devrais avoir honte ! Et toi aussi, Alex. Ce que tu fais là, c'est indigne ! Parfaitement indigne ! Plus indigne que tout ce qu'on peut imaginer !

Nina et Alex, interrompus en pleine action, regardaient avec ahurissement le chiot qui jappait au milieu de la pièce.

— Mais qu'est-ce qu'il a, ce chien ?

Nina, apeurée, remonta la couverture sur ses seins – d'ailleurs d'une fermeté éhontée. Comment faisait-elle ? Quand j'étais Kim Lange, j'avais beau faire des exercices de raffermissement (je n'aurais jamais souhaité en arriver là, mais, en désespoir de cause, on va parfois jusqu'à faire du sport), ma poitrine ne réagissait pas, si bien que, devant la glace, je me surprenais souvent à murmurer avec dépit : « Cette loi de la pesanteur, c'est vraiment n'importe quoi. »

— Je vais le mettre dehors, dit Alex.

Et il s'avança vers moi d'un air décidé.

J'étais si folle de rage que j'allais suivre mon instinct. Et mon instinct me disait : « Mords très fort les fesses de cet indigne adultère tortionnaire d'animaux ! »

Mais je n'eus pas le temps de le mordre : Lilly, réveillée par mes jappements, était sur le seuil de la chambre. Elle avait grandi d'une façon incroyable. Une vraie petite écolière. Et de la voir ainsi me terrassa complètement.

Elle me regardait, rayonnante de bonheur.

— Alors, vous m'avez quand même acheté un chien pour mon anniversaire !

C'était son anniversaire ? ! ?

— Finalement, je ne suis pas trop jeune pour avoir un chien ! s'extasiait-elle en me serrant dans ses bras.

Des larmes de bonheur jaillirent de mes yeux de chien. C'était si bon de la toucher enfin, après toutes ces années !

Alex et Nina se regardaient, hésitants : s'ils la détrompaient, ils lui briseraient le cœur.

— Il est là seulement à l'essai, dit Nina au bout d'un moment.

Visiblement, elle cherchait à entrer dans les bonnes grâces de Lilly. Donc à marquer des points auprès d'Alex. Mais, dans ces conditions, ça m'arrangeait moi aussi.

— Viens, me dit Lilly, tu peux dormir à côté de mon lit.

Elle sortit de la chambre, et je voulus la suivre, mais Alex, l'air soucieux, me barra le passage. Je sentis qu'il craignait que je ne puisse faire du mal à la petite. Alors, je le regardai dans les yeux en essayant de faire passer ce message : « N'aie pas peur. Je me laisserais couper en morceaux par une tondeuse à gazon plutôt que de lui faire du mal. »

Il dut lire dans mes yeux de chien l'amour que je portais à Lilly, car il me fit confiance.

— Bon, d'accord.

Je ne me le fis pas dire deux fois et courus rejoindre Lilly. Quand nous fûmes dans sa chambre, ma fille me dit :

— J'ai dit à papa que tu dormirais à côté du lit, mais c'était juste comme ça. Si tu veux, tu peux dormir sous la couette avec moi.

J'aboyai joyeusement et sautai dans le lit.

J'étais enfin couchée auprès de ma fille, à regarder au plafond les étoiles luminescentes. Mais je ne parvenais pas à me sentir aussi heureuse que la première fois, quand j'étais une fourmi. La douleur de ne l'avoir pas vue pendant deux ans était trop grande. J'avais manqué deux années de sa vie. Qui ne reviendraient jamais. Je regardai avec tristesse le petit réveil Snoopy de Lilly : il était déjà minuit vingt. Son septième anniversaire était passé. Celui-là aussi, je l'avais manqué. Et il ne reviendrait pas, lui non plus. Les paupières de Lilly tombèrent, elle s'endormit. Longtemps, j'écoutai sa respiration lente et calme, je contemplai son doux visage d'enfant. Et je me fis une promesse : plus jamais je ne manquerais un anniversaire de Lilly !

35

Le lendemain matin, au petit déjeuner, je mangeai des petites carottes avec Lilly – même à présent que j'étais un chien, mes réincarnations successives avaient fait de moi une végétarienne convaincue (que les autres mangent du Konrad Adenauer si ça leur plaisait !).

Pendant ce repas en famille, j'appris certaines choses : Nina avait liquidé son agence de voyages à Hambourg pour en ouvrir une autre à Potsdam. Alex avait ouvert un magasin de cycles, réalisant un projet qu'il caressait depuis des années, et l'argent qu'il gagnait maintenant lui avait permis de garder la maison. Vendre des bicyclettes avait toujours été son rêve. Mais, après la naissance de Lilly, il l'avait laissé de côté pour s'occuper de la petite.

Cependant, la découverte la plus intéressante de la matinée fut celle-ci : je pouvais bloquer mes sphincters pendant un temps extraordinairement long.

— Je ne vais pas travailler aujourd'hui, annonça Nina.

— Pourquoi ? demanda Alex.

— Je vais attendre pour l'anneau.

— Mais il va forcément sortir à un moment ou à un autre, dit Alex en souriant.

Je ne sais pourquoi, il n'avait pas l'air pressé de voir se renouveler la proposition de mariage, et je m'en réjouissais.

Il se prépara à emmener Lilly à l'école (mon Dieu, c'est vrai, elle allait déjà à l'école !) avant de se rendre à son magasin de cycles. Il montrait un enthousiasme que j'aurais aimé lui connaître plus tôt. Et, à la vue de cet Alex complètement transformé, une pensée terrible me traversa l'esprit : Nina lui faisait du bien !

La maman cochon d'Inde avait dit la même chose.

Et, en pensant à elle, je me souvins brusquement de Casanova : qu'était-il devenu[1] ?

Je courus sur la terrasse pour regarder dans le jardin. Mais il n'y avait plus de cage. Pas de cochons d'Inde. Pas trace du *Signore*.

Nina m'avait suivie dans le jardin. Elle enfila des gants en caoutchouc, prit une chaise de jardin, s'installa en face de moi et me dit d'une voix mielleuse :

1. Mémoires de Casanova : « Mademoiselle Nina offrit les cochons d'Inde à une vieille dame du voisinage. En tant que chat, je rendis maintes fois visite à ces animaux afin de m'assurer qu'ils allaient bien. Et afin de séduire la chatte qui vivait en ce lieu. Certes, j'aimais mademoiselle Nina. Mais l'amour n'est pas un motif d'abstinence. »

— Et maintenant, tu vas être bien gentille.

— S'il te plaît, ne dis pas de sottises, jappai-je en retour.

S'ensuivit un petit jeu de patience qui dura trois bonnes heures.

A la fin, ma face de beagle toute congestionnée, je poussai un dernier gémissement :

— Jjjjeeee… peuuuuux… teniiiiir… Ppppas… dddde… problèmmmme…

Mais le temps jouait en faveur de Nina. L'anneau devait finir par sortir. A peine était-il tombé sur la terrasse qu'elle le saisit de ses mains gantées, soupirant :

— Qu'est-ce que je ne ferais pas par amour !

Tandis que je la regardais, pleine de rancune, j'entendis derrière moi une voix criarde :

— Qu'est-ce que c'est que ce chien ?

Je me retournai. Ma mère venait d'entrer par le portail du jardin. J'étais contente de la voir. Au bout de quelques années de vie animale, on oublie un peu ses griefs.

Je courus vers elle et lui fis fête en aboyant joyeusement : « Ouah-ouah-ouah ! »

Martha me repoussa brutalement :

— Ne saute pas après moi, petit crétin !

Au temps pour la joie des retrouvailles.

— Ce chien nous est tombé dessus par hasard, et maintenant c'est le chien de Lilly, expliqua Nina.

— Et cette alliance, c'est quoi ? demanda Martha.

— Je veux proposer à Alex qu'on se marie, dit Nina.

— Tu ne veux pas attendre qu'il te le propose lui-même ? insista ma mère, curieuse.

— Non.

— Tant mieux ! Il n'y arrivera jamais tout seul.

Tant mieux ? Je n'en croyais pas mes oreilles. Ma propre mère trouvait ça bien ? Elle était du côté de Nina ? Donc contre moi, d'une certaine manière !

Je le constatais en regardant Martha : il y a des gens contre qui on oublie plus facilement ses griefs quand ils ne sont pas dans les parages.

Nina fit entrer Martha dans la maison et ferma la porte-fenêtre. A travers la vitre, je les voyais toutes les deux : elles s'entendaient fort bien ! Elles riaient et plaisantaient, ce qui me laissa tout à fait perplexe : on pouvait donc s'amuser avec ma mère ? Avec cette femme qui ne riait que lorsqu'elle avait au moins 1,3 gramme d'alcool dans le sang ? Est-ce que par hasard Nina faisait du bien à ma mère aussi ?

Bon sang, cette histoire de « Nina fait du bien » était franchement énervante !

En rentrant à la maison à midi, Alex me demanda :

— Hé, toi, ça te dirait de faire un petit tour ?

— Tu emmènes le chien, et pas moi ? dit Nina.

— Je veux me rendre seul sur la tombe, répondit Alex.

Il parlait de ma tombe.

Compréhensive, Nina hocha la tête en silence.

— Alors, tu veux venir avec moi ? me dit Alex.

J'hésitais. Rendre visite à sa propre tombe n'est pas précisément la plus belle excursion qu'on puisse rêver de faire dans sa vie.

Cependant, Alex me souriait toujours d'un air encourageant. Alors, je poussai un petit gémissement approbateur et le suivis.

36

En chemin, je compris pourquoi Alex m'avait emmenée au cimetière. Il avait besoin de parler à quelqu'un qui ne le distrairait pas par des bavardages. Quelqu'un à qui il pourrait confier ses plus grands secrets. Donc un chien. S'il avait eu le moindre commencement d'idée de l'identité du chien qu'il avait avec lui, il se serait tu.

— Tu sais... Comment t'appelles-tu, au fait ?

Que fallait-il aboyer en réponse à cela ?

— Bon, je vais t'appeler simplement Tinka, dit Alex.

Comme nom, il y avait pire.

— Tu sais, Tinka, ça fera deux ans aujourd'hui que ma femme est morte.

En esprit, je revis la station spatiale fonçant sur moi.

— Et je l'aimais beaucoup, dit Alex.

Comment ça ? Il m'aimait encore, même à la fin ?

— Vers la fin, un peu avant sa mort, notre mariage n'allait plus du tout. Elle ne m'aimait plus. Et ça, ça m'a achevé.

— Quoi ? aboyai-je. Pourquoi ne m'as-tu jamais dit ça ?

Il me regarda avec surprise :

— Qu'est-ce qui t'arrive ?

Je fis mine de m'intéresser à un arbre.

— J'aurais dû me battre pour elle… dit Alex.

Il se remit à marcher pensivement. Entre-temps, nous étions arrivés au cimetière, et, en me retournant, je vis que nos pas s'imprimaient sur une fine couche de neige. Il faisait déjà très froid pour la saison, mais le temps s'était encore dégradé. La neige mouillée qui tombait à présent achevait de faire du cimetière un lieu décidément peu accueillant.

— Pourquoi ne t'es-tu pas battu pour elle ? aboyai-je.

Mais, bien sûr, Alex ne pouvait pas comprendre ma question. Il s'arrêta, poussa un profond soupir et dit :

— Elle me manque. Elle me manque tellement.

Je n'en croyais pas mes oreilles.

— Tu veux savoir pourquoi je ne me suis pas battu pour elle ?

— Bon sang, oui !

— J'avais le sentiment de ne pas être assez bien pour elle.

Mon Dieu ! Comment avait-il pu penser une chose pareille ?

— Elle avait réussi dans la vie. Et moi, je n'ai jamais rien fait d'intéressant.

Ma gorge se serra.

— En plus, je n'arrêtais pas de râler parce qu'elle ne s'occupait pas suffisamment de moi et de Lilly. Mais au fond de moi, je pensais tout le temps qu'elle était quelqu'un, et moi rien. C'est drôle, non ? J'avais un complexe d'infériorité vis-à-vis de ma propre femme.

Il ne m'avait jamais dit ça.

— Avec Nina, ce n'est pas pareil, reprit-il – et je fus comme frappée par la foudre. Elle m'encourage, elle est avec moi. Sans elle, je n'aurais jamais pu ouvrir le magasin de cycles.

C'est pour ça qu'il était avec elle ? Parce qu'avec elle, il pouvait s'affirmer davantage ?

— Et elle m'a attendu longtemps.

— Longtemps ?

— Je ne l'ai embrassée pour la première fois qu'au bout d'un an et demi.

Je secouai énergiquement la tête : dix-huit mois, des observateurs extérieurs au courant de nos problèmes de couple auraient pu trouver ça très long. Mais à mon avis, il aurait dû attendre dix-huit ans au moins ! Ou même dix huit vies !

— C'est quand même bien que tu sois arrivée à ce moment-là, hier. Sans cela, j'aurais été obligé de dire non à Nina. En l'épousant, j'aurais le sentiment de trahir Kim.

A ces mots, je glapis :

— C'est pourtant exactement ce que tu fais !

— Mais… tu comprends ce que je dis ? s'étonna Alex.

Impulsivement, je hochai la tête.

Pas très malin de ma part.

S'il y avait un geste qui pouvait me trahir, c'était bien celui-là.

— Vraiment, tu me comprends ?

Alex ne pouvait concevoir une chose pareille.

Et moi, je ne savais plus du tout comment m'en sortir. Finalement, je décidai d'agiter vigoureusement la queue.

— Ah, je commence à m'imaginer des choses, soupira Alex.

Il se remit à marcher dans le cimetière. Je le suivis en me posant toutes sortes de questions. Etais-je responsable de l'échec de notre mariage ? Aurais-je pu le sauver, par exemple, en me conduisant davantage comme Nina ? Et si elle était vraiment une meilleure femme pour lui ?

Mais une question essentielle vint supplanter toutes les autres dans mon esprit : que diable Daniel Kohn faisait-il dans ce cimetière ?

Alex se posait exactement la même question. D'ailleurs, il se dirigea droit sur Daniel pour le lui demander :

— Que faites-vous ici ?

Daniel le regarda avec surprise. Visiblement, Alex l'avait arraché à des pensées mélancoliques. Une fine couche de neige s'était déjà formée sur ses épaules. Il était donc devant ma tombe depuis un bon moment.

Ma tombe n'était pas recouverte de marbre. Elle portait une simple plaque où étaient gravés un soleil et ces mots : « Nous t'aimerons toujours. Ta famille. »

En voyant cela, je me mis à hurler à la mort.

— Qu'est-ce qu'il a, ce chien ? demanda Daniel.

— Je ne sais pas. Par moments, je me dis qu'il est vraiment tout à fait spécial. Et à d'autres moments, qu'il est seulement cinglé, répondit Alex.

240

Je pensai : tu as raison dans les deux cas.

— Que faites-vous devant la tombe de ma femme ? insista Alex.

— Vous êtes le mari de Kim ?

Rien dans l'expression de Daniel ne pouvait laisser supposer qu'il avait couché avec moi le dernier soir de ma vie humaine.

— Mes sincères condoléances, reprit-il – sans tendre la main à Alex.

Et sans relever sa question.

Alex ne répondit pas. S'il ne s'était jamais douté jusque-là qu'il s'était passé quelque chose entre Daniel et moi, c'en était terminé. Surtout que Daniel avait à la main une rose rouge.

Incroyable. Une rose rouge. Habituellement, les hommes trouvent cela kitsch. Mais nous, les femmes, surtout mortes, nous trouvons cela émouvant. Ça ne pouvait vouloir dire qu'une seule chose : Daniel avait des sentiments pour moi.

En l'espace de quelques minutes, j'avais donc appris que les deux hommes de ma vie m'avaient aimée jusqu'à la fin.

C'était très beau.

Déconcertant, mais beau.

Dommage : réincarnée en beagle, je ne pouvais guère en profiter.

Alex et Daniel se faisaient face, les yeux dans les yeux. Chacun savait maintenant à quoi s'en tenir. D'un geste majestueux, Daniel déposa la rose sur ma tombe, salua Alex d'un hochement de tête et s'en fut. C'était vraiment un animal à sang froid. En tout cas plus froid que le mien.

— Tinka, tu crois qu'il s'est passé quelque chose entre eux ? me demanda Alex.

Je secouai énergiquement ma petite tête de beagle.

Mais ça ne suffisait manifestement pas à dissiper ses doutes. Pendant tout le trajet du retour, Alex ne me parla plus.

Je le comprenais : ses scrupules à accepter la proposition de Nina en avaient pris un sérieux coup.

37

Les jours suivants, je vis Alex et Nina à l'œuvre. Ils faisaient pour ainsi dire tout ensemble : le ménage, les sorties, les courses – ainsi, ils passaient pratiquement plus de temps ensemble en un seul jour que je n'en passais autrefois en un trimestre avec Alex. Nina s'occupait aussi de Martha, qui venait à la maison à tout bout de champ. Elle avait même entrepris de la former pour qu'elle puisse l'aider à l'agence de voyages. Au début, je ne comprenais pas très bien pourquoi elle faisait ça, et puis, peu à peu, la vérité m'apparut : Nina aimait bien la vieille dame. Bizarre, mais vrai. On pouvait donc avoir de l'affection pour ma mère.

Mais le pire, c'était le temps considérable que Nina passait avec Lilly. Elle l'aidait même à faire ses devoirs, avec une patience impressionnante. (Et moi qui n'avais pas seulement pris la peine de lui apprendre à nouer à peu près correctement ses lacets pour aller au jardin d'enfants… Moyennant quoi je ne lui achetais que des chaussures à scratchs.) Plus fort encore, elle parvenait à la faire rire.

Toutes ces pensées sur les « bonnes actions de Nina » m'étaient peu à peu devenues tout à fait odieuses.

Nina était en train de se constituer une vraie petite famille.

Avec ma famille.

Pour faire plaisir à Lilly, elle acceptait même la présence du beagle dans la maison. Pourtant, elle ne pouvait pas me supporter. Logique : je faisais tout pour amener sa vie sexuelle au bord du naufrage. Chaque fois que je l'entendais gémir, je venais hurler à la porte de la chambre. Si fort que Nina ne pouvait plus se concentrer sur ce qu'elle faisait.

Pas étonnant donc qu'elle m'ait surnommée – lorsqu'il n'y avait personne pour l'entendre – « le préservatif ».

Vint pourtant le jour terrible où Alex et Nina annoncèrent ce que je pressentais depuis longtemps : « Nous allons nous marier ! »

D'horreur, j'avalai de travers mon biscuit pour chien. Et, tandis que je toussais en me demandant qui j'allais mordre le premier – la souriante Nina, le souriant Alex, ou encore ma mère qui pleurait presque d'émotion –, Lilly s'enfuit de la maison en courant.

— Attends ! lui cria Alex.

Il voulut courir après elle. Nina le retint :

— Laisse-la. Elle a besoin d'un peu de temps pour s'habituer à cette idée.

Alex hocha la tête. Quant à moi, laissant là mon biscuit, je fonçai au jardin. Assise sur la balançoire, Lilly pleurait. Je m'assis à côté d'elle et, pour la consoler, posai doucement ma patte sur son genou.

— Ma maman me manque, dit-elle en me serrant très fort contre elle.

Je sentais ses larmes tomber sur mon pelage. Je gémis doucement :

— Maman est près de toi.

Lilly me regarda dans les yeux. J'eus l'impression qu'elle avait compris. En tout cas, elle se calma et se mit à me caresser sans rien dire. J'aboyai :

— Tout va bien se passer.

— Seulement si nous faisons quelque chose, dit une voix au-dessus de nous.

Je levai les yeux et vis, assis sur une branche, un chat fauve avec une tache noire autour de l'œil gauche. Un gros matou qui souriait d'une oreille à l'autre.

Un peu calmée, Lilly était rentrée à la maison. A présent c'était moi qui, bouleversée, regardais fixement le chat.

— Casanova ? demandai-je d'une voix hésitante.

— Madame Kim ? dit le chat.

Comme je hochais la tête, il sauta de sa branche. Pendant un bon moment, ce ne furent que poursuites effrénées et étreintes affectueuses – celles-ci devaient produire un effet assez surprenant, car, entre créatures à quatre pattes, on ne peut s'étreindre affectueusement que couchées par terre. Un observateur extérieur (heureusement, il n'y en avait pas) en aurait sans doute conclu que ce chat et ce beagle n'étaient pas au courant de leur incompatibilité sexuelle.

Quand nous eûmes fini de nous rouler joyeusement dans le gazon, nous essayâmes de rattraper ces deux longues années perdues en bavardant à tort et à travers. Je racontai à Casanova mes vies de veau, de ver de terre, d'insecte et d'écureuil. Il m'expliqua que, grâce au bon karma que lui avait valu le sauvetage de Depardieu, il avait pu accéder à la condition de chat, et que, depuis, il profitait de l'existence :

— Le vagabondage me sied, dit-il.

Je voulus en savoir davantage :

— Vous n'avez donc pas continué à amasser du karma positif ?

— Je crois que, pour cela, j'ai besoin de votre bonne influence, répondit-il en souriant.

— Etes-vous venu ici pour me retrouver ?

— Non, dit-il – ce qui me déçut quelque peu. Je suis tombé amoureux de mademoiselle Nina.

— Bon Dieu, mais qu'est-ce que vous lui trouvez tous, à cette petite conne ! m'emportai-je.

— Mademoiselle Nina est d'une beauté merveilleuse, elle est aimable, serviable…

— Il est des questions qui n'appellent pas de réponse, maugréai-je.

— Je ne répondrai donc pas, dit aimablement Casanova.

— Oubliez Nina. Vous n'avez aucune chance avec elle, repris-je, toujours fâchée.

— D'où vous vient cette idée absurde ?

— C'est évident : premièrement, c'est Alex qu'elle veut. Deuxièmement, vous n'êtes pas du même siècle.

Et, troisièmement, vous êtes UN CHAT, nom d'une pipe !!!

Un peu piqué, Casanova répliqua :

— Premièrement, l'amour surmonte tous les obstacles. Deuxièmement, je compte bien ne pas rester toujours un chat. Et, troisièmement, mademoiselle Nina ne voudrait pas de monsieur Alex si elle savait que je suis là.

— C'est n'importe quoi. Savez-vous qu'ils ont décidé de se marier ?

Cette nouvelle brutalement assenée choqua le *Signore*. Son poil se hérissa, et il répliqua vaillamment :

— Mademoiselle Nina n'y songe que parce qu'elle n'est pas encore informée de mon existence.

Je poussai un glapissement moqueur.

— Et Alex n'épouserait pas mademoiselle Nina s'il savait que vous êtes encore en vie, ajouta Casanova.

— Bien sûr que si, répondis-je tristement. Il sait maintenant que je l'ai trompé avec un autre homme.

— Ce n'est pas une raison pour ne pas aimer quelqu'un, dit Casanova, amusé.

— Quoi ?

J'étais stupéfaite.

— Croyez-moi, madame, j'ai été aimé d'un assez grand nombre de femmes qui savaient que je les avais dupées. Et j'ai moi-même aimé bien des femmes qui me trompaient. La jalousie n'est pas un obstacle à l'amour.

Je n'en revenais pas. Il avait une façon vraiment admirable de détourner la morale à sa guise.

— Vous-même, aimez-vous donc moins monsieur Alex parce qu'il commet l'acte de chair avec mademoiselle Nina ?

Je ne savais plus que penser. En réalité, depuis l'épisode du laboratoire et des décharges électriques, je ne m'étais plus posé la question de savoir si j'aimais encore mon mari…

— Si nous empêchons le mariage, nous avons encore une chance de récupérer ceux que nous aimons.

— Mais je ne veux pas récupérer Alex ! fis-je avec une véhémence soudaine.

— En êtes-vous sûre ? demanda Casanova.

— Oui !

Mais le matou Casanova savait à quoi s'en tenir. Il se contenta de sourire. Me sentant piégée, je contre-attaquai :

— De toute façon, ça ne changerait rien. Ils ne tomberont jamais amoureux de nous : nous sommes des bêtes !

— Si nous amassons suffisamment de bon karma, nous renaîtrons peut-être un jour sous une forme humaine.

Ce n'était pas idiot : Bouddha lui-même ne m'avait-il pas dit que ce serait peut-être ma dernière vie en tant qu'animal ? Je m'imaginais à nouveau, âgée de dix-huit ans, dans les bras d'un Alex de cinquante ans. J'en avais des fourmillements dans le ventre. Se pouvait-il que Casanova ait raison, et que je veuille retrouver Alex ?

Je devais bien admettre, en tout cas, que c'était la jalousie qui m'avait valu de la part de Nina le surnom de « préservatif ».

Hélas, il y avait un hic dans le raisonnement de Casanova.

— Si nous empêchons le mariage, nous allons récolter du mauvais karma ! Et dans ce cas, nous ne deviendrons jamais des êtres humains !

Casanova balaya mon objection d'un insolent sourire de chat :

— Comment peut-on récolter du mauvais karma lorsqu'on fait quelque chose par amour ?

38

Pour torpiller un mariage, rien de tel que de réduire en pièces la robe de la mariée.

Nina avait fait en sorte que le mariage soit d'abord célébré à l'église :

« Je ne veux pas prononcer mon premier oui dans une salle de mairie, mais à l'église, toute en blanc », avait-elle dit à Alex, et elle avait réussi à convaincre le pasteur lui-même de cet arrangement inhabituel.

Le soleil brillait quand le cortège nuptial sortit de la maison. Le temps aussi était du côté de Nina ! Les fleurs printanières répandaient un parfum divin. Divin, Alex l'était cependant plus encore. Vêtu d'un splendide smoking noir, il se dirigea vers la limousine blanche qu'il avait louée spécialement pour l'occasion. Il portait un nœud papillon – il restait donc fidèle à son refus de la cravate –, et Lilly, qui était la plus mignonne demoiselle d'honneur qu'on puisse imaginer, lui donnait le bras. Visiblement, elle était réconciliée avec l'idée de ce mariage, car elle arborait un sourire radieux.

Tout le contraire de moi, quoi !

Ce fut ensuite ma mère qui sortit de la maison. Elle était très chic – du moins compte tenu de ses moyens –, avec un tailleur-pantalon bleu et une nouvelle coiffure.

Puis vint Nina.

— Mon Dieu, quelle merveilleuse apparition ! soupira Casanova.

Et je pensai : « Merde, il a raison ! »

Nina était éblouissante. Sa robe blanche, bien que discrète, soulignait sa silhouette d'une manière tout à fait éhontée. Pour pouvoir porter une telle robe, la plupart des femmes auraient dû prendre un abonnement longue durée chez un chirurgien esthétique.

Au prix d'un gros effort, je me concentrai sur ma tâche : puisque Nina, fort sagement, ne voulait pas m'emmener à l'église, c'était le moment ou jamais de jouer notre grande scène du massacre de la robe.

Je n'étais pas tout à fait certaine de vouloir vraiment récupérer Alex, mais une chose était claire : je ne supporterais pas ce mariage.

Je courus vers Nina. Elle me regarda dans les yeux et pressentit ce qui allait arriver. Elle cria :

— Oh, non ! Débarrassez-moi de ce chien !

Ma mère n'eut pas besoin qu'on le lui dise deux fois. Elle attrapa le bouquet de la mariée et s'en servit pour me frapper à bras raccourcis :

— Prends ça ! Et ça ! Sale cabot !

Je me laissai chasser sans trop faire d'histoires, parce qu'en réalité, je n'étais là que pour détourner l'attention : au même moment, Casanova se laissait tomber sur Nina du haut d'une branche et lacérait la robe de ses griffes.

— Otez cet animal de là ! hurla Nina.

Trop tard : on aurait dit que la robe était passée entre les ciseaux vivants d'Edward aux mains d'argent.

Tout le monde regardait, consterné, la mariée en guenilles. Pendant ce temps, Casanova et moi filions dans le garage afin d'observer à distance prudente la suite des événements. Je me réjouissais que notre plan ait réussi.

Casanova, lui, gardait le silence.

— Qu'est-ce qui se passe ? lui demandai-je. Vous n'êtes pas content ?

— Je ne peux pas être content de faire du mal à mademoiselle Nina.

— Moi, si ! ricanai-je en regardant Nina se débattre pour essayer de retrouver sa dignité.

Malheureusement, elle la retrouva fort bien. S'arrachant aux bras consolateurs d'Alex, elle dit :

— Peu importe de quoi j'ai l'air. L'important, c'est qu'on se marie.

Et ils se sourirent si tendrement que j'en eus la nausée.

Puis ils montèrent avec Lilly et ma mère dans la limousine et foncèrent en direction de l'église.

39

— Ce n'est pas un succès, constata Casanova.

— Pas vraiment, répondis-je.

Un silence.

— Que faisons-nous à présent ? dit-il.

— Il ne faut pas renoncer.

— Bonne idée.

— N'est-ce pas ?

Nouveau silence.

— Et que proposez-vous exactement pour ne pas renoncer ? demanda Casanova.

— Ça, je n'en ai aucune idée.

Re-silence.

— Il faut aller à l'église, et après on verra ! décidai-je enfin.

Et nous partîmes ventre à terre.

Quand nous fûmes devant l'église, hors d'haleine, nous trouvâmes porte close : tous les invités étaient déjà à l'intérieur. Nous décidâmes de nous séparer pour chercher un accès. Casanova fit le tour par la gauche, moi par la droite. Je découvris une petite porte entrouverte et la poussai : elle donnait sur un escalier. Faute de mieux, je m'y précipitai et me retrouvai sur la tribune, où un organiste barbu jouait à Tetris sur son portable pour passer le temps, tandis que, juste au-dessous, le prêtre s'apprêtait à poser la question décisive.

C'est à ce moment-là que je regrettai de ne pas m'être réincarnée en chat, car alors j'aurais pu, d'un bond léger, sauter dans la nef et happer au vol les alliances sans lesquelles la cérémonie n'était plus possible.

Mais enfin, j'étais une chienne, pas un chat, et il me manquait donc les articulations souples qui auraient amorti ma chute. Je ne pouvais même pas voir l'autel. Mon excellent odorat ne m'aidait pas beaucoup non plus. Il ne mesurait pas les distances et m'apprenait surtout que l'organiste, derrière moi, ne croyait pas à l'utilité des déodorants. Il m'était donc tout à fait impossible de prévoir sur quoi et comment je tomberais si je sautais. Et voici que la question du prêtre résonnait brutalement à mes oreilles :

— Alex Weinhart, veux-tu prendre cette femme pour ton épouse légitime ?

La dernière fois qu'on avait posé cette question à Alex, j'étais la mariée à ses côtés. Ça se passait à Venise, dans l'église San Vincenzo tout inondée de soleil, et, dans son costume clair, il était tout simplement renversant. Et moi tellement nerveuse que j'avais répondu « oui » au mauvais moment. Le pasteur avait souri et m'avait dit en mauvais allemand : « C'est bientôt à vous », avant de poursuivre la cérémonie. Enfin, j'avais répondu en tremblant « Oui, je le veux » au moment adéquat et Alex m'avait passé l'anneau. A cet instant, j'étais la personne la plus heureuse au monde.

Je n'avais jamais aimé quelqu'un comme j'aimais Alex alors. Il avait été l'amour de ma vie – je pouvais le dire à présent, il y avait bien assez longtemps que ma vie était terminée.

En voyant Alex avec Nina, l'évidence me frappait comme la foudre : Casanova avait raison, j'avais encore des sentiments pour lui.

Des larmes roulèrent le long de mon petit museau humide de chien.

Le pasteur regarda Alex. Il allait ouvrir la bouche pour prononcer la phrase fatidique.

De mes pattes de devant, j'essuyai les larmes sur mon museau, puis, avec l'énergie du désespoir, je bondis sur la balustrade, bandai les muscles de mes pattes arrière – chez un beagle, ils ne sont pas particulièrement développés – et sautai.

Pendant deux brèves secondes, je tombai en chute libre, espérant que cet acte ne causerait pas une nouvelle fois ma mort.

Dieu merci, je ne me rompis pas le cou, mais atterris presque mollement sur ma mère, qui se mit à pousser des jurons comme cette église n'en avait certainement jamais entendus. Je m'attendais d'un instant à l'autre à voir le crucifix, honteux, se décrocher du mur.

Mon coup d'éclat déclencha la panique dans l'église : les invités échangeaient des commentaires, tout excités ; le pasteur s'était interrompu au milieu d'une phrase, et Nina chuchotait à Alex avec colère : « On avait laissé le chien à la maison ! » On croyait presque l'entendre penser : « On aurait mieux fait de l'abandonner sur une aire d'autoroute. De préférence au Sud-Yémen ! »

Dans toute l'église, le seul être humain qui se réjouissait de me voir était Lilly. La petite accourut en disant :

— Hé, Tinka, qu'est-ce que tu fais ici ?

Elle voulait me prendre dans ses bras. Moi aussi, j'aurais bien voulu lui faire un câlin, mais je m'échappai pour courir jusqu'à l'autel, où je saisis dans ma gueule les boîtes qui contenaient les alliances, avant de filer ventre à terre.

— Arrêtez-le ! cria Nina.

Martha, ne se le faisant pas dire deux fois, courut après moi. Je courais plus vite qu'elle, mais la porte était fermée. La situation était sans issue. Ma mère n'était pas loin derrière, et je devais ralentir. Elle allait me rattraper d'un instant à l'autre…

C'est alors que la porte s'ouvrit : le chat avait sauté sur la poignée. Ah, c'était vraiment le roi de l'évasion ! Je déboulai à toute vitesse, suivie de Casanova. Ainsi que de ma mère et de quelques autres membres de l'assistance. Mais ils n'avaient aucune chance de m'attraper et de récupérer les alliances, parce que, contrairement à eux, je n'allais pas hésiter à traverser à la nage la rivière toute proche.

40

Le soir venu, je regagnai la maison en compagnie de Casanova. Auparavant, nous avions pris soin d'enterrer les anneaux dans le voisinage. En approchant de la maison, je vis Alex – encore en smoking – assis sur la terrasse, regardant devant lui d'un air absent. Nina était invisible. Elle était probablement dans la maison, en train de pleurer. Je fis signe à Casanova de m'attendre derrière la cabane du jardin et m'avançai prudemment vers Alex.

Il me regarda. Même pas en colère. Juste abattu.

Je m'accroupis tout contre lui.

— Salut, toi, dit-il d'une voix lasse.

Je lui répondis par un petit geignement.

— Je ne sais vraiment pas ce qui t'est passé par la tête. Si je ne savais pas que c'est impossible, je dirais que tu es Kim.

Mon cœur marqua un temps d'arrêt.

— Réincarnée je ne sais comment, acheva-t-il avec un faible sourire.

Que répondre à ça, même en aboyant ?

— Si tu es Kim, tu peux dire oui en remuant la queue, dit Alex, mi-amer, mi-moqueur.

Je ne savais comment réagir. Qu'arriverait-il si je remuais la queue ?

Avant que j'aie pu me décider, il poursuivit :

— Si tu étais vraiment Kim, je te pardonnerais de m'avoir trompé avec ce Daniel Kohn.

Honteuse, je détournai les yeux.

— Et je te demanderais de me laisser épouser Nina.

— Jamais de la vie ! jappai-je.

— Elle me rend heureux, reprit Alex. Avec elle, je peux vivre dans l'avenir. Avec toi, seulement dans les souvenirs.

Cela me déstabilisa.

— Et aussi, je te dirais que Lilly a besoin d'une maman. Nina fait beaucoup d'efforts pour ça. Je ne l'ai encore jamais entendue dire quoi que ce soit de méchant sur la petite.

Moi non plus, si je voulais être honnête.

— Et Lilly est vraiment prête à l'accepter, maintenant.

Je repensai au sourire radieux de Lilly quand Alex l'avait complimentée sur sa robe de demoiselle d'honneur.

Nina s'entendait mieux que moi avec Alex, mieux que moi avec ma mère. Serait-elle aussi pour Lilly une meilleure mère que je ne l'avais été ?

Peut-être n'était-ce pas si difficile, pensai-je, soudain découragée.

— Mais avant toute chose, poursuivit Alex, avant toute chose, je te prierais de me laisser vivre ma vie.

Puis il ajouta avec un profond soupir :

— Mais, bien sûr, tu n'es pas Kim.

J'aboyai précipitamment :

— Mais si, c'est moi ! Peut-être que je pourrai me réincarner en être humain, et alors, dans vingt ans au maximum, nous nous rencontrerons, toi tu n'auras que cinquante-deux ans et moi vingt, et tous les deux, on s'en fichera de la différence d'âge, on pourra repartir à zéro en évitant toutes les erreurs qu'on a commises, et après, on sera heureux toute notre vie comme quand on s'est mariés, et pour ça, ça vaut quand même la peine de m'attendre aussi longtemps, et… et… et… et pendant que j'aboie tout ça, je vois bien que ce n'est pas une solution pour toi. Tu ne peux pas m'attendre pendant vingt ans…

Alex me regardait, ahuri.

— Ni une solution réaliste, achevai-je.

Je vis la tristesse sur le visage d'Alex. Et je compris que je n'avais pas le droit de foutre sa vie en l'air.

A présent, je savais quelle était la leçon dont parlait Bouddha.

Quand on est mort, il faut aussi savoir lâcher prise.

Alors, je conduisis Alex à l'endroit où j'avais caché les anneaux.

41

Cette fois, la cérémonie du mariage se déroula presque normalement. Casanova s'était montré furieux que j'aie rendu les alliances à Alex, et il voulait empêcher le mariage à lui tout seul. Mais il ne le fit pas – un peu parce que j'avais mélangé à sa pâtée quelques-uns des cachets de Martha[1].

Malgré les protestations de Nina, Alex m'emmena à la cérémonie. Bien sûr, il ne croyait pas vraiment que j'étais sa femme réincarnée. Simplement, il pensait que je faisais maintenant partie de la famille.

Je vis donc Alex et Nina s'avancer vers l'autel. Dans sa robe réparée, Nina était une jeune mariée ravissante.

J'entendis le pasteur leur reposer la question : « Veux-tu… »

Alex répondit d'abord : « Oui, je le veux ! »

Puis ce fut Nina qui murmura : « Oui, je le veux… de tout mon cœur. »

Elle semblait totalement énamourée.

---

1. Mémoires de Casanova : « Jamais encore, après un repas, je n'avais vu tant de vives couleurs. »

En cet instant, je le compris : Nina saurait saisir la chance qui lui était donnée de fonder une famille heureuse.

Une chance qui m'avait été donnée à moi aussi.

Mais dont je n'avais pas su profiter.

En un éclair, je compris que j'avais gâché ma vie.

Et ça fit un grand « crac ».

Bon, ça ne fit pas réellement « crac » – mais comment décrire le bruit que fait un cœur en se brisant ?

La meilleure description serait peut-être celle-ci : c'est le bruit le plus effrayant qui puisse exister.

Et de loin la douleur la plus violente.

Une douleur mortelle.

42

J'avais toujours cru que « mourir le cœur brisé » était un mythe du même genre que « le vrai grand amour ». Mais là, devant l'autel, je m'effondrai bel et bien. Et, comme il est extrêmement rare qu'on appelle une ambulance avec un défibrillateur pour un chien, je mourus en pleine église. Apportant ainsi à la cérémonie, pendant quelques minutes, une note tragique que, d'ailleurs, je trouvai plutôt adaptée aux circonstances.

De nouveau, ma vie défila devant moi. J'essayai de ne pas regarder – car revoir une nouvelle fois le mariage d'Alex et de Nina était plus que je ne pouvais supporter. Mais il est difficile de fermer un œil intérieur. Plus exactement : c'est tout à fait impossible. Je dus donc subir une fois de plus ce moment terrible, infarctus compris.

Puis je vis la lumière.
Plus brillante à chaque instant.
Merveilleuse.

J'espérai que, cette fois, je serais définitivement absorbée en elle…

Et, forcément, je ne le fus pas.

Au lieu de cela, je m'éveillai dans une salle d'une éclatante blancheur.

Ou bien était-ce un paysage blanc ? Là où auraient dû se trouver des murs et un plafond, je ne distinguais absolument rien.

Et ce paysage, cette salle, cette planète ou quoi que ce fût d'autre était absolument vide. Pas la moindre chose à voir, en dehors de cette blancheur rayonnante qui réchauffait l'âme.

J'étais seule.

C'est alors que je constatai une chose incroyable : j'étais couchée là, nue… et dans mon corps humain.

Après tout ce temps, il me paraissait un peu bizarre. Tellement… limité.

Mes jambes n'étaient pas aussi agiles que les pattes d'un cochon d'Inde, mon ouïe moins fine que celle d'un chien, mes bras beaucoup moins puissants que ceux d'une fourmi.

— Holà ! appelai-je.

Pas de réponse.

— Holà ? ! ?

Toujours pas de réponse.

— Est-ce que c'est ça, le Nirvana ?

En disant cela, je pensais : si c'est ça, c'est vachement surfait.

— Non, tu n'es pas au Nirvana, répondit une douce voix que je ne connaissais que trop bien.

Je regardai du côté d'où elle était venue. Subitement, Bouddha fut auprès de moi. Il m'était apparu sous la forme d'un être humain. Un être humain extra-ordinairement gros. Et j'aurais apprécié qu'il ait pris la peine de s'habiller.

Surtout le bas du corps.

— Si ce n'est pas le Nirvana, dis-je en évitant de regarder au-dessous de son nombril, qu'est-ce que c'est, alors ?

— C'est l'antichambre du Nirvana, répondit Bouddha.

— Ah, bon ! fis-je – et c'était un de ces « Ah, bon » qui veulent dire en réalité : « Je ne comprends absolument pas de quoi tu parles. »

Bouddha avait de nouveau son sourire béat, et j'étais désormais convaincue que ça lui faisait plaisir de prendre des airs mystérieux avec ses devinettes pour gaufrettes.

— C'est ici le lieu où je parle avec les hommes avant qu'ils entrent dans le Nirvana.

— Je vais entrer dans le Nirvana, déjà ?

Bouddha hocha la tête.

— Mais je ne suis pas du tout dans la sérénité et la paix ! Je ne vis pas en harmonie avec le monde, je n'aime pas tous les êtres humains sans distinction !

— Accumuler du bon karma consiste uniquement à venir en aide à d'autres créatures. Et c'est ce que tu as fait.

— Je n'étais pas Mère Teresa… dis-je modestement.

— Je ne peux pas en juger. Ce n'est pas moi qui me suis occupé de Mère Teresa, observa Bouddha.

Toutes mes pensées convergèrent en un seul grand point d'interrogation.

— La vie après la mort a plusieurs formes d'organisation, m'expliqua-t-il. Les âmes des chrétiens sont administrées par Jésus, celles des musulmans par Mahomet, etc.

— Comment ça, « etc. » ? demandai-je, un peu embrouillée.

— Eh bien, par exemple, ceux qui croient au dieu Odin vont au Walhalla.

— Qui croit encore à Odin de nos jours ?

— Quasiment personne. Le pauvre vieux en est tout déprimé.

Etonnée, j'imaginais Odin se plaignant à Jésus et à Bouddha pendant le dîner, et envisageant de prendre un attaché de presse pour faire remonter la cote de popularité de sa religion.

— Pour chaque être humain, la vie après la mort est celle en laquelle il a cru, acheva le gros Bouddha nu.

Je trouvais ça plutôt justifié. Mais ça soulevait tout de même une question :

— Je n'ai jamais cru au Nirvana. Comment se fait-il que je sois ici ?

— Je ne suis pas responsable seulement des âmes de ceux qui croient au bouddhisme, mais aussi de tous ceux qui ne croient en rien, dit Bouddha.

Ça expliquait tout. Si Bouddha se chargeait des athées, les autres dieux n'avaient pas l'obligation désagréable de condamner des âmes pour la seule raison qu'elles ne croyaient pas en eux.

— Es-tu prête pour le Nirvana, maintenant ? demanda Bouddha.

Pour lui, ce devait être une question purement rhétorique. Il pensait sans doute que j'allais clamer un « Mais comment donc ! » franc et massif. Pourtant, j'hésitais. Je pensais à ceux qui comptaient pour moi : Alex serait certainement heureux sans moi, mais...

— Et Lilly ? Sera-t-elle heureuse avec Nina ?

— Cela ne doit plus te préoccuper.

— Non ?

— Non, répéta le gros homme nu en souriant.

— Mais il s'agit de ma fille ! insistai-je.

— Pourtant, ce n'est plus ton affaire, car tu vas maintenant entrer dans le Nirvana.

J'avalai ma salive.

— Tu y connaîtras le bonheur éternel.

Cela, je le voulais bien. Et même tout à fait. D'ailleurs, je l'avais mérité – c'est en tout cas ce que Bouddha semblait penser. Et il était une autorité reconnue en la matière.

— Tu oublieras tout de tes nombreuses vies, dit encore Bouddha. Et tu oublieras toutes tes souffrances, ajouta-t-il.

Plus de souffrance, le bonheur éternel... que pouvais-je demander de mieux ?

Alors, je hochai la tête et dis : « Je suis prête ! »

Et je vis la lumière.

Toujours plus éclatante.

Merveilleuse.

Cette fois, je le savais : elle me laisserait entrer en elle, elle ne me rejetterait plus. Pas cette fois.

La lumière m'enveloppa.

Douce.

Chaude.

Pleine d'amour.

Je la pris dans mes bras et entrai en elle.

Je me sentais si bien.

Tellement en sécurité.

Tellement heureuse.

Mon être commença à se dissoudre. Tous mes souvenirs s'estompaient : les souffrances de mon enfance, le chagrin du mariage d'Alex et de Nina, mon amour pour Lilly...

Lilly ! Pourquoi Bouddha avait-il éludé ma question à propos du bonheur de Lilly avec Nina ? Quelque chose ne collait pas !

Je ne pouvais pas entrer dans le Nirvana sans avoir reçu l'assurance que Lilly serait heureuse ! J'étais sa maman ; si elle risquait d'être malheureuse, je n'avais pas le droit de l'abandonner. A aucun prix, même celui de mon bonheur éternel !

Alors, je luttai de toutes mes forces contre le Nirvana.

Mais ce sacré Nirvana savait se défendre !

Il se fit de plus en plus doux.

De plus en plus rempli d'amour.

Il ne voulait pas me laisser partir ! J'avais rempli les critères d'admission, je ne devais pas quitter le club.

Je n'avais encore jamais rien connu qui sache utiliser les armes de la douceur et de l'amour avec autant de persuasion que ce Nirvana.

Cependant, je concentrais ma pensée sur Lilly : ses yeux pleins de tristesse, sa tendre peau d'enfant, sa douce voix...

Le Nirvana n'avait pas l'ombre d'une chance contre mon amour pour ma fille.

Je repoussai le Nirvana, comme il m'avait lui-même tant de fois repoussée.

A présent, il savait ce que ça faisait !

Quand je repris conscience, j'étais à nouveau dans l'antichambre du Nirvana. Avec en face de moi un Bouddha désemparé :

— Aucun être humain n'a encore jamais refusé le Nirvana.

— Nirvana mon œil ! Je ne veux pas abandonner ma fille.

— Elle doit pourtant vivre sa vie toute seule.

— Seulement si tu me promets qu'elle sera heureuse sans moi.

— Cela, je ne peux pas te le promettre, dit Bouddha.

— Qu'est-ce qu'elle va devenir ? demandai-je, alarmée.

— Tu lui manqueras, admit-il après une courte hésitation.

— Mais Nina passe plus de temps avec elle que je ne l'ai jamais fait.

— Sans doute… mais elle n'est pas sa vraie mère !

Si j'avais encore été tentée par le Nirvana, je n'avais plus aucun doute à présent :

— Alors, je dois retourner vers elle !

— C'est la vie de Lilly, pas la tienne.

— Renvoie-moi sur terre dans la peau d'un chien !

— Ce n'est pas possible, tu as amassé trop de bon karma.

— Et si je te mords la main ? J'en perdrai sûrement un peu !

Et j'essayai de mordre la main de Bouddha.

Bien évidemment, ça ne marcha pas : ni lui ni moi n'avions d'existence matérielle dans cette antichambre du Nirvana.

— Personne n'a encore jamais essayé de me mordre, dit Bouddha, surpris.

— Ça, c'est étonnant, marmonnai-je.

274

— Tu ne veux vraiment pas du Nirvana, constata-t-il, troublé.

— Toi qui comprends tout si vite, tu devrais aussi te demander si tu amasses du bon karma en y envoyant quelqu'un contre son gré.

Cet argument touchait visiblement un point sensible.

Bouddha respira un bon coup. Quand il eut terminé, il dit simplement :

— Bon. D'accord.

— D'accord ?

— D'accord.

— « D'accord » me paraît correct, dis-je.

Après un instant de réflexion, j'ajoutai :

— Et ça veut dire quoi exactement ? Que je vais retourner sur terre sous la forme d'un chien ?

— Non.

— D'un cochon d'Inde, alors ?

— Non plus.

— Ah non ! Je ne veux pas redevenir une fourmi !

— Tu vas revenir sur terre sous forme humaine.

— Je... je vais me réincarner en moi-même ?

Je ne pouvais pas y croire. C'était trop merveilleux pour être vrai. Et, en général, les choses trop merveilleuses pour être vraies sont effectivement trop merveilleuses pour être vraies.

— Kim Lange est morte, elle ne peut pas ressusciter, m'expliqua Bouddha.

— Pourquoi pas ?

— D'abord, une telle résurrection serait un choc pour tous ceux qui t'ont connue.

— Et ensuite ?

275

— Ensuite, ton corps pourrit depuis longtemps déjà. En ce moment, les vers achèvent de nettoyer les orbites…

— C'est bon, c'est bon ! Pas besoin de me faire un dessin !

— Ton âme va se réincarner dans le corps d'une femme qui est en train de mourir à cet instant, m'annonça-t-il. Je ne t'accorderai cette chance qu'une seule fois.

Et ce furent les dernières paroles que j'entendis de lui avant de me dissoudre à nouveau.

43

Quand je rouvris les yeux, j'étais allongée sur une moquette moelleuse et je contemplais un plafond tapissé de rose. Je sentais sur mes lèvres un goût de pizza (hawaïenne). J'essayai de me redresser. Ce ne fut pas une mince affaire : j'avais l'impression de peser le poids d'un morse adulte.

Je jetai un coup d'œil à mes bras, pour m'apercevoir qu'ils étaient non seulement humains, mais constitués d'une épaisseur de lard qui aurait fait honneur à un sumo. En m'asseyant, je constatai que ces couches de graisse avaient des petites sœurs sur mon ventre et autour de mes cuisses. Et toute cette petite famille ballottait gentiment autour de moi, parce que le corps humain dans lequel je me trouvais ne portait que des sous-vêtements.

De la lingerie rose.

Imprimée de motifs Daisy Duck.

En regardant la moquette, qui était du même rose que le plafond, je m'aperçus que la pizza hawaïenne y était étalée – côté fromage et tomate. Elle avait dû tomber avec le corps de femme dans lequel j'étais à présent.

J'essayai de me relever. C'est là que je compris à quel point ce nouveau corps était lourd : près de deux fois et demie le poids de l'ancien. Et dire qu'à l'époque, je le trouvais déjà trop gros ! Rétrospective-ment, il m'apparaissait léger comme une plume. (Si j'avais su alors ce que c'était vraiment qu'être grosse, je ne me serais jamais fait autant de souci pour quatre malheureux kilos.)

Au prix d'un violent effort, je soulevai ma masse et en restai pantelante. Jamais encore je n'avais autant désiré une tente à oxygène.

Sur l'un des murs roses, j'aperçus un miroir. Je me traînai jusqu'à lui et me regardai. Celle qui me faisait face était une femme extraordinairement grosse, mais avec un visage si aimable – malgré le double menton – qu'il réchauffait le cœur et vous mettait de bonne humeur pour la journée. Elle avait des goûts bizarres, elle était obèse, et pourtant, elle rayonnait d'une telle bonté que, sans trop savoir pourquoi, on avait envie d'être sa meilleure amie.

Je continuai mon tour d'horizon pour essayer d'en savoir plus sur la personne dont mon âme occupait désormais le corps. L'appartement se composait d'une seule pièce, avec très peu de meubles, tous en prove-nance de chez Ikea et par conséquent un peu branlants.

Sur la table, à côté d'un magazine télé, il y avait une facture de téléphone adressée à « Maria Schneider ». Je m'appelais donc Maria : un joli prénom, que j'avais même envisagé un temps de donner à ma fille.

Lilly ! Je me rendais compte tout à coup que, dans ce corps, je pouvais rejoindre Lilly et lui parler ! Cette pensée soudaine me transporta. Je remarquai alors que mon excitation me causait un pincement au cœur. Pas seulement au sens figuré, mais littéralement. J'avais des palpitations.

Je m'appuyai sur la commode branlante, espérant qu'elle ne céderait pas sous mon poids. Ce faisant, j'aperçus au mur, dans un cadre bon marché, une affiche représentant Robbie Williams torse nu. Cette vision était sans doute pour Maria l'expérience la plus érotique de ces dernières années.

Et c'est en contemplant Robbie torse nu que je fis ce constat : pour moi aussi, c'était l'expérience la plus érotique de ces deux dernières années.

En continuant de fouiller à droite et à gauche, je découvris une boîte de médicaments pour le cœur. Ainsi, la pauvre Maria venait de mourir d'un infarctus. La pizza étalée sur la moquette rose renforçait ce soupçon.

Qu'avait bien pu devenir l'âme de Maria ?

Après avoir vu son visage si aimable, j'espérais qu'elle était entrée au Nirvana à ma place.

J'avalai un des comprimés contre les palpitations et, la respiration sifflante, allai m'asseoir sur le canapé, me demandant ce que je devais faire maintenant. C'est alors que, sur le palier, quelqu'un se mit à fourrager dans la serrure de la porte d'entrée. J'entendis avec angoisse la clé tourner lentement… et, avant que j'aie eu le temps d'imaginer la suite, la porte s'ouvrit.

Un homme à la quarantaine bien sonnée, et qui avait dû avoir des cheveux quinze ans plus tôt, entra dans la pièce.

Il me regarda.

Je restai figée d'effroi. Sur le vieux canapé vert. Vêtue uniquement de lingerie rose. A motifs Daisy Duck.

— Tout va bien ? demanda-t-il.

La voix était sympathique.

— Impeccable ! répondis-je avec un sourire forcé.

Il me regarda d'un air dubitatif, jeta un coup d'œil à la pizza. J'expliquai en hâte :

— Oui, je suis tombée avec.

— D'accord, dit-il, se mettant aussitôt en devoir de ramasser les morceaux.

— Tu n'as pas besoin de faire ça, dis-je.

— C'est bon, répondit-il en continuant à s'affairer.

Son empressement me rappelait Alex, sauf que cet homme-là ressemblait autant à Brad Pitt que moi à Angelina Jolie, dans mon corps actuel. Il avait beau paraître fort sympathique, j'avais hâte de me débarrasser de lui. Je ne voulais pas qu'il s'aperçoive que, question âme et esprit, je n'étais pas sa Maria.

— C'est très gentil à toi, mais maintenant, je préférerais que tu t'en ailles, dis-je.

— Quoi ? fit-il, sincèrement étonné.

— Je ne me sens pas bien et je voudrais rester seule. Rentre chez toi. Je t'appellerai la semaine prochaine, je suis sûre que ça ira beaucoup mieux.

— Mais j'habite ici ! reprit-il, stupéfait.

Je restai coite.

— Et on est mariés !

Je regardai autour de moi et constatai qu'effectivement, il y avait deux couettes et deux oreillers sur le
lit. Moi qui avais consacré tant d'émissions aux mesures
de « modernisation de l'économie », pour boire ensuite
du champagne avec les invités en philosophant sur le
manque d'esprit de compétition dans notre société, je
n'étais même pas fichue de reconnaître un logement
social quand j'en voyais un.

— Euh… hem… excuse-moi, bégayai-je.

Et, pour gagner du temps, j'avalai une gorgée d'eau
du verre posé sur la table.

— Tu es sûre que tout va bien, Maria ?

— Oui, oui, ça va vraiment bien !

Je bus encore une gorgée et me forçai à sourire, ce
qui l'encouragea visiblement :

— J'ai acheté les capotes. Si tu veux toujours, on
peut y aller.

Dans mon effroi, je lui recrachai toute l'eau à la
figure.

— Hé, oh ! fit-il.

« Hé, oh ! » pensai-je moi aussi à l'idée de faire
l'amour comme une bête avec ce parfait étranger.

En tout cas, je m'étais totalement plantée en supposant qu'une femme aussi grosse ne pouvait pas avoir
d'homme dans sa vie. Que disait donc cette si jolie
chanson ? « A chaque casserole son petit couvercle… »

Tout en s'essuyant le visage avec la manche de sa
chemise, le « petit couvercle » de Maria me demanda :

— Tu ne veux plus ? Pourtant, tout à l'heure, tu étais vraiment chaude !

— Oui, mais maintenant j'ai refroidi, répondis-je en hâte. Et puis… et puis… j'ai envie d'aller me promener. De prendre l'air.

Je me levai du lit, traînai mon corps poussif jusqu'à la commode et cherchai quelque chose à me mettre sur le dos.

Ce n'est pas simple de s'habiller rapidement quand on est obèse, mais la vue de la boîte de préservatifs me donnait des ailes. Dans ma hâte, je choisis un ensemble composé d'un pull vert et d'un pantalon de jogging rose.

Petit Couvercle regardait tout ça d'un air désemparé, et, si je n'avais pas été aussi stressée par la situation, il m'aurait sans doute fait pitié : voir une épouse ardente se transformer d'une heure à l'autre en épouse fuyante ne devait pas être facile à comprendre, et pas davantage à digérer.

Un peu hésitant, Petit Couvercle me demanda :

— Veux-tu que je vienne av…

— Non ! répondis-je sèchement, et j'étais sur le palier avant qu'il ait eu le temps de refermer la bouche.

Dehors, dans l'air printanier du soir, après avoir péniblement descendu l'escalier de l'immeuble, je dus m'arrêter un moment pour reprendre mon souffle. Je transpirais comme quand on est au sauna avec des types qui, chaque fois qu'on parle de sortir, s'écrient : « Allez, encore une petite suée ! »

282

Après avoir respiré un bon coup, je regardai autour de moi : des HLM à perte de vue. La deuxième chose qui me frappa, c'était que les rues étaient pratiquement désertes, et que les affiches, sur les colonnes Morris, annonçaient un match du Hambourg SV.

Le Hambourg SV ?

Je ne connaissais pas grand-chose au foot, mais une chose était certaine : si le Hambourg SV s'affichait aussi ostensiblement dans cette ville, je ne pouvais pas être à Potsdam.

J'essayai de me calmer : au moins, je n'étais ni dans une fourmilière, ni au Canada, ni dans un laboratoire d'expérimentation animale. D'ici, ça ne devait pas être très compliqué de se rendre à Potsdam. Un coup de train, et hop ! j'y étais.

C'était trop bête : dans les poches du jogging rose, il n'y avait pas un centime. Et je ne voulais pas retourner chez l'homme aux préservatifs.

Un quart d'heure plus tard, j'étais postée à l'entrée de l'autoroute la plus proche, le pouce en l'air. Uniquement pour constater qu'aucun automobiliste ne s'arrêtait pour une femme obèse en pantalon de jogging. Je me demandai si la loi contre les discriminations prévoyait ce cas.

Des heures plus tard, trempée de sueur et les jambes douloureuses, je pris le chemin du retour « à la maison ». Bien trop crevée pour m'inquiéter encore des appétits sexuels de Petit Couvercle.

Il m'ouvrit la porte et me considéra avec inquiétude, mais, quand il voulut me demander où j'étais passée, je lui coupai la parole :

— Je vais me coucher tout de suite. Et si jamais tu me touches, je te saute dessus de telle façon que tu seras aplati comme une sole !

Sur quoi je me mis au lit et tombai aussitôt dans un sommeil sans rêves.

Quelques secondes plus tard – du moins à ce qu'il me sembla –, le radio-réveil se déclencha. Un animateur radio brailla avec enthousiasme : « Vous écoutez Machin sur 101 FM de cinq heures à cinq heures trente, nous vous passons les meilleurs tubes des années quatre-vingt, quatre-vingt-dix et d'aujourd'hui. »

Ça faisait déjà quelques années que je me demandais quel genre de drogue dangereuse pour le cerveau pouvaient prendre les animateurs de radio. J'aurais trouvé formidable que l'un d'eux déclare tout à coup, dans un élan de sincérité : « Nous vous passons la même soupe que tous les autres. » Mais j'étais bien trop fatiguée pour arrêter le réveil. Ou seulement pour ouvrir les yeux.

— Maria, il faut que tu te lèves, murmura Petit Couvercle en me secouant doucement.

— Mmnon, faut pas, marmonnai-je.

— Sinon, tu vas arriver en retard au boulot, reprit-il d'un ton qui laissait supposer qu'il ne lâcherait pas facilement l'affaire.

Je m'assis au bord du lit. Puis je me souvins que j'avais besoin d'argent pour acheter un billet de train :

— Tu sais où j'ai mis mon sac à main ? demandai-je.

— Ton sac à main ? Depuis quand tu parles comme une rombière ?

— Bon, où est mon porte-monnaie ? me corrigeai-je.

— De toute façon, y a rien dedans.

— On doit bien avoir cinquante euros, fis-je, agacée.

— Bien sûr : juste à côté des diamants !

Je dus avoir l'air déconfit.

— On est complètement raides, Maria. Après les 1,99 euro d'hier soir pour la pizza.

Il me montrait la moquette, qu'il avait fini de nettoyer pendant mon absence.

Je regardai Petit Couvercle dans les yeux : j'y lus une telle tristesse que je compris. Nous n'avions effectivement pas un sou. Il essaya de me réconforter :

— Aujourd'hui, tu auras ta paie de la semaine. Mais pour ça, il faut au moins que tu sois au boulot. Et à l'heure. Sinon, ton chef va encore gueuler.

Bon, pensai-je. Je vais à ce travail, je prends l'argent, et après je fonce à la gare. Un plan impeccable, avec juste un petit inconvénient : où est-ce que je travaillais ? Je n'en avais pas la moindre idée.

— Tu m'accompagnes ? demandai-je à Petit Couvercle.

— Comme toujours ! répondit-il avec un gentil sourire.

La cité ressemblait beaucoup au quartier où j'avais grandi moi-même : des balançoires cassées sur des aires de jeux abandonnées, des façades couvertes de graffitis hideux, et des gens dont l'apparence extérieure offrait un contraste maximal avec celle des créatures sexy qui ornaient les affiches autour d'eux. Beaucoup arboraient des visages tristes sur lesquels on lisait : « Je bois de la bière parce que je suis réaliste quant à mes chances sur le marché du travail. »

Le visage de Maria, tel que je l'avais vu la veille dans le miroir, était différent. Il était plus doux. Pas du tout marqué. On y devinait une certaine confiance en soi, malgré le manque d'argent.

Je voulais en savoir davantage sur elle.

Mais comment se renseigner sur une personne dont les autres croient que c'est vous ?

En faisant le coup du regard romantique.

Avec un sourire, je demandai à Petit Couvercle – je ne savais toujours pas son nom :

— Dis-moi ce qui te plaît tellement chez moi.

Il fut surpris de voir sa Maria redevenir si aimable. Et tellement soulagé qu'il ne se fit pas prier pour répondre :

— Tu es la personne la plus optimiste que je connaisse. Quand il pleut, tu dis que le soleil va bientôt revenir. Quand les gens sont injustes avec toi, tu leur pardonnes et tu crois que le cosmos va rétablir l'équilibre…

Pour ça, le cosmos – ou plutôt Bouddha – sait ce qu'il fait, appréciai-je en vieille routière de la réincarnation.

— Tu es toujours sincère, et… – ajouta-t-il avec un sourire – … tu es une vraie bombe au lit !

Aucun homme ne m'avait jamais dit ça.

Pourquoi ?

Je n'étais peut-être pas une bombe au lit.

Avais-je jamais vraiment voulu le savoir ?

Après cette déclaration, en tout cas, il me paraissait évident que l'âme de Maria était maintenant au Nirvana. J'en étais sincèrement heureuse pour elle.

En voyant les yeux brillants de Petit Couvercle, je me demandai s'il n'était pas temps de lui dire la vérité. Mais si je lui révélais que j'étais Kim Lange, il allait probablement me faire interner, à supposer qu'il trouve l'argent pour payer la consultation du psychiatre.

Et même s'il acceptait de croire que son grand amour était mort, était-il juste de lui briser le cœur ? Quand j'étais beagle, j'avais appris qu'un cœur brisé pouvait tuer.

— Pourquoi tu me regardes d'un air si triste ? demanda-t-il, inquiet.

— C'est rien, répondis-je – et je fis l'effort de lui sourire.

Il sentait bien que quelque chose n'allait pas. Je me hâtai de détourner les yeux et me mis à marcher très vite.

— Arrête-toi ! dit-il.

Je poursuivis mon chemin.

— Bon Dieu, Maria, tu es passée devant ton bar sans t'arrêter !

Je fis demi-tour, et vis une baraque portant l'inscription : « Chez Hans – Saucisses Frites ». Il y avait là un gros bonhomme entre deux âges, à côté de qui Kim Jong-Il aurait fait l'effet d'un type chaleureux. Il portait une blouse blanche – « blanche » étant à prendre dans un sens tout relatif, à considérer les innombrables taches de ketchup et de moutarde qui y étaient incrustées. De toute évidence, l'homme était Hans-Saucisses en personne, et je pensai à part moi que passer toute une vie à se faire appeler Hans-Saucisses était vraiment un triste destin.

Il est vrai que devoir travailler avec un homme répondant au nom de Hans-Saucisses était plus triste encore.

— Maria ! me cria brutalement Hans-Saucisses.

Dans les séries télé, les hommes comme Hans sont généralement des « grandes gueules au cœur d'or », mais, dans la vraie vie, il n'y a que des « grandes gueules » sans cœur d'or. En tout cas, je compris que celui-là n'avait pas de cœur quand je lui déclarai :

— Je suis malade, je ne peux pas travailler. Donne-moi seulement ma paie du mois.

Il me jeta le même regard incrédule que si j'avais dit un truc aussi dingue que, par exemple : « Je ne suis pas du tout Maria, mais feu l'animatrice de talk-show Kim Lange. » Il répliqua :

— Bouge ton gros cul et mets-toi au boulot tout de suite, avant que je me fâche pour de bon.

Je fis une dernière tentative :

— Mais je suis malade…

Petit Couvercle me souffla à l'oreille :

— Vas-y, sinon il te flanque à la porte et en plus il garde ton fric.

— Il n'a pas le droit, chuchotai-je à mon tour.

— Tu te sens d'attaque pour le traîner au tribunal ?

Alors, avec un soupir, je commençai mon nouveau boulot de marchande de frites.

44

Quand on vit au rythme effréné d'une chaîne de télévision, à courir de conférence en conférence, d'émission en émission, d'intrigue en intrigue, on se dit parfois : « Ah, qu'est-ce que j'aimerais avoir un boulot tout simple ! Vivre loin du stress ! » Mais le jour où on se retrouve à faire l'un de ces boulots tout simples, comme moi chez Hans-Saucisses, on ne se dit qu'une chose en repensant à son vieux fantasme : « Quelle connerie ! »

Rester debout dans cette baraque, c'était l'enfer : au bout de dix minutes, j'avais déjà mal aux jambes, et je me demandais comment Maria avait fait pour tenir jour après jour.

L'huile que nous utilisions pour les frites datait de l'avant-veille, et les grilles qui servaient à cuire les saucisses étaient recouvertes d'une telle couche de crasse qu'une forme de vie intelligente s'y était sûrement développée. Je préférais ne pas imaginer tous les gens qui avaient pu se réincarner en bacilles là-dedans. Et, bien entendu, je n'étais pas capable de faire griller correctement une saucisse : la première était bonne pour la poubelle.

— Qu'est-ce qui te prend de balancer une saucisse ? fit Hans d'un ton hargneux.

— Eh bien… parce qu'elle est presque carbonisée ? répondis-je avec un soupçon d'ironie.

— Remets-la tout de suite sur le gril !

— Celui qui mangera ça va attraper le cancer !

— Tu sais ce que ça me fait ?

— Tu t'en fous complètement ?

— Exact. Et maintenant, repêche-moi cette saucisse et colle-la sur le gril.

— C'est comment déjà, la formule magique ?

— Et plus vite que ça !

— Je manque encore un peu d'entraînement…

Je repêchai la saucisse dégueulasse dans la poubelle et la balançai sur la grille en me demandant ce qui pouvait encore m'arriver de pire.

J'obtins une réponse un peu plus d'une heure après. Un chômeur dans les vingt-cinq ans, crâne rasé, veste militaire et bottes de parachutiste, se plaignit que la salade de pommes de terre était immangeable. (Ça n'avait rien d'étonnant, vu que Hans-Saucisses ne s'embarrassait pas de détails aussi futiles qu'une date de péremption.)

— Ces patates sont dégueulasses, et toi tu es une grosse vache, grommela le type.

— Il vaut mieux être gros que demeuré, répliquai-je.

Je lui en voulais de critiquer le physique de Maria, qui était si gentille. (Que son corps soit entre-temps

292

devenu le mien, je ne l'avais pas encore tout à fait pigé.)

Les yeux du type se plissèrent dangereusement :

— Demeuré, je sais pas ce que ça veut dire, mais toi, tu vas t'en prendre une !

Ne pouvant imaginer qu'il était prêt à frapper une femme, je le mis au défi :

— Eh bien, vas-y !

Ce n'était pas une bonne idée.

— D'accord, répondit-il.

— D'accord ?

Cette fois, je n'en menais pas large.

— Ouais.

Et il ouvrit la porte de la baraque, avec la ferme intention de m'en coller une. L'esprit chevaleresque laissait sérieusement à désirer dans le quartier[1].

Je regardai Hans-Saucisses avec l'espoir qu'il viendrait à mon secours. Mais il regarda ailleurs en marmonnant quelque chose du genre : « A ta place, je m'excuserais. »

Comme Petit Couvercle était parti depuis longtemps – Hans n'aimait pas le voir « traîner autour » de la baraque –, j'étais seule pour faire face au client agressif.

Dieu merci, on trouve chez un marchand de saucisses-frites toutes sortes d'objets très utiles : des tubes de ketchup, des balais à franges, des pinces à gril…

---

1. Mémoires de Casanova : « Plus exactement, l'esprit chevaleresque laissait sérieusement à désirer dans ce siècle-là. »

Par réflexe, j'attrapai le tube de ketchup et en arrosai copieusement le type en visant les yeux.

Il se mit à hurler :

— Je vais te refroidir, salope !

Comme ça ne m'intéressait que moyennement de me laisser refroidir, je saisis le balai à franges et le plantai dans le ventre du type en pesant dessus de tout mon poids – ce qui n'était pas rien. Le skinhead tomba à terre avec un cri étouffé. Je pris la pince et l'agitai en direction du bas-ventre du type :

— Fiche le camp, ou bien tu ne seras plus en état d'assurer la postérité du Führer !

— Ça va, je me tire ! fit le skinhead, et il prit le large.

Je jetai un coup d'œil à Hans-Saucisses, qui semblait impressionné. La pince et le tube de ketchup à la main, je lui dis :

— Tu veux être le prochain ?

Il fit non de la tête.

— Alors, donne-moi mon fric.

Il s'exécuta sans rechigner, et je quittai la baraque avec en poche cent quarante-trois euros et trente-huit centimes.

J'entendis Hans marmonner dans mon dos : « Demain je la fous dehors », mais je l'ignorai superbement. Je n'envisageais pas de remettre les pieds dans cette baraque.

45

A l'arrêt de bus le plus proche, je cherchai comment me rendre à la gare à travers le labyrinthe des lignes urbaines. Mais comme les gens, à mesure qu'ils arrivaient, s'écartaient prudemment de moi à cause de l'odeur de friture, je me dis qu'à la réflexion, il valait peut-être mieux faire d'abord un détour par la salle de bains. Mais, si je rentrais « à la maison » prendre une douche, je risquais d'y trouver Petit Couvercle, et ça, je ne le voulais à aucun prix. Je ne voulais pas croiser son regard quand il comprendrait que sa bien-aimée Maria sortait de sa vie. Il penserait qu'elle ne l'aimait plus.

Qu'est-ce qui est le plus dur ? Savoir que quelqu'un ne vous aime plus ? Ou savoir que ce quelqu'un est mort, mais que son âme est heureuse au Nirvana ?

Quand le bus pour la gare arriva, je n'y montai pas. Au lieu de cela, je pris celui qui conduisait chez Petit Couvercle.

Il m'ouvrit la porte et s'étonna :

— Tu rentres déjà ?

— C'est une longue histoire, dis-je. Une sacrée longue histoire.

— Bon, je t'écoute.

J'hésitais.

— Maria… ?

Chaque seconde de silence inquiétait davantage Petit Couvercle.

Je ne voulais pas le laisser plus longtemps dans l'incertitude. Je voulais tout lui expliquer. Mais, quand j'ouvris la bouche, ce fut pour me mettre à chanter :

— Un oiseau voulait se marier dans la verte forêt, tralalalala, tralalalala, tralalalalala !

Petit Couvercle me regarda avec stupeur.

J'étais encore bien plus surprise que lui, parce qu'en réalité j'avais voulu dire : « Je suis Kim Lange. Mon âme est maintenant dans le corps de Maria… »

J'essayai encore. Mais voilà ce qui sortit de ma bouche :

— L'épervier, l'épervier, la noce a annoncé, tralalalala, tralalalala, tralalalalala !

C'était de la sorcellerie !

Petit Couvercle n'y comprenait plus rien du tout.

Désespérée, j'essayai de crier la vérité plus fort, mais ce fut seulement pour brailler :

— Le jaseur, le jaseur, a apporté la couronne de fleurs !

Bouddha avait dû trafiquer mon centre du langage, et maintenant, chaque fois que je voudrais dire à quelqu'un qui j'étais vraiment, je me mettrais à chanter *La Noce des oiseaux* – une chanson idiote que j'avais toujours détestée !

Je n'allais pas renoncer comme ça. Je pris un bloc-notes et un crayon et essayai de mettre la vérité par écrit.

Mais, quand j'eus fini, il n'y avait qu'une seule phrase sur la feuille : « Le coq de bruyère, le coq de bruyère, était le sacristain et le vicaire. »

J'avais même noté l'air !

Je détestais cette chanson, et Bouddha encore davantage en cet instant. Je trouvais injuste qu'il laisse Petit Couvercle dans l'incertitude uniquement pour m'empêcher de raconter ce que je savais de l'au-delà.

Je cherchais désespérément une solution. Petit Couvercle ne devait pas penser que c'était « sa » Maria qui le quittait. Je devais me faire comprendre sans parler du Nirvana.

Enfin, j'eus une idée. Je lui posai cette question :

— Comment t'appelles-tu ?

— Quoi ? fit Petit Couvercle, ahuri.

— Je n'ai pas la moindre idée de ton nom.

— Tu as perdu la mémoire ? demanda-t-il avec un petit rire nerveux.

— Je ne l'ai encore jamais entendu.

Il était complètement perdu.

— Regarde-moi dans les yeux, dis-je.

Il s'approcha de moi.

— Tout au fond.

Il regarda.

Et il vit que je disais vrai.

Que ce n'était pas l'âme de Maria qui habitait ce corps.

297

Pourquoi et comment c'était arrivé, il ne pouvait certes pas le concevoir, mais, tout au fond de lui, il comprit, à cette seconde, qu'il avait perdu son grand amour.

— Je m'appelle Thomas, dit-il avec une infinie tristesse.

46

Dans le train qui m'emmenait à Potsdam, je ne pouvais m'empêcher de penser à Thomas. J'espérais de tout cœur qu'avec le temps, il se ferait une raison. Il n'avait pas mérité ce qui lui arrivait.

Personne ne mérite de perdre un être cher.

— J'espère que vous avez pris deux billets ? fit une voix.

À côté de moi se tenait un contrôleur moustachu portant un anneau à l'oreille. Deux fautes de goût pour un seul homme. Il ne lui manquait que la coupe « nuque longue » du footballeur allemand.

— Pardon ? dis-je.

— Ben, grosse comme vous êtes, personne ne peut s'asseoir à côté de vous, dit-il avec un grand sourire.

— Avec vous, on se marre presque autant que chez le dentiste, répliquai-je sans perdre mon sang-froid.

Le contrôleur cessa brusquement de ricaner, poinçonna mon billet, et on me laissa tranquille pendant le reste du voyage : personne n'avait envie d'être coincé à côté de moi.

C'était pour moi une situation toute nouvelle. Quand j'étais Kim Lange, j'avais l'habitude que les gens se retournent pour me regarder. Les femmes m'enviaient, les hommes fixaient ma poitrine (qui n'était pourtant pas spécialement impressionnante, mais elle appartenait à une célébrité). Tout cela était à la fois désagréable et flatteur. A présent, les deux sexes me regardaient d'un air réprobateur, et c'était seulement désagréable.

N'ayant pas envie de subir les regards dégoûtés de mes contemporains, je m'intéressai au paysage qui défilait à la fenêtre. Je me demandais si, dans les prés, les vaches étaient des humains réincarnés. Ou ce qui pouvait pousser les gens à se faire construire une maison en rase campagne juste au bord de la voie ferrée. Et surtout, je me demandais ce qui arriverait quand je retrouverais ma famille, et comment elle réagirait quand je me mettrais à chanter à tue-tête : « Les dindes, les dindes, prenaient des airs pincés... »

En arrivant à Potsdam, je cherchai d'abord un endroit où passer la nuit. Je ne pouvais me permettre qu'un de ces hôtels en périphérie de la ville où les cabinets de toilette sont équipés de W-C autonettoyants. Je ne pus fermer l'œil. D'abord parce que j'avais faim – dans cette zone industrielle, ce n'était même pas la peine de chercher un magasin ouvert aussi tard –, ensuite parce que, à l'étage au-dessous, des jeunes faisaient la fête à grand renfort d'alcool, de radiocassette à fond la caisse et de lancers d'oreillers par les fenêtres. Et comme, dans ces hôtels, il n'y a personne à la réception la nuit, ils pouvaient faire ce qu'ils voulaient.

Je passai donc des heures à contempler par la fenêtre la zone industrielle et ses sinistres éclairages. A un moment, un chat traversa la route en courant. Ce ne pouvait pas être Casanova, mais je ne pus m'empêcher de penser à lui. Très probablement, il était toujours en colère contre moi parce que j'avais laissé sa Nina épouser Alex[1].

Que devais-je faire maintenant ? Aller voir Alex et Lilly ? Me rapprocher d'eux sans leur dire qui j'étais ?

Et dans ce cas, par quel moyen ?

Je décidai de commencer par le plus évident, à savoir chercher un travail. Je n'avais pratiquement plus un sou, et je ne pouvais pas errer autour de la maison comme une sans-abri à la dérive. Encore moins aborder Lilly de cette façon.

Le lendemain matin, j'achetai un journal pour éplucher les petites annonces, et c'est là que se manifesta ce que certains appellent le destin, d'autres le hasard.

Il y a plusieurs sortes de hasard : ceux qui se présentent comme une catastrophe, mais finissent par tourner à votre avantage. Ceux qui se présentent bien

1. Mémoires de Casanova : « Quand je m'aperçus que le mariage avait eu lieu sans moi, je maudis madame Kim de toute mon âme. Jusqu'à ce que j'apprisse qu'elle était morte. Alors, je me radoucis et pensai : "Elle l'a bien cherché." »

et qui tournent à la catastrophe. Et ceux qui vous laissent bouche bée pendant un bon moment.

J'avais répondu à une annonce où l'on cherchait une femme de ménage – avec ce corps-là, je n'étais pas près de retrouver un boulot d'animatrice de télé –, et l'agence de placement m'avait envoyée à trois rues de notre maison.

Cependant, ce n'est pas ce hasard-là qui me laissa bouche bée.

En montant la rampe d'accès à la propriété – une villa de quatre cents mètres carrés datant du XIXe siècle –, je vis venir à ma rencontre mon ancien chef, Carstens.

Mais ce ne fut pas non plus ce hasard qui me laissa bouche bée.

Bien entendu, Carstens ne me reconnut pas. Il se contenta de me saluer d'un signe de tête avant de monter dans son cabriolet Mercedes et de démarrer.

J'arrivai à la porte d'entrée. Aucune plaque n'indiquait le nom du propriétaire, qui venait sans doute d'emménager. Je frappai avec le lourd marteau de porte. Le bruit résonna dans toute la maison. J'attendis quelques instants. Enfin, avec un craquement, la porte s'ouvrit. Sur Daniel Kohn.

C'est ce hasard-là qui me laissa bouche bée !

J'aurais bien aimé être sûre qu'il n'était pas de ceux qui débouchent sur des catastrophes.

Daniel Kohn me dit :

— Bonjour, vous devez être la femme de ménage ?

Je restai sans voix.

— C'est le moment où vous êtes censée dire oui, fit-il en souriant.

J'étais toujours muette.

— Vous n'êtes pas très causante, hein ?

Je me rendis compte qu'il fallait que je dise quelque chose, n'importe quoi. Rassemblant mes forces, je bredouillai : « Vrzzz... »

— Entrez donc, proposa Daniel.

Il me fit visiter sa villa, qu'il venait tout juste d'acheter, parce qu'il avait un nouveau job : le mien. Après avoir passé deux ans à tester des remplaçantes dont aucune n'arrivait à la cheville de Kim Lange, Carstens lui avait proposé d'animer mon talk-show.

— Mes félicitations, dis-je.

— Ah, vous savez tout de même parler ! dit Daniel.

— Si je fais un gros effort, oui.

Daniel sourit, puis il prit l'escalier tournant qui conduisait à l'étage. Je le suivis, les yeux à la hauteur de ses fesses appétissantes. Cela me rappela notre merveilleuse nuit d'amour, et, pendant une seconde, je me pris à penser que, peut-être... ? Non, c'était absurde. « Le célèbre animateur couche avec sa grosse femme de ménage »... On ne devait pas souvent lire un titre pareil dans les pages de *Gala*.

Et puis, ne venais-je pas de redécouvrir que j'aimais Alex ? Alors, pourquoi recommençais-je à fantasmer sur Daniel Kohn ?

Bonté divine ! On passe deux ans à se réincarner, on accumule du bon karma, on le reperd, on le regagne, et tout ça ne change rien : on ne contrôle toujours pas ses sentiments ! C'était quand même incroyable !

En arrivant au premier étage, j'avais besoin de reprendre ma respiration. Daniel m'offrit un rafraîchissement au bar qui se trouvait dans sa chambre. Celle-ci avait tout du parfait nid d'amour : un magnifique futon, une impressionnante chaîne stéréo Bang & Olufsen, et un miroir ancien du meilleur goût, placé dans un endroit stratégique.

— Etes-vous sûre de pouvoir faire le ménage ici ? demanda Daniel Kohn, sceptique, car j'étais toujours haletante.

Moi aussi, je me posais la question. Voulais-je vraiment passer l'aspirateur dans la chambre où Daniel se regardait dans le miroir avec une blondasse quelconque ? Non !

D'un autre côté, voulais-je rester sans travail et devenir SDF ? Non, non, non, et non !

Et, comme un « Non ! » ne fait pas le poids devant un « Non, non, non, et non ! », j'acceptai le poste et devins la femme de ménage de Daniel Kohn.

47

Daniel payait bien. Je pus prendre un petit studio à l'autre bout de la ville et le meubler modestement (un lit, une commode, rien de chez Ikea). De là, je me rendais chaque jour chez Daniel, où je faisais le ménage et repassais son linge, tout en m'étonnant du nombre de femmes qui défilaient dans cette maison.

Pour moi, ce fut une période difficile, physiquement d'abord – je devais continuer à prendre les médicaments de Maria –, mais surtout moralement : je n'avais toujours pas la moindre idée de la façon dont je m'y prendrais pour provoquer une rencontre avec ma petite Lilly et avec Alex. Mon assurance fondait de jour en jour. Je me surprenais parfois à me demander si je n'aurais pas mieux fait d'entrer au Nirvana.

Un matin où j'arrivais chez Daniel avec ces tristes pensées en tête, il mit un certain temps avant de venir m'ouvrir. En tee-shirt, pas rasé, l'air épuisé, et visiblement très déprimé.

— Qu'est-ce qu'il y a ? dit-il en constatant que je le regardais fixement.

— Vous avez une tête de…

— … de papier mâché ?

— Mâché, et même recraché.

Il me gratifia d'un sourire fatigué et me fit signe d'entrer.

Pendant que nous traversions le hall d'entrée, il m'expliqua :

— Les taux d'audience de ma première émission sont mauvais.

— Très mauvais ?

— Non. Catastrophiques. Les téléspectateurs regrettent encore Kim Lange, et ils prennent en grippe tout animateur qui essaie de la remplacer.

Je ne pus m'empêcher de sourire : c'était flatteur pour moi.

— Qu'est-ce qui vous amuse ? demanda-t-il, un peu vexé.

— Rien, rien ! me hâtai-je de répondre. Pourrais-je voir l'émission ?

— Pourquoi ?

— J'aurais peut-être quelques tuyaux pour vous.

Daniel réfléchit un instant, mi-amusé, mi-curieux – au total, ça donnait « OK ».

Nous nous mîmes donc à regarder son talk-show, qui avait été le mien autrefois. Six hommes politiques s'engueulaient sur le sujet : « La retraite : réalité ou fiction ? », et je fus stupéfaite à l'idée que six ânes bâtés qui faisaient perdre aux téléspectateurs un précieux temps de vie avec leurs paroles creuses aient pu me paraître autrefois la chose la plus essentielle du monde.

Au bout de cinq minutes, je bâillais copieusement.

— Les téléspectateurs ont sans doute réagi de la même façon, soupira Daniel.

— Ou alors, ils étaient si fâchés qu'ils lançaient des objets sur la télé, plaisantai-je.

— Et alors, vous avez un tuyau pour moi ?

— Oui, j'en ai un : faites autre chose.

— Comment ça, autre chose ?

— Vous avez du talent. Faites quelque chose qui change complètement de ces conneries. Une émission où vous pourriez montrer ce que vous avez dans le ventre.

— J'aimerais bien…

— Mais ?

— Mais je ne vois vraiment pas ce que je pourrais faire.

— Pourquoi pas des reportages de voyages ? proposai-je.

Mes pérégrinations de réincarnée m'avaient fait traverser la moitié de la planète. Ça donne des idées.

D'un seul coup, toute la fatigue disparut des yeux de Daniel. Il était emballé. J'avais touché une corde sensible.

A cet instant, on frappa à la porte.

Daniel sortit du salon pour aller ouvrir.

— Daniii ! fit une voix suraiguë.

C'était une de ses amies blondes. J'entendis Daniel lui répondre :

— Ecoute, je ne suis pas libre pour le moment.

— Quoi ? couina la voix féminine.

— J'ai… j'ai une visite importante, mentit-il.

Je n'en croyais pas mes oreilles : Daniel Kohn renvoyait une blondasse pour pouvoir continuer à discuter avec moi ?

— Mais, Dani…

— Non, je ne peux pas.

— Même pas si je mets juste deux choses sur moi et rien d'autre ? proposa-t-elle.

— Quelles choses ?

Il voulait quand même savoir !

— Des fraises et de la crème.

Il me sembla entendre l'hésitation de Daniel : son cœur voulait discuter avec moi d'une nouvelle carrière prometteuse. Sa libido penchait vers les fraises à la crème.

Je sentis que sa libido allait l'emporter. Alors, je vins à la porte et dis :

— J'ai aussi d'autres idées de reportages.

La jeune femme, dont le décolleté pigeonnant aurait pu causer des accidents de la route, n'en revint pas :

— C'est à cause de celle-là que tu ne veux pas me voir ?

— Ce n'est pas une concurrente pour toi, dit-il afin de tenter de la calmer.

Cette réponse me déplut profondément.

— Mais c'est quand même à cause d'elle que tu me renvoies, bouda-t-elle.

Il hocha la tête.

— Bon, je m'en vais ! Et je remporte mes fraises !

Daniel la suivit des yeux un instant, puis il se tourna vers moi :

— Et alors, ces idées ? dit-il, imperturbable.

Nous passâmes le reste de la journée à discuter de toutes sortes d'idées géniales. En pensée, nous tournions des reportages sur les fakirs en Inde, sur les mondes de rêve des Aborigènes, sur les drogues dans les rituels des Indiens d'Amazonie. Nous imaginions un voyage vers le continent englouti de l'Atlantide, ou comment reproduire l'expédition d'Amundsen à travers l'Antarctique. Bref, Daniel et moi, nous fîmes le tour du monde sans bouger du canapé, sauf une fois pour ouvrir au livreur de pizzas.

Ce fut une journée merveilleuse, à la fin de laquelle Daniel proposa même de me reconduire chez moi sous une pluie battante.

Grâce à mon volume imposant, nous étions très près l'un de l'autre dans sa Porsche, et, chaque fois qu'il voulait passer une vitesse, il était obligé de me toucher. Ce contact me faisait agréablement frissonner. C'était la première fois que je me sentais vraiment femme dans mon nouveau corps.

En s'arrêtant devant mon immeuble, Daniel constata :

— Ce n'est pas très folichon, ici.

— Oh, il y a pire ! dis-je – car je me souvenais de la fourmilière.

— Vous voyez vraiment tout du bon côté, dit Daniel en souriant.

Je fus étonnée : c'était la première fois qu'on me disait que je voyais le bon côté des choses. Tout ce que j'avais vécu depuis ma mort m'avait-il changée ? Commençais-je à devenir un peu comme Maria ?

— Je n'avais pas discuté comme ça avec quelqu'un depuis des années, dit Daniel.

— Moi non plus.

Le fait est que, pendant les deux dernières années, je n'avais discuté qu'avec des animaux.

Il me regarda.

Je le regardai.

Normalement, un tel regard échangé dans l'étroit espace d'une Porsche aurait été le prélude à un premier baiser.

Mais, bien sûr, c'était une idée parfaitement absurde : il n'y aurait jamais de baiser entre nous.

Pourtant, Daniel continuait de me regarder dans les yeux.

J'en fus très troublée.

Et lui aussi.

Je le vis soudain bouleversé.

— Qu'est-ce qui se passe ? dis-je.

— Est-ce que... est-ce que nous nous sommes déjà rencontrés quelque part ?

Dans mes yeux, Daniel avait vu mon âme. J'avais tellement envie de lui dire que j'étais Kim Lange ! Je savais que Bouddha avait trafiqué mon centre du langage, mais... peut-être qu'il y avait un moyen ? Si je me concentrais très fort ? Oui, ça pouvait marcher. J'allais lui dire que j'étais Kim Lange, la femme qui avait fait l'amour avec lui le soir de sa mort. Celle sur la tombe de qui il avait déposé une rose.

J'ouvris la bouche, me concentrai et me mis à chanter avec conviction : « Le pivert, le pivert, a fait le lit de la mariée. »

Daniel me regarda avec stupeur :

— Vous vous moquez de moi ?

Je fis non de la tête, descendis de la voiture aussi vite que je pus et courus m'enfermer dans mon studio, bien décidée à ne plus sortir de sous la couette pendant les trois prochaines années.

48

Le lendemain matin, on sonna à la porte. Je ne bougeai pas de mon lit. Un endroit tellement formidable.

— C'est moi, Daniel Kohn !

Sous ma couette, je restai ébahie.

— Je veux vous montrer quelque chose !

— Un instant, criai-je.

Je m'habillai et avalai un comprimé, me demandant ce que Daniel Kohn pouvait bien avoir à me montrer.

J'ouvris la porte. Il me tendit une feuille de papier.

— Euh... qu'est-ce que c'est ?

— C'est mon projet d'émission de reportages ! J'y ai travaillé la moitié de la nuit !

Ses yeux brillaient comme ceux d'un petit garçon. Je n'aurais jamais cru que son visage buriné puisse être aussi rayonnant.

— Vous voulez le lire ? demanda-t-il.

— Est-ce que j'ai le choix ? dis-je en souriant.

— Non, bien sûr.

Je pris la feuille et lus le projet. Beaucoup des idées dont nous avions discuté la veille s'y trouvaient. Y compris l'Atlantide et l'Antarctique. Moi aussi, j'aurais bien aimé faire cette série d'émissions.

— C'est la classe ! dis-je.

— C'est autre chose que les âneries que je fais en ce moment.

— Ça, c'est sûr !

— Et si ça marche, vous serez mon assistante.

Je souris. Je n'en croyais évidemment pas un mot.

Daniel me convainquit de l'accompagner à Berlin. Une heure de voiture à ses côtés… Difficile de ne pas fantasmer dans ces conditions. Des fantasmes un peu confus, certes : je m'y voyais tantôt dans le corps de Kim Lange, tantôt dans celui de Maria.

Quand nous fûmes arrivés au siège de la télévision, Daniel, tout excité, me demanda de l'attendre dehors et entra en courant dans le bâtiment, pour en ressortir un peu plus tard avec un large sourire.

— Je vois que ça a marché, dis-je.

— Oui, je laisse tomber le talk-show et j'ai mon émission de reportages.

— Félicitations.

— Et vous devenez mon assistante.

Il n'avait donc pas dit ça pour rire !

— Allons trinquer à nos nouveaux jobs, proposa-t-il, joyeux.

Ayant foncé jusqu'à la villa, nous montâmes dans la chambre de Daniel (ai-je déjà dit que le bar se trouvait là ?), et il sortit une bouteille d'un champagne plus vieux à lui seul que nous deux réunis.

— Je le gardais pour une bonne occasion.

Il ouvrit le champagne et nous servit. Je me pris à espérer que l'alcool n'était pas contre-indiqué avec mes médicaments.

— A vous ! dit-il, sincèrement reconnaissant du nouveau départ que je lui avais offert.

— A vous ! répondis-je.

Nous bûmes... mais ce vieux champagne était si dégueulasse que nous dûmes le recracher.

Le premier instant d'effroi passé, nous éclatâmes de rire tous les deux. C'était mon premier fou rire depuis des années. Qu'est-ce que ça faisait du bien ! Nous riions si fort qu'à la fin, les larmes nous coulaient sur les joues.

Je dus m'asseoir sur le futon. Daniel s'affala à côté de moi.

Puis nous échangeâmes un long regard.

Un regard profond.

Il vit mon âme.

— Je vous ai déjà rencontrée quelque part, j'en suis sûr, dit il, partagé entre le désarroi et la tendresse.

— Tralalalala, chantonnai-je en réponse.

C'est alors qu'il m'embrassa.

49

En quelques secondes, nous étions dévêtus et nous jetions l'un sur l'autre. Autrefois, j'avais toujours un peu honte de ma cellulite. Je ne trouvais jamais mon corps assez parfait, assez attirant. A présent, j'avais un corps qu'aucun magazine féminin ne considérerait jamais comme parfait, et je m'en fichais complètement. Après avoir passé deux années dans toutes sortes de corps d'animaux, j'étais tout simplement heureuse d'être de nouveau humaine. Et de pouvoir faire l'amour. Avec Daniel Kohn.

Apparemment, ça lui était tout aussi égal que je sois obèse. Avec moi, il avait décidé de se jeter à l'eau et d'en profiter un maximum. D'abord parce qu'il avait perçu mon âme. Mais aussi – comme je le compris plus tard – parce qu'il était en train de découvrir qu'il trouvait le type Rubens bien plus sensuel que les blondes diaphanes avec qui il avait l'habitude de coucher. (« On n'arrête pas de se faire mal avec leurs os pointus ! »)

Ah, le jour où les magazines féminins s'apercevront que des hommes comme Daniel Kohn ne sont pas attirés par les sacs d'os, les rédactions trembleront sur leurs bases !

Quoi qu'il en soit, ce fut aussi merveilleux que le soir de ma première mort. Daniel fut fantastique.

Et pourtant pas tout à fait supercalifragilisticexpidélilicieux…

Non que Daniel ne mît pas de cœur à l'ouvrage. Pour tout dire, je le soupçonnais de vouloir battre un record olympique. Mais je pensais encore à Alex. Et à mes sentiments pour lui.

Je n'avais pas de remords envers mon ex-mari. La soirée était trop belle pour les remords. D'ailleurs, Alex avait fait l'amour avec Nina bien plus souvent que moi avec Daniel.

Pourtant, je ne cessais de penser à lui. Déjà, Daniel ne sentait pas aussi bon qu'Alex. Au début, j'attribuai cette pensée au fait que je n'avais plus un nez de chien. Mais ensuite je compris que je me faisais des idées : Alex avait tout simplement une odeur plus sensuelle.

Comme nous reprenions haleine en buvant du champagne — cette fois d'une année plus récente –, Daniel me regarda et dit :

— C'était merveilleux.

— Oui… répondis-je.

— Tu dis ça de telle façon qu'on croirait entendre un « mais ».

Je fis non de la tête. Je ne voulais surtout pas lui parler d'Alex.

— Je n'aime pas les « mais », dit Daniel.

Il sentait que quelque chose ne collait pas. Nous restâmes un moment silencieux.

— Dommage, dit-il enfin, je pensais que nous deux, ça aurait pu donner quelque chose.

— Quand as-tu pensé ça ? demandai-je avec curiosité.

Je trouvais inconcevable qu'il ait pensé une telle chose de moi... Tout aussi inconcevable que le fait que nous venions de faire l'amour.

— Eh bien, quelque part entre le baiser et ton troisième orgasme, répondit-il aimablement.

— Tu veux réellement vivre avec une femme de ménage ?

— Mais tu es mon assistante.

Il ne plaisantait donc pas.

Je ne savais plus que croire.

Après tout, pourquoi ne pas tenter l'expérience ? C'était beaucoup mieux que de rester seule — et puis, aussi incroyable que cela puisse paraître, il avait des sentiments pour moi.

Tout cela était fort troublant.

Daniel m'embrassa de nouveau. Et encore. Et encore. Il me couvrit la nuque de baisers. Nous fîmes de nouveau l'amour. Et, cette fois, je pensai un peu moins à l'odeur d'Alex.

50

Dans un moment pareil, le détective Thomas Magnum dirait : « Je sais à quoi vous pensez maintenant... » Bien sûr, je voulais retrouver ma famille. Mais était-ce réaliste ? Rester avec Daniel paraissait tellement plus confortable. Et puis, après tous les ennuis des deux dernières années, n'avais-je pas mérité un peu de douceur ? Qu'est-ce que je dis, « un peu » ? J'avais mérité une overdose de douceur ! Une vie entière !

Je me laissai gâter par Daniel : nous faisions l'amour tous les soirs, et, avec mon premier salaire d'assistante, je pris rendez-vous à mon ancien centre de remise en forme.

Derrière son comptoir en marbre, le patron, Rico, me regarda entrer avec étonnement. C'était la première fois qu'il voyait une personne de mon gabarit dans son temple du luxe.

— Daniel Kohn a téléphoné pour moi, dis-je non sans fierté – j'étais l'amie de l'un des hommes les plus sexy de la République fédérale !

— Vous êtes sa... sœur aînée ? demanda Rico, perplexe.

Surprise et cruellement blessée, je répliquai sans réfléchir :

— Je vais vous en donner, de la « sœur aînée » !

— Visiblement, vous n'êtes pas sa sœur.

— Si vous voulez vraiment savoir, je suis son amie ! dis-je d'un ton hargneux.

Rico se retourna précipitamment.

Malgré cela, je le vis se mordre le poing de ses dents très blanches, et je surpris un léger « Pfff ». Il faisait un violent effort pour ne pas éclater de rire.

Et moi, je faisais un violent effort pour ne pas botter son arrière-train harmonieusement musclé.

Rico se retourna vers moi, me regarda à nouveau… et eut juste le temps de dire : « Excusez-moi », avant de se détourner pour s'esclaffer : « Son amie ! »

Cette fois, je bottai son arrière-train harmonieusement musclé.

Au temps pour le massage relaxant.

Furieuse, je pris le tramway pour me rendre chez Daniel. J'en voulais à mort aux types dans le genre de Rico, qui pourrissaient mon existence et celle de Maria. Ce Rico, j'aurais voulu lui arracher le cœur et le découper en petits morceaux que j'aurais mis dans un mortier pour en faire de la purée que j'aurais donnée à manger à un chien, et ensuite, j'aurais écrasé le chien au rouleau compresseur !

Dans la chambre de Daniel, je lui racontai toute l'histoire. J'espérais qu'il serait aussi en colère que moi, qu'il inventerait avec moi de nouvelles tortures pour Rico. Mais, au lieu de faire des propositions sensées du genre écartèlement, crucifixion, supplice de la roue ou une combinaison des susnommés, il me demanda :

— Ça l'a vraiment fait rire que tu sois mon amie ?

— Oui !

— Hmmm.

« Hmmm » n'était pas précisément le soutien que j'attendais de sa part.

— Tu ne trouves pas ça odieux ? demandai-je.

— Si, bien sûr, mais…

— Mais quoi ?

Je ne comprenais pas comment on pouvait répondre « mais » à une telle question !

— Eh bien, jusqu'ici, les femmes avec qui je sortais étaient plutôt…

— Décoratives ! marmonnai-je, vexée.

Daniel était assurément connu pour avoir toujours les plus belles femmes à ses côtés. Si des photos de nous faisaient brusquement surface, la presse ne manquerait pas de se déchaîner avec des titres du genre : « Daniel Kohn souffre-t-il d'une maladie des yeux ? », « Les hommes préfèrent les grosses », « A quand la lutteuse de sumo ? ». Le plus supportable serait encore qu'ils écrivent carrément : « Génial ! Daniel Kohn ne recule devant rien ! » Il venait probablement tout juste de se rendre compte que des photos de lui avec moi nuiraient à sa réputation. J'en étais à la fois furieuse et attristée.

— Le fait d'être décorative ou pas n'a rien à voir là-dedans, dit Daniel dans un louable effort pour m'apaiser.

— Dois-je comprendre que tu m'emmènerais n'importe où avec toi en me présentant comme ton amie ? demandai-je d'un ton caustique.

Daniel hésita un dixième de seconde. Il n'aurait pas dû. Pour un homme, hésiter est un aveu.

— Je ne suis pas assez présentable pour toi, constatai-je.

— Ne dis pas de sottises !

— Alors, prouve-moi le contraire.

— Et comment ? demanda-t-il, exaspéré.

— Emmène-moi à la remise du prix de la Télévision. En me présentant à tous comme ton amie !

Cette fois, Daniel hésita bien plus longtemps qu'un dixième de seconde.

Et, plus son hésitation durait, plus ma colère s'effaçait devant la peur – la peur qu'il dise : « Non, je ne veux pas que quelqu'un me voie avec toi. »

S'il disait ça, qu'est-ce que je répondrais ? « Hasta la vista, baby ! », ou alors : « C'est pas grave, l'important c'est que nous restions ensemble. D'ailleurs, ça m'est égal si tu ne tiens pas vraiment à moi. Peu importe ma dignité. Qui a besoin d'une chose aussi idiote que la dignité ? »

Daniel finit par se décider :

— Je t'emmène avec moi. Et je te présente officiellement comme mon amie.

Ma dignité et moi, nous fûmes enchantées.

51

Au lieu du Hyatt, Daniel nous dénicha un joli petit hôtel aux abords de Cologne. Nous restâmes vautrés sur le grand lit à la française jusqu'à ce que le coursier arrive avec ma robe Versace. Daniel l'avait fait faire sur mesure pour moi. Elle n'avait bien sûr rien de commun avec celle qu'avait portée Kim Lange. Plus exactement, elle ressemblait davantage à un emballage de Christo qu'à une robe.

Mais le contact de l'étoffe soyeuse sur ma peau, la joie d'assister au prix de la Télévision, l'idée de revoir toute la meute des médias... tout ça me nouait l'estomac !

Une partie de moi nous imaginait, Daniel et moi, descendant ensemble de la limousine, tandis que des centaines de photographes prendraient des milliers de photos de notre merveilleux jeune couple. Une autre partie me voyait devenir assez célèbre, en tant que fiancée de Daniel Kohn, pour qu'on envisage de me confier ma propre émission. Et une dernière partie, plutôt réduite, s'étonnait de l'optimisme des deux autres.

Je virevoltai à travers la pièce dans toute ma splendeur et demandai à Daniel :

— Alors, comment me trouves-tu ?

— Très belle, répondit-il d'un air un peu absent.

— Tu dis ça avec autant d'enthousiasme qu'un accro au Valium.

— Non, non, c'est vraiment très beau.

Il se força à sourire, sans me convaincre. Il se passait quelque chose en lui. Une partie de moi se disait : « Ce n'est pas grave. » Une autre se bouchait les oreilles en chantant : « Tralalère, il n'a sûrement rien du tout. En tout cas, ça n'a rien à voir avec le fait que je ne sois pas une femme vraiment présentable. Nous restons ensemble ! » Et la troisième partie, toute petite, assistait en silence à cet étalage de déni.

Pendant que Daniel était dans la salle de bains, je restai seule dans la chambre, à zapper sur la télévision. J'atterris sur la chaîne payante et me demandai qui pouvait vouloir casquer vingt et un euros pour voir un film porno intitulé *Le Rêve de Carmen – Huit queues pour un flamenco*.

Je me dépêchai d'éteindre le poste et m'assis sur le lit.

C'est alors que j'éprouvai une étrange sensation de déjà-vu. Deux ans auparavant, j'étais assise de la même façon sur un lit d'hôtel, seule dans ma chambre avec ma robe neuve, avant la remise du prix de la Télévision – et j'éprouvais des remords envers Lilly.

J'en avais de nouveau.

Vis-à-vis d'Alex aussi. Et même envers ce sacré Bouddha. Il ne m'avait sûrement pas renvoyée dans ce corps pour que je rêve de vivre avec Daniel Kohn et de faire carrière à la télévision.

Tandis que je ruminais ces pensées, Daniel sortit de la douche. Il était magnifique. Sa splendide nudité balaya tous mes remords envers Bouddha.

Mais pas envers Alex et Lilly.

Pendant le trajet dans la limousine, Daniel resta silencieux, tiraillant son col avec nervosité. De toute évidence, il redoutait cette apparition publique en ma compagnie – et les moqueries qu'elle lui attirerait.

Moi aussi, je gardais le silence : je pensais à Lilly. Je ne pouvais plus me cacher que mon cœur avait besoin d'elle. Bien plus que de confort. Bien plus que d'une carrière à la télévision. Et encore bien plus que d'un déluge de flashes aux côtés d'un homme à qui ma présence était douloureuse.

Plus nous approchions de la salle où avait lieu la remise du prix, plus le silence de Daniel devenait éloquent. J'aurais dû être furieuse contre lui, l'imaginer montant à l'assaut d'une forteresse tandis que, derrière les créneaux, j'attendrais avec impatience le moment de lui jeter de l'huile bouillante.

Mais je n'éprouvais rien d'autre qu'une profonde déception. Envers moi-même. Parce que j'avais choisi le chemin le plus facile, que j'avais préféré vivre avec Daniel Kohn au lieu de prendre mon courage à deux mains et de rejoindre ma famille.

La limousine s'arrêta. Nous allions devoir descendre, nous exposer au déluge des flashes. Daniel me regarda, essaya de sourire. Les coins de sa bouche arrivèrent tout juste à l'horizontale.

Je ne cherchais même plus à sourire.

— Vous ne descendez pas ? demanda le chauffeur.

Daniel hésitait.

Moi aussi. Je sentais que j'étais à la croisée des chemins. Si je descendais maintenant, je choisissais Daniel. Contre Alex. Contre Lilly.

— Tu ne descends pas ? dit Daniel.

Une partie de moi me cria : « Retourne sous les flashes, puisque c'est ça que tu aimes ! » Une autre s'écria : « Et passe le reste de ta vie à faire l'amour avec Daniel Kohn. » Et la troisième prononça tout doucement ces mots qui firent taire les deux autres : « Mais si tu fais ça, nous ne serons jamais heureux ensemble tous les trois. »

— Non, répondis-je à Daniel.

— Non ?

— Non.

— J'ai cru t'entendre dire non.

— C'est bien ce que j'ai dit.

Daniel resta silencieux.

— Les autres voitures attendent, s'impatienta le chauffeur.

De fait, il y avait maintenant derrière nous une file d'une douzaine de véhicules, tous transportant d'éminentes personnalités fort désireuses de se laisser mitrailler par les photographes. Dans l'une des limousines, je crus reconnaître une célèbre dame de la télévision qui nous adressait un geste fort peu distingué.

— Nous n'avons aucun avenir, dis-je à Daniel, le cœur lourd.

Et j'eus mal, parce qu'il ne me contredisait pas.

— Descends, lui demandai-je.

— Et ensuite ? On ne se verra plus ?

Je ne répondis pas.

— Qui ne dit mot consent, dit-il tristement.

Il sortit de la voiture et s'avança avec aisance sous la grêle des flashes. Pendant quelques instants, je le regardai sourire professionnellement aux caméras. Puis je dis au chauffeur :

— Allons-y, s'il vous plaît.

52

Quand j'arrivai, au milieu de la nuit, à mon petit studio de Potsdam, je me jetai sur le lit. Ce n'était pas une bonne idée : il s'effondra.

Couchée sur ce qu'il en restait, les yeux fixés sur le plafond remarquablement mal tapissé par le locataire précédent, je réfléchis aux moyens de me rapprocher de ma famille.

Un hasard comme celui qui m'avait conduite chez Daniel Kohn ne se reproduirait sans doute pas de sitôt. D'ailleurs, je ne tenais pas spécialement à nettoyer la douche qui aurait accueilli les ébats d'Alex et de Nina.

Mais il y avait peut-être d'autres boulots que femme de ménage ? Pendant les vacances d'été, Alex et Nina devaient travailler. Qui s'occuperait alors de Lilly ?

— Mamie ! Allez, viens ! Sinon, on sera en retard pour jouer !

Lilly sortait de la maison, un sac de sport à la main.

— Ah, c'est que je n'ai plus mes jambes de vingt ans ! répondit ma mère, qui ne reculait pas devant les formules les plus éculées.

Elle sortit à son tour en trottinant, et elles se diri-gèrent toutes deux vers l'arrêt de bus.

Cachée derrière une Fiat Panda garée le long du trottoir d'en face – ce qui était déjà un exploit en soi, vu mon gabarit –, je les suivis des yeux. Ainsi, Martha s'occupait de la petite. Comment Alex pouvait-il faire une chose pareille ? Autant la confier tout de suite à la garde de Raspoutine ! (Au fait, ma mère était peut-être la réincarnation de Raspoutine ? Ça expliquerait au moins sa consommation d'alcool.)

Quand le bus arriva, je sortis de derrière la Fiat. Je ne pouvais tout de même pas laisser ma fille seule avec cette femme ! Je n'étais pas très loin de l'arrêt, peut-être deux cent cinquante mètres. Je me mis à courir.

Je soufflais, ahanais, râlais, brûlais mes dernières cartouches. J'avais encore deux cents mètres à parcourir.

C'est là que j'aurais voulu avoir mes pattes de cochon d'Inde, ou de beagle – ou, mieux encore, la Porsche de Daniel Kohn.

Je suais, je dégoulinais, je bavais. Encore cent soixante mètres.

Je trébuchai, je battis l'air de mes bras, je tombai. A 158 mètres ¾ du but[1].

---

1. Mémoires de Casanova : « Perché sur un arbre, je vis tomber la grosse femme, dont j'ignorais qu'elle fût madame Kim. Cepen-dant, je ne m'en inquiétai guère : mademoiselle Nina me causait bien trop de chagrin, et, pour l'amour d'elle, j'étais le seul matou en ce bas monde à souffrir comme un chien. »

Le chauffeur sauta du bus et accourut.

— Vous avez besoin d'aide ?

Je voulus répondre : « Oui, s'il vous plaît. » Mais je ne pus émettre qu'une sorte de râle – « Krrhhhh… » – qui, au fond, voulait dire la même chose.

Le chauffeur était maintenant près de moi.

— Je vais vous aider à vous relever, dit-il.

Tout de suite après, il ajouta :

— Merde, ma vertèbre !

Il lui fallut un peu de temps pour me remettre debout.

— Ça va ? demanda Lilly, qui était descendue du bus.

Je ne pus m'empêcher de sourire. La voir me faisait tout oublier : mon essoufflement, mes palpitations, le fait qu'après mon sprint, je puais comme un troupeau de putois. En réponse au sourire de Lilly, je chantai à pleine voix :

— Le paon à la queue bariolée ouvre le bal avec la mariée.

— Qu'est-ce qui vous prend de chanter ce vieux machin pourri à ma petite-fille ! m'apostropha ma mère.

Ça lui allait bien de dire ça, elle qui ne m'avait jamais chanté de chansons d'enfants – mais assez souvent *Do You Think I'm Sexy?* de Rod Stewart.

Je me contentai de la regarder d'un air las tandis qu'elle ramenait Lilly vers le bus. Le chauffeur la suivit en se tenant le dos et en maugréant :

— Voilà ce qui arrive quand on veut aider les gens !

333

Il ne se doutait pas, bien sûr, qu'il venait d'amasser du bon karma, réduisant d'autant le risque pour lui de se réveiller un jour dans une fourmilière.

Je montai dans le bus à mon tour. Ma mère entraîna Lilly vers une banquette aussi éloignée de moi que possible. Mais je ne les quittai pas des yeux. Je ne voulais pas manquer l'arrêt où elles descendraient. Je fus donc très surprise de voir ma mère jouer à pierre-ciseaux-papier avec Lilly. Etait-ce vraiment ma mère ? Celle qui, quand j'étais petite, jouait tout au plus avec moi à « dans quelle main j'ai mis la cigarette » ?

Elles descendirent à un arrêt proche d'un terrain de football. Je les suivis à distance prudente. Elles entrèrent sur le terrain, et aussitôt une ribambelle d'enfants se précipitèrent pour dire bonjour à Lilly, surtout des garçons – à cet âge-là, les équipes sont mixtes. Ma mère salua les autres parents d'un :

— Alors, c'est aujourd'hui que nos petits flanquent la peignée aux autres !

Je sursautai, pensant qu'on allait la regarder de travers. Pas du tout. Les autres parents lui répondirent sur le même ton :

— Oui, qu'est-ce qu'ils vont leur mettre !

Ici, apparemment, on ne faisait pas dans la dentelle. Et ma tendre petite Lilly fréquentait ces gens-là ? Je me sentis très mal. Pourtant, à peine eut-on sifflé le début de la partie que ma fille me parut tout à coup beaucoup moins tendre : elle taclait, elle attaquait, elle courait dans tous les sens. La petite fille qui ne pouvait pas s'endormir sans son nounours était devenue un mélange de Fifi Brindacier et de Franz Beckenbauer (en beaucoup plus jolie, Dieu merci). Mais n'essayait-elle pas, par cette dureté, de compenser la perte de sa maman ?

Toujours est-il que Martha l'encourageait, criant : « Vas-y, flanque-le par terre ! », « Tu vas l'avoir, ce gros nul ! », ou encore : « C'est tous des pédés ! » Pas étonnant si les parents de l'équipe adverse ne la portaient pas dans leur cœur.

C'est alors que Lilly tomba, brutalement poussée dans le dos par un garçon. Ce petit con avait bousculé ma fille ! En plus, ça le faisait sourire ! J'eus envie de le secouer jusqu'à ce que ses dents de lait tombent. Mais, sans me laisser le temps d'ouvrir la bouche, ma mère lui cria :

— Hé là, qu'est-ce que c'est que ça ! T'as rien dans le short ou quoi ?

L'arbitre chercha à apaiser la situation :

— Madame, ce garçon n'a que sept ans...

— Et s'il ne se tient pas à carreau, il ne soufflera jamais ses huit bougies ! rétorqua ma mère.

Pendant que l'arbitre cherchait quoi répondre, l'entraîneur vint se planter devant Martha. Un grand costaud avec un tas de tatouages qui semblaient avoir été faits par un Chinois ivre payé un euro de l'heure.

— Ferme-la, la vieille ! aboya-t-il.

— Ferme-la toi-même, crétin ! rétorqua ma mère.

— Qui est-ce que tu traites de crétin ? demanda l'entraîneur en se rapprochant dangereusement.

— C'est toi le crétin, pauvre idiot !

J'étais impressionnée. On pouvait reprocher beaucoup de choses à ma mère – et je ne m'en étais pas privée tout au long de ma vie –, mais elle était courageuse. Elle aurait tenu tête aussi bien à Krttx qu'à des adeptes de l'expérimentation animale ou à des cowboys canadiens. En cet instant, une pensée surprenante me vint : c'était d'elle que je tenais mon caractère intrépide. Son héritage n'était donc pas entièrement négatif ?

— Tu as de la chance qu'il y ait des gosses ici, sans ça, je t'en collerais une, dit le tatoué avant de s'éloigner.

Le reste de la partie se déroula dans une ambiance relativement paisible. Les gamins de l'équipe adverse, impressionnés par Martha, limitèrent au strict minimum les coups bas contre ma fille. Cependant, j'avais cessé de regarder Lilly pour observer de plus près ma furie de mère. Elle était certes toujours aussi bouffie, mais, d'une certaine manière, je lui trouvais meilleure mine. Nina lui avait-elle fait du bien à elle aussi ?

Cette histoire de « Nina fait du bien aux gens » allait finir par me donner des migraines.

Le match terminé, les enfants s'éclipsèrent pour se changer. J'en profitai pour m'approcher de Martha, qui attendait à l'extérieur du vestiaire.

— Vous n'étiez pas dans le bus ? me demanda-t-elle.

— Si, je travaille à l'association sportive, mentis-je avant d'ajouter d'un air innocent : Alors, on va trinquer à la victoire ?

— Non, je ne bois pas.

— Même pas un petit peu ? dis-je, étonnée.

— Non ! répondit-elle avec force.

Je me tus. Elle me regarda dans les yeux et parut soudain déconcertée. Sans doute venait-elle, comme Daniel Kohn, d'apercevoir mon âme. Au bout d'un moment, elle demanda :

— Mais dites-moi… on se connaît ?

J'en avais marre de chanter *La Noce des oiseaux*. Je préférai ne pas répondre.

Cependant, Martha s'était radoucie. Ce coup d'œil sur mon âme semblait l'avoir incitée aux confidences :

— Ça fait deux ans que je ne bois plus.

Grâce à Nina, pensai-je. Décidément, je ferais peut-être mieux de rester en dehors de la vie de ma famille.

— Mon médecin me l'avait toujours dit, poursuivait Martha. Si je continuais à boire, je n'en avais plus pour longtemps. Mais, avant, je ne pensais jamais à la mort. De toute façon, ma vie était tellement merdique qu'il fallait que je picole. Puis un jour, j'ai perdu ma fille. C'est là que je me suis rendu compte qu'on pouvait vraiment mourir. Et ça m'a fichu une peur bleue.

Au moins, ma mort lui avait servi à quelque chose. Et puis son changement n'avait donc rien à voir avec Nina.

— Eh oui ! En tout cas, maintenant, je m'occupe de ma petite-fille.

337

Martha voulait réparer ce qu'elle avait raté avec moi.

Et moi, je voulais réparer ce que j'avais raté avec Lilly.

Il arrive que la mort vous fasse revivre.

53

Ce soir-là, allongée sur mon lit écroulé, je repensai à ma mère. La volonté dont elle avait fait preuve m'impressionnait. Et j'étais heureuse de savoir que tout ce qui arrivait de bien dans ma famille n'était pas en rapport avec Nina. A part ça, je n'avais pas progressé d'un pouce dans la réalisation de mon projet. L'idéal aurait été de pouvoir jouer les baby-sitters. Mais pour ça, il fallait retirer ma mère de la circulation.

Le matin même, j'avais imaginé toutes sortes de solutions fantaisistes, toutes plus mauvaises les unes que les autres pour mon karma, comme un croc-en-jambe dans l'escalier, ou encore exciter contre elle les parents de l'autre équipe de foot pour qu'ils lui fassent voir ce qu'était un tacle bien saignant.

A présent, je n'avais plus aucune pensée négative envers elle. J'étais touchée de ce qu'elle faisait pour Lilly (bon, peut-être pas quand elle disait aux gamins qu'ils n'avaient « rien dans le short »). Et même, pour la première fois de ma vie, j'avais l'impression de lui devoir quelque chose.

Il fallait que je trouve un moyen de retirer ma mère de la circulation pour quelque temps, mais en douceur.

— Mamie, si tu fais gardien de but, tu dois plaquer le ballon ! Comme Oliver Kahn !

— Ouais, mais j'suis pas Oliver Kahn, protesta ma mère. Je bloque pas les balles aussi bien que lui. Mais je suis plus jolie !

Elle avait l'air épuisée. Je m'approchai du jardin.

— Bonjour[1] !

— Qu'est-ce que vous faites là ? dit ma mère, surprise.

— Hier, j'ai vu que vous habitiez ici, et j'aimerais reparler avec vous – seule à seule.

Ma mère se tourna vers Lilly :

— Tu veux bien aller nous chercher de l'eau à la maison ?

— Mais j'ai pas soif !

— Même pour un Coca ?

— Un Coca ? Super !

Lilly partit en courant vers la maison. Les enfants, c'est comme les fonctionnaires italiens : on arrive toujours mieux à ses fins avec un peu de corruption.

---

1. Mémoires de Casanova : « De mon arbre, je vis que la grosse dame était revenue. Mais je ne me souciais guère d'elle. J'étais bien trop absorbé par la composition de poèmes sur mon chagrin d'amour. Je les intitulai « Tourment », « Tourment sans fin » et « Tantale est mon nom ».

— Qu'est-ce que vous voulez ? demanda Martha, méfiante, quand Lilly ne fut plus à portée de voix.

— Ces dernières années ont dû être difficiles pour vous.

— Si vous le dites… répondit Martha.

— Vous n'avez jamais eu envie de prendre des vacances pour vous reposer ?

— Souvent ! soupira-t-elle. La belle-mère de la petite a même une agence de voyages. Savez-vous où j'aimerais aller ?

— Je sens que vous allez me le dire !

— En République dominicaine.

— Eh bien, qu'est-ce qui vous en empêche ?

— Si je partais, qui s'occuperait de Lilly ? Les parents travaillent tous les deux.

— Si ce n'est que ça, moi, ça m'intéresse, dis-je en souriant.

— Mais vous ne travaillez pas à l'association sportive ?

— Oh, je viens juste de démissionner.

Le pieux mensonge de la veille pouvait bien servir encore un peu

Martha hésita :

— Je ne sais pas… Je n'aime pas trop laisser la petite.

— Bah ! Ce ne serait pas pour longtemps.

Elle n'était pas encore convaincue. Je trouvai un nouvel argument pour rendre la chose un peu plus alléchante :

— En République dominicaine, il doit y avoir de belles plages…

341

— Et de beaux hommes, renchérit Martha, que cette pensée fit sourire.

— Et de beaux hommes, confirmai-je en souriant aussi.

Ma mère et moi échangions des sourires.

C'était la première fois depuis… Dieu sait quand !

54

Nina et Alex furent très surpris en apprenant los projets de voyage de ma mère, mais Martha n'en démordit pas. J'avais longuement discuté avec elle et l'avais convaincue que ces vacances lui feraient du bien. D'ailleurs, je le lui souhaitais du fond du cœur. Elle en avait beaucoup bavé dans sa vie, mais surtout, son récent changement méritait largement une telle récompense.

Au début, Nina et Alex ne voulaient pas m'embaucher : ils hésitaient tout naturellement à engager comme baby-sitter une personne sans références. Ils passèrent donc une petite annonce, à laquelle répondirent entre autres : une femme de nationalité indéfinie qui ne parlait pas un mot d'allemand, un étudiant inscrit pour la quatorzième année en mathématiques, et une femme qui donna comme profession précédente : « danseuse de revue ».

La grosse Maria apparaissait tout à coup comme une solution viable.

Je devins donc la nouvelle nounou de Lilly. Je disposais de quatre semaines pour détruire le ménage Nina-Alex. Ce devait être plus que suffisant !

Après, si mon calcul était juste, j'aurais une chance de reconquérir ma famille. J'avais depuis longtemps retrouvé mes sentiments pour Alex, et l'idée qu'il puisse retomber amoureux de moi une fois Nina écartée ne me paraissait plus aussi invraisemblable. Si ça avait pu marcher avec un homme tel que Daniel Kohn…

Détruire un ménage n'est peut-être pas la meilleure façon d'amasser du bon karma. J'en étais parfaitement consciente. Si je réussissais, je risquais fort de me retrouver, après ma mort, dans un élevage de cochons d'Inde. Ou rhinocéros au zoo de Berlin, en compagnie de six rhinocéros mâles, tous castrés. Mais je me fichais éperdument de mes vies futures. Tout ce qui m'intéressait pour le moment, c'était ma vie présente. Et celle de Lilly !

La destruction d'un ménage se déroule en quatre phases.

Phase un : observer l'ennemi.

Je commençai par m'intégrer à la vie quotidienne de cette maison qui avait été la mienne comme l'aurait fait une nounou ordinaire. J'en profitai pour évaluer la relation entre Alex et Nina. S'aimaient-ils vraiment, et jusqu'à quel point ?

Je les vis s'embrasser avant le départ de Nina pour son travail. Je les vis plaisanter ensemble. Et je vis Alex la regarder partir à regret.

Tout cela était fort encourageant.

Pourquoi je dis cela ? Eh bien, quand nous étions jeunes mariés, les adieux du matin ne duraient jamais moins d'un quart d'heure, et finissaient souvent au lit. Quand nous plaisantions ensemble, nous avions des fous rires de plusieurs minutes... qui finissaient souvent au lit, eux aussi. Et, quand je m'apprêtais à sortir, Alex ne me suivait pas des yeux avec nostalgie : il me retenait, et... tout juste : ça finissait au lit.

Avec Nina, les baisers d'adieu ne se terminaient jamais au lit. Quand on riait, cela ne durait qu'un temps, et on ne se retrouvait pas au lit non plus. Et, quand Alex regardait Nina partir, il finissait toujours par fermer la porte. Pas le moindre sexe là-dedans.

Cet amour-là n'était pas aussi fort que celui qui nous avait liés, Alex et moi. Je pouvais le détruire. J'avais bien réussi à détruire le nôtre.

Tout en observant ainsi l'ennemi, je jouais avec Lilly.

L'une de ses premières questions fut :

— Est-ce que tu sais jouer au foot ?

— Non, mais je peux très bien faire gardien de but. C'est drôlement difficile de faire passer un ballon à côté de moi ! dis-je.

Ça la fit sourire, bien sûr.

Nous commençâmes donc la partie. Toutes les deux, nous nous démenions comme de beaux diables,

Lilly shootant, moi arrêtant les balles. J'éprouvais une joie indescriptible. Dans ma vie de Kim Lange, toujours entre deux rendez-vous, je n'avais jamais ressenti un tel plaisir à être avec ma fille. A présent que j'étais Maria, je pouvais jouer avec elle sans avoir une arrière-pensée pour mon travail. (Qui vais-je inviter pour la prochaine émission ? Quel sujet choisir ? Qui rendrai-je responsable si les indices sont mauvais ?)

Je transpirais à grosses gouttes, mais ça ne me gênait absolument pas. Ni moi, ni mon cœur. Jouer au football avec ma Lilly et la voir rire déclenchait en moi un afflux de sérotonine plus efficace que n'importe quel médicament. Quant à Lilly, elle ne s'était jamais autant amusée.

Un peu plus tard, tandis que nous jouions à celle qui mangerait le plus de beignets au Nutella, Lilly me déclara :

— Tu es beaucoup plus gentille que cette idiote de Nina.

— Tu n'aimes pas Nina ? demandai-je, surprise.

Nina ne faisait donc pas autant de bien à la petite que je l'avais imaginé.

— Elle est bête, répondit Lilly avec une moue.

Là, elle me faisait plaisir. J'aurais volontiers employé un autre mot que « bête ».

— C'est une grosse conne qui fait ch…

Hé, ma fille avait vraiment le sens de la formule ! Je ne pus m'empêcher de sourire.

— C'est pas drôle, observa Lilly avec tristesse. Elle ne m'aime pas beaucoup.

Mon sourire s'effaça brusquement. Honteuse, je dus m'avouer que la question n'était pas de savoir si Nina était ou non une « grosse conne qui fait ch... », mais bien ce qu'allait devenir ma fille.

Je la pris dans mes bras, la serrai très fort contre mon corps de sumo en sueur, et décidai sans plus tarder de passer à la phase deux.

Phase deux : exciter la jalousie.

Pour faire naître la jalousie entre deux personnes qui s'aiment, il faut d'abord préparer verbalement le terrain. J'attaquai en aidant Nina à étendre le linge dans le jardin :

— Lilly m'a raconté que sa maman était morte, dis-je sur le ton de la conversation.

— Oui.

— Ça a dû être dur. Pour votre mari aussi.

— Il lui a fallu beaucoup de temps avant de m'accepter.

— Hmmm... fis-je d'un ton lourd de sous-entendus.

Nina mordit à l'hameçon.

— Que veut dire ce « Hmmm » ?

— Rien, rien.

— Allons, dites-le !

Nina était comme tout le monde : elle ne pouvait supporter que quelqu'un garde pour lui une chose qui la concernait.

— Eh bien... n'avez-vous pas l'impression de n'être là que pour le consoler ? dis-je sans ménagement.

347

— Pas du tout ! répliqua Nina, vexée.

— Ma sœur était mariée avec un veuf, mentis-je effrontément. Eh bien, dès qu'elle l'a eu un peu retapé moralement, il s'en est trouvé une autre, et…

— Votre sœur ne m'intéresse pas ! dit Nina d'un ton qui signifiait clairement : un mot de plus et je t'étrangle avec la corde à linge.

Je me tus, et nous étendîmes le linge en silence pendant une dizaine de minutes. Vint alors le moment d'extraire de la poche d'une veste mouillée d'Alex la boîte de préservatifs que j'y avais glissée juste avant de faire la lessive.

— Oh ! fis-je d'un air innocent. Eh bien, ils sont passés à la machine !

— Alex… n'utilise pas de préservatifs… balbutia Nina.

— Ce n'est pas sa veste ? demandai-je encore plus innocemment.

Nina semblait troublée.

— Il y a sûrement une explication, dis-je aimablement.

Je me doutais bien qu'une boîte de préservatifs ne suffirait pas à lui faire croire qu'Alex la trompait. Pour cela, il fallait beaucoup d'autres indices. Et, bien sûr, il fallait éviter qu'on puisse tous les relier à moi, ce qui éveillerait les soupçons. J'avais donc besoin d'un complice. Par exemple un chat.

— Hé, Casanova !

J'avais mis du temps à le dénicher. Vautré sur une branche d'arbre, il paraissait profondément déprimé[1].

— C'est moi, Kim !

Tiré de son apathie, il me reconnut avec des miaulements joyeux[2].

— Les humains ne peuvent pas comprendre ce que disent ou aboient ou miaulent les humains réincarnés en animaux, lui dis-je. Mais toi... tu me comprends. Alors, écoute-moi bien : j'ai un plan...

Je n'eus aucun mal à motiver Casanova. Il était toujours amoureux, et mon plan pour détruire le ménage Alex-Nina sembla lui redonner le goût de vivre. Suivant mes consignes, il grimpa sur la clôture qui entourait notre bout de terrain. Quand Alex arriva du travail, le *Signore* lui sauta sur les épaules. Alex poussa un cri d'effroi, mais, sans lâcher prise, Casanova lui mordit le cou et suça, suça... Quand Alex réussit enfin à se débarrasser de lui, il avait un magnifique suçon[3].

Nina fut légitimement secouée à la vue de celui-ci.

1. Mémoires de Casanova : « Je méditais sur l'injustice du sort qui m'empêchait de me tuer par amour. C'eût été absurde, car, hélas, on se réincarne toujours... »
2. Mémoires de Casanova : « Quand madame Kim se fit reconnaître par moi, je songeai : Rubens lui-même aurait trouvé cette dame trop rubénienne. »
3. Mémoires de Casanova : « Je n'appréciais guère l'érotisme entre hommes, et je passai l'heure suivante à me rincer la gueule dans l'eau des flaques. »

— Qui est-ce qui t'a fait ça ? demanda-t-elle, sans se douter que j'espionnais la conversation depuis le couloir.

— C'est ce foutu chat, celui qui t'avait déchiré ta robe. Cette sale bête m'a carrément sauté dessus !

— Ah bon ?

— Tu ne me crois pas ?

Nina avait envie de le croire, mais elle était tout de même un peu ébranlée – sans doute à cause des préservatifs, qu'elle s'abstint pourtant de mentionner.

Alex la regarda en souriant :

— Jc t'aime. Je n'aime que toi.

Ça me flanqua un coup. Il y a des phrases qu'on n'aime pas entendre quand elles s'adressent à quelqu'un d'autre.

Comme Nina hochait docilement la tête, sur un dernier sourire Alex sortit de la cuisine et passa devant moi sans me saluer, direction la douche, pour faire partir et la graisse de vélo, et l'odeur du matou.

J'entrai tout doucement dans la cuisine et surpris Nina dans un moment de faiblesse.

— Il en aime une autre, dit-elle avant de fondre en larmes.

Ce fut un choc : Alex en aimait vraiment une autre ? Je n'avais même pas besoin de lui inventer une liaison ? Qui était cette nouvelle rivale, une cliente de son magasin ? Ou alors une coureuse cycliste ? Qui, avec un peu de chance, se dopait même pour l'amour ?

— Qui ?

350

Bouleversée, j'avais posé ma question trop brutalement. Nina, effrayée, ne savait plus que dire. J'essayai de me rattraper :

— Je sais que ça ne me regarde pas, mais, si vous avez besoin d'une épaule pour pleurer… proposai-je hypocritement.

Elle réfléchit avant de me répondre :

— Il aime sa femme morte.

— Dieu merci ! soupirai-je.

Nina me regarda, choquée.

— Euh, je veux dire… bien sûr… c'est très triste.

— Il l'a toujours aimée davantage que moi, et aujourd'hui encore, dit Nina.

Je retins à grand-peine un sourire.

— En plus, c'était une vraie conne, égoïste comme pas deux !

J'eus du mal à me retenir de lui flanquer une gifle.

— Elle ne se rendait même pas compte qu'elle avait une vie formidable.

Et là, j'eus de la peine à me retenir de hocher tristement la tête.

Phase trois : temporiser.

Pendant les semaines qui suivirent, je suspendis provisoirement le plan « destruction de ménage », me contentant de saboter la vie sexuelle de Nina en trafiquant sa calculette de contraception pour qu'elle reste dans le rouge un peu plus longtemps que d'habitude.

Peu à peu, je commençais à éprouver un sentiment que je n'aurais jamais cru possible : j'avais pitié de Nina.

En vivant dans l'intimité de ma famille après une si longue absence, je me rendais compte à quel point il était éprouvant d'être l'épouse d'un veuf. Nina se donnait beaucoup de mal pour être parfaite. Alex se donnait beaucoup de mal pour ne jamais montrer que je lui manquais. Mais elle savait que je lui manquais, comme à Lilly. Et, quand Lilly et Alex ne la regardaient pas, je lisais, moi, le chagrin dans les yeux de Nina.

Pendant cette période, le chat Casanova vint souvent me voir. Il miaulait avec véhémence, furieux de mon inaction.

La seule qui s'en sortait bien dans tout ça, c'était... ma mère. De la République dominicaine, elle m'envoya cette carte postale :

Chère Maria,

Ici tout est merveilleux. J'ai rencontré un type très bien, il s'appelle Julio. Il a une tête de moins que moi – pour tout dire, au début, je pensais : petit homme, petit zizi. Mais, tu me croiras si tu veux, il a un truc capable de casser des briques. Et il sait s'en servir ! J'avais jamais plané comme ça, sauf quand j'étais soûle. Tous les deux, on est tombés amoureux ! Je prolonge encore un peu les vacances.

Merci du fond du cœur !

Ta Martha.

Quand je montrai cette carte à Alex, il me prit à part dans la cuisine et me dit :

— Il semblerait que nous ayons encore besoin de vous quelque temps.

Je voulus répondre, mais ne pus prononcer une parole. Alex était si près de moi que, de nouveau, je respirais sa merveilleuse odeur. Même pour un nez humain, c'était fantastique.

— Quelque chose ne va pas ? demanda-t-il.

Tu parles ! Ce que je voudrais, c'est me jeter sur toi, même si tu dois étouffer !

— Non, non, dis-je.

Alors, après toutes ces semaines, pour la première fois, il me regarda dans les yeux.

— Nous nous connaissons, constata-t-il avec étonnement.

Il n'avait pas demandé, comme Daniel Kohn la première fois qu'il avait vu mon âme, ou comme l'avait fait ma mère, si nous nous étions déjà rencontrés. Non, pour Alex, c'était une certitude : nous nous connaissions déjà.

A l'évidence, il percevait mon âme plus intensément que n'importe qui d'autre !

Bien sûr, il ne pouvait pas concevoir ce qu'il pressentait confusément. Mais je vis tous les sentiments qu'il avait eus pour moi s'enflammer soudain comme un grand brasier.

En moi aussi, tous les sentiments s'étaient mis à brûler comme un grand feu – sauf que, moi, je savais très bien ce qui m'arrivait.

Alex se mit à trembler.

Je tremblais déjà avant lui.

Entre nous, il y avait de l'électricité.

Dans une situation comme celle-là, tout pouvait arriver.

C'est alors qu'à l'étage, on entendit Nina s'écrier :

— Merde, encore rouge !

Le charme était rompu.

Phase quatre : changer tous les plans.

Les suçons, les préservatifs cachés dans les poches, la calculette trafiquée, tout ça, c'était de la gaminerie. La réaction d'Alex m'avait ouvert les yeux. Il fallait mordre directement à l'appât. Ou plutôt, faire en sorte qu'Alex morde à l'appât. En l'occurrence, moi. Sans détours. Sans trucages.

Je devais donc créer une situation où tout serait possible. Mais comment ?

En jouant au foot avec Lilly, je me creusais la cervelle pour trouver une solution. Si bien que je ne vis pas arriver un tir au but, et que je reçus le ballon en pleine figure.

— Aïe ! criai-je.

— Maria, ton nez saigne ! dit Lilly, choquée.

— F'est rien, f'est rien, bredouillai-je.

En réalité, la douleur était presque insupportable. Avais-je le nez cassé ?

Alex venait de franchir la barrière du jardin.

— Puis-je vous aider à stopper l'hémorragie ? proposa-t-il.

— F'il vous blaît, marmonnai-je – ça me faisait un mal de chien.

— Je suis vraiment désolée, dit Lilly, consternée.

— Tu d'y beux rien, braibent rien !

Je m'efforçais de lui sourire, ce qui me fit encore plus mal. Mais Lilly ne devait pas se sentir coupable. Je lui caressai les cheveux. Tranquillisée, elle resta dans le jardin à envoyer le ballon dans les buts, tandis que je rentrais avec Alex.

— Lilly vous aime bien, dit Alex avec gratitude.

— C'est une bedite fille dout à fait rebarquable, répondis-je.

Dans la cuisine, Alex me fit asseoir sur une chaise, et, malgré la douleur, je décidai de mettre à profit la situation.

— Vous étiez barié avec Kib Lange, d'est-ce bas ?

— Oui, dit-il en sortant une pochette glacée du congélateur.

— Fa doit faire bivarre d'être barié avec une berzonne auffi connue.

— Je dirais plutôt que c'est éprouvant.

Il posa la pochette glacée sur mon nez. La douleur devint un peu moins lancinante.

— Elle d'avait probablebent pas beaucoup de demps pour sa fabille ?

— Gardez la tête levée, dit Alex, visiblement peu désireux d'entrer dans les détails.

— Je fuis fertaine que, baintedant, Kib Lange vivrait d'une audre fafon.

Je tenais à ce qu'il le sache.

355

— Comment pouvez-vous en être si « fertaine » ? persifla Alex.

— Dans l'audre bonde, on gombrend ce qui est vraibent imbordant dans ce bonde-ci.

— Vous avez une vie spirituelle très intense !

Je ne répondis pas. Je n'avais pas de vie spirituelle, mais une solide expérience.

— Nina ne pense pas être plus importante que la famille, dit-il avec une colère contenue. Avec elle, je suis bien tombé, et je n'ai pas à me demander ce que ma femme peut penser dans l'autre monde – qui à mon avis n'existe pas, soit dit en passant.

Et vlan, prends ça dans les gencives ! Il ne voulait plus entendre parler de moi. Moi, si :

— Est-ce gu'elle vous bangue ?

— Me bangue ?

Avec ce sacré nez, il n'avait rien compris.

— Elle de vous bangue pas ?

— Me banque ? Comment ça ?

— Vous BAN-GUE ! ET BERDE ! m'écriai-je.

Alex sursauta.

— Euh, bardon, fis-je d'une toute petite voix.

— Vous voulez savoir si elle me manque ? demanda Alex, troublé.

Je fis oui de la tête.

Il hésita un peu avant de répondre :

— Chaque jour, je voudrais qu'elle soit encore là…

C'était la première fois que je voyais la profondeur de son chagrin. Et je ne pouvais pas lui crier : « Je suis là ! Je suis vivante ! »

Mais…

… je pouvais l'embrasser.

Je m'avançai vers lui. Avec ma grande bouche aux lèvres épaisses.

Il était visiblement bouleversé, en pleine confusion.

Cette fois encore, il me regarda dans les yeux.

Mes lèvres touchèrent les siennes.

Et elles répondirent à mon baiser. Apparemment, son cerveau avait déclaré forfait. Son cœur seul savait ce qu'il faisait.

Ce fut le baiser le plus intense de toutes mes vies : j'avais des fourmillements dans le dos, mon cœur battait à grands coups, tout mon corps était électrisé… c'était merveilleux !

Dommage que, juste à ce moment-là, Nina soit entrée dans la cuisine.

Phase cinq (oui, je sais, moi aussi, avant, je croyais qu'il n'y avait que quatre phases).

Nina n'en croyait pas ses yeux : Alex la trompait. Avec une femme qui pesait trois fois son poids à elle. Désemparée, elle bégaya :

— Alex…

Alex se détacha de mes lèvres charnues (« charnues » était le qualificatif le plus gentil qu'on pouvait leur appliquer).

— Alex… qu'est-ce que tu fais ?

Le cerveau de Nina semblait avoir du mal à traiter cette information.

Celui d'Alex aussi :

— Je… je ne sais pas.

— C'est elle qui t'a fait le suçon ?

— Non, c'est le chat… je te l'ai dit…

— Et c'est le chat aussi qui a mis des préservatifs dans ta poche, hein ?

Tout en parlant, elle alla chercher la boîte dans un tiroir.

— Je les ai trouvés dans ta veste, dit-elle d'une voix profondément blessée.

— Je… je ne les ai jamais vus, bafouilla-t-il.

Nina lui jeta un regard méprisant et sortit de la pièce. Elle n'avait pas éclaté en sanglots, mais ce n'était qu'une question de secondes.

— Nina ! cria Alex.

— Laiffe-la… suppliai-je.

J'aurais tellement voulu qu'il reste près de moi !

Mais il me regardait avec colère, comme si je lui avais jeté un sort.

— C'est vous qui avez tout manigancé, dit-il. Le chat, les préservatifs…

Je pouvais difficilement démentir.

— Qu'est-ce que c'est que cette histoire de fou ? A quoi jouez-vous ?

Je ne pouvais pas non plus lui dire la vérité. Satané Bouddha !

— Vous êtes virée ! cria encore Alex avec rage, avant de courir rejoindre Nina.

C'était loin d'avoir aussi bien marché que je l'espérais.

358

Cette nuit-là, je me tournai et me retournai dans mon lit sans trouver le sommeil. Le baiser m'avait définitivement fait comprendre que je n'aimais qu'Alex. Daniel Kohn, c'était grisant, c'était excitant, c'était l'aventure.

Mais avec Alex… c'était le véritable amour.

J'y voyais enfin clair dans mes sentiments !

Dommage qu'Alex m'ait envoyée au diable. Non seulement je n'avais plus ni boulot ni argent, mais encore je n'avais plus le droit de voir Lilly.

Le lendemain matin, je revins à la maison. Je n'avais plus de plan, mais j'espérais, avec de la chance, trouver Alex un peu radouci. Or, il n'était pas là. Ni Lilly. Et pas davantage Nina. Les portes étaient fermées à clé, les fenêtres verrouillées. Que se passait-il ?

— Casanova ! appelai-je.

Il sauta de son arbre et s'approcha de moi. Aussitôt, je le questionnai :

— Où sont-ils ?

Au moins, mon nez avait désenflé, et je pouvais de nouveau parler normalement.

— Miaou, miaouuuu, miaa, répondit le chat.

Ça ne m'aidait pas beaucoup.

— Miaou, miaaaa, miaouuu, continua-t-il en bondissant comme un fou dans tous les sens.

Cette communication interespèces était vraiment un truc à s'arracher les cheveux.

Le *Signore* se mit à réfléchir, marchant de long en large comme un tigre en cage. Cela sembla lui donner une idée. Il se mit à gratter la terre.

— Tu veux déterrer quelque chose ?

Il me regarda d'un air de reproche et recommença à gratter[1]. La dernière fois que je l'avais vu creuser, il était encore fourmi et il cherchait à…

— Tu veux t'enfuir ? demandai-je, perplexe.

Agacé, il leva au ciel ses yeux de chat.

— Bon, bon, d'accord, c'était idiot. Mais, quand tu étais dans la prison des fourmis, tu as creusé, et aussi, quand tu étais un être humain, pour t'évader des Plombs…

— Miaou !!

La queue dressée, il me regardait d'un air déterminé.

— Les Plombs ? Mais pourquoi les Plombs ?

Je mettais sa patience à rude épreuve. Mais la lumière finit tout de même par jaillir. Je savais où était ma famille !

---

1. Mémoires de Casanova : « C'est seulement lorsqu'on est un animal qu'on se rend compte à quel point les humains ont l'esprit obtus. »

55

— Venise ?

Daniel Kohn me considérait avec incrédulité. J'étais sur le seuil de sa villa, un Casanova ronronnant couché sur mes épaules.

— Tu m'envoies promener, et après ça, tu veux que je te donne de l'argent pour aller à Venise ?

— C'est... euh... c'est assez bien résumé, répondis-je avec mon sourire le plus aimable.

— Et pourquoi je ferais ça ?

— Parce que c'est pour moi une question de vie ou de mort.

— Et je ne me trompe probablement pas en supposant que tu ne voudras pas me dire pourquoi c'est une question de vie ou de mort.

— Tu ne te trompes pas.

Ça ne lui plaisait pas beaucoup, mais je n'allais tout de même pas lui avouer dès maintenant que je courais après un autre homme, apparemment parti à Venise sur un coup de tête pour se raccommoder avec Nina, en emmenant Lilly par-dessus le marché. J'avais d'abord été un peu surprise qu'ils aient choisi précisément cette destination, jusqu'à ce qu'il me revienne que c'était là que Nina était elle aussi tombée amoureuse d'Alex.

— Je t'en prie ! dis-je d'une voix presque suppliante.

— Je ne te donnerai pas cet argent, dit Daniel.

J'avalai ma salive.

— Très bien… Excuse-moi…

Et je me détournai, prête à partir.

— Mais je veux bien t'emmener à Venise.

Je fis volte-face. Daniel souriait de toutes ses dents. Il était curieux de savoir ce qui se tramait, et sa seule chance de l'apprendre était de me conduire lui-même là-bas.

Il fallait peser le pour et le contre. Si j'acceptais l'offre de Daniel, cela compliquerait encore une situation déjà pas mal embrouillée. Mais, si je laissais Alex et Nina faire leur voyage de réconciliation, ne risquaient-ils pas de rester ensemble en bannissant définitivement la grosse Maria de leur existence ?

Casanova planta ses griffes dans mon épaule. Pour lui, l'affaire était entendue. Pour moi aussi.

— Allons-y !

Dans la nuit, la Porsche de Daniel fonçait à près de deux cents à l'heure vers l'Italie. Casanova, d'abord intimidé par la vitesse, puis impressionné, finit par s'endormir entre mes pieds. Tandis que nous roulions à travers les Alpes, je me demandais quand Daniel finirait par me poser des questions. Mais il n'en posa aucune. Au lieu de cela, il passa des coups de fil à des jeunes femmes qui semblèrent toutes profondément déçues qu'il ait dû annuler leur rendez-vous à cause d'une conférence « décidée à la dernière minute » pour le lendemain. Au bout du troisième appel, je constatai avec agacement :

— Eh bien, tu t'es vite consolé.

— Ça t'ennuie ?

— Pas du tout, mentis-je effrontément.

— Ça t'ennuie quand même.

— Absolument pas, niai-je, dépitée de constater qu'il avait raison et que mon amour-propre en souffrait.

— Celui qui nie a quelque chose à cacher, dit-il avec son insolent sourire de séducteur.

— Je n'ai rien à cacher.

— Tu nies encore !

— Pas du tout.

— Tu vois, là aussi !

— Ah, tu me rends folle.

— Je sais, conclut-il avec un grand sourire en accélérant l'allure.

Nous montions maintenant une route en lacets. A deux cent vingt à l'heure. J'avais le souffle coupé, le cœur battant. Je devais prendre mon médicament. J'ouvris la boîte, avalai avidement une petite gélule rouge... avant de constater avec terreur qu'il ne m'en restait plus qu'une.

— Veux-tu que je roule moins vite ? demanda Daniel, compatissant.

— Non, dis-je après un bref instant de réflexion. Je veux être à Venise le plus tôt possible.

Daniel appuya à fond sur l'accélérateur.

Les derniers kilomètres avant la cité des gondoles, nous ne les fîmes pas en voiture, bien sûr, mais en taxi-vedette. Glisser sur ces eaux magiques aux côtés d'un homme aussi séduisant que Daniel Kohn, sentir les embruns sur ma peau, aspirer à grands traits cet air de vacances était déjà pour moi une sensation extraordinaire. Casanova, lui, avait dans les yeux de vraies larmes d'émotion[1].

1. Mémoires de Casanova : « J'étais enfin de retour, après plus de deux siècles loin de ma patrie. En cet instant, je ne pouvais encore imaginer qu'avant vingt-quatre heures, un membre de notre illustre compagnie allait perdre la vie. »

56

Daniel avait réservé dans un hôtel de luxe, un très joli petit palais[1] à dix minutes seulement de la place Saint-Marc. Le hall de l'hôtel était un charmant salon, orné de trois merveilleux tableaux Renaissance où l'on voyait flâner de nobles personnages. Il y avait aussi une petite table avec deux fauteuils vieux d'au moins trois siècles, où je n'osai m'asseoir, faute d'assurance responsabilité civile.

Mais ce que j'appris au bureau de la réception me laissa incrédule :

— Quoi ? Nous avons une suite pour deux ?

— Il ne leur restait pas de chambres séparées, dit Daniel en souriant.

Il ne se donnait même pas la peine de cacher son intention de coucher dans le même lit que moi.

— Alors, on prend un autre hôtel !

— Mais j'aime bien celui-ci.

1. Mémoires de Casanova : « Jeune homme, j'avais mes entrées dans ce palais, où j'avais perdu maintes belles choses : une bague précieuse, une pipe d'ivoire sculpté, mon innocence... »

— Alors, je vais dans un autre !

— Et avec quel argent ?

Visiblement, Daniel s'amusait beaucoup.

— Une chose doit être claire : tu ne me touches pas !

— Si tu arrives à ne pas me toucher… répliqua-t-il insolemment.

Il était bien sûr de lui. Et je me rappelai tout à coup que je n'avais pas fait l'amour depuis longtemps… Une nuit avec lui, c'était grisant, c'était excitant, c'était… l'aventure.

C'est alors que Casanova me gratta la cuisse. Il avait dû lire la concupiscence dans mon regard et voulait me rappeler aux choses essentielles.

— Il faut d'abord que je cherche quelqu'un, dis-je à Daniel.

Et je le laissai en plan avec les bagages.

Je restai un moment devant l'hôtel, Casanova sur les épaules : comment retrouver Alex et Lilly dans la foule grouillante des touristes ? Je n'en avais pas la moindre idée. Pendant des heures, l'œil aux aguets, je traînai la jambe le long des ruelles et sur les ponts d'une Venise surchauffée. La sueur ruisselait de mon front, je bousculais au passage d'innombrables touristes – ces sacrés ponts étaient trop étroits. Ceux que je bousculais ne trouvaient pas toujours cela amusant, et je m'entendis traiter de « grosse vache » dans toutes les langues connues des Nations unies. Je finis par renoncer : jamais je ne retrouverais ma famille dans ces conditions !

Je me traînai jusqu'à l'hôtel, trop épuisée pour avoir une autre idée. Casanova, lui, continuait à chercher Nina, son grand amour. Dans la chambre d'hôtel, Daniel, qui m'attendait, demanda gentiment :

— Alors, ça s'est bien passé ?

Je lui jetai un regard las.

— Apparemment, c'est non.

Je me dirigeai vers la salle de bains. Au bout de deux heures, enfin prête, j'enfilai mon pyjama géant, ne désirant qu'une chose : un lit. Mais Daniel était déjà dedans.

— Je paie la chambre, je ne vais pas dormir par terre ! dit-il en souriant.

— Tu veux faire l'amour, constatai-je.

— Mais quelle petite prétentieuse !

J'étais fatiguée, ma famille me manquait, je n'avais aucune envie de me livrer à ces petits jeux. Je me jetai sur le lit en disant :

— Je veux dormir.

Pour toute réponse, Daniel commença à me masser la nuque.

— Laisse-moi !

— Tu ne le penses pas vraiment.

Bon, il avait raison. Un petit massage, ça ne tirait pas à conséquence.

Il faisait ça vraiment très bien.

367

Dehors, j'entendais les gondoliers, sur le canal, chanter *Volare*. En temps normal, cette scie m'aurait tapé sur les nerfs, mais, entre-temps, Daniel s'était mis à m'embrasser dans le cou.

Se laisser embrasser un petit peu, il n'y a pas de mal à ça, non ?

Daniel commença à relever doucement le haut de mon pyjama pour me masser le dos. Je me débattais intérieurement : pas besoin d'être Nostradamus pour deviner comment tout cela allait finir. Devais-je me laisser faire ?

Un petit peu d'amour, ça ne pouvait pas changer grand-chose...

Enfin, si, pas mal de choses – quand on est venu pour récupérer sa famille. Mais c'était si agréable...

— Oh, et puis après tout...

Abandonnant la lutte, je me jetai avidement sur lui.

— Ouf ! fit-il, à moitié étouffé.

J'ignorai ses protestations, et nous commençâmes à nous bécoter fébrilement.

Je soupirai de bonheur. Aussi parce que Daniel était un virtuose du baiser. Trente-deux secondes plus tard, il eût été trop tard si... si Casanova n'était pas entré dans la chambre à ce moment précis en passant par le balcon et n'avait pas sauté sur mon dos, toutes griffes dehors.

— Aïe ! Mais ça va pas la tête ?

Sans s'émouvoir, le *Signore* me montra la porte avec sa patte.

— Je ne sais pas ce que tu as, mais ça peut sûrement attendre !

Casanova secoua la tête. Daniel n'en croyait pas ses yeux :

— Ce chat te comprend ?

Casanova courut à la porte et se mit à la gratter. Il voulait absolument que j'ouvre… Je compris enfin : il avait une piste ! Je me rhabillai à la vitesse de l'éclair.

— Je me sens tout de même un peu utilisé, dit Daniel, ne plaisantant qu'à moitié.

Je ne perdis pas de temps en explications. J'ouvris la porte et sortis à la suite du chat. Pas seule, il est vrai : Daniel s'était rhabillé en même temps que moi.

— Reste ici, lui dis-je.

— Pas question, répondit-il avant de se mettre à courir derrière nous.

Nous fonçâmes tous trois dans la nuit vénitienne. Je n'avais aucune idée de la façon dont j'expliquerais à Alex pourquoi je traînais Daniel en remorque. Ni de la façon dont j'expliquerais à Daniel que je poursuivais Alex, le mari de feu Kim Lange, la femme qu'il avait lui aussi aimée. Ils ne se contenteraient certainement pas d'un « Tralalala ».

Casanova nous entraîna dans une étroite ruelle, le long d'un canal dont l'odeur évoquait furieusement les revendications des « citoyens de Venise pour un meilleur système d'évacuation des eaux usées ». Un peu plus loin, c'était la mer libre. Pas âme qui vive – aucun touriste ne s'aventurait à une heure si tardive si loin du centre. C'est alors qu'à la clarté de la pleine lune, des étoiles et d'un timide réverbère, je vis, au milieu de sa place, la petite église San Vincenzo.

Celle où Alex et moi nous étions mariés.

Devant l'église, un panneau portait l'inscription : « *Vietato l'accesso ! Pericolo di vita !* » Comme la seule chose que je savais dire en italien était : « *Un espresso, per favore* », je n'y compris pas grand-chose, mais, entre les vieux rubans de plastique orange qui barraient l'accès et le fait que l'église menaçait déjà ruine à l'époque de notre mariage, on pouvait légitimement supposer que ce n'était pas une bonne idée d'y entrer. Bien entendu, le chat Casanova n'en tint aucun compte. Il se faufila sous les rubans et franchit la porte entrebâillée de l'église.

Avec un soupir, je soulevai le ruban de chantier et me penchai pour passer dessous.

— Tu veux entrer là-dedans ? demanda Daniel, sceptique.

— Non, je veux juste profiter de ce ruban pour faire un peu de gymnastique, répondis-je brutalement.

— Mais il est écrit qu'il y a danger de mort, insista-t-il.

— J'aurais mieux aimé ne pas savoir !

Et je me dirigeai vers l'église.

— Y a qu'à me demander, soupira Daniel avant de m'emboîter le pas.

Sous la clarté de la pleine lune entrant par les vitraux anciens, l'église baignait dans une douce atmosphère de nuit d'été.

D'une merveilleuse simplicité, elle n'avait jamais été fréquentée par les doges de Venise, seulement par les gens ordinaires, et c'est pour cela qu'Alex et moi l'avions trouvée si romantique. Depuis, elle s'était tellement délabrée qu'elle était tapissée d'échafaudages, visiblement abandonnés depuis longtemps. La municipalité semblait avoir décidé qu'elle ne méritait pas d'être restaurée, préférant investir dans des brochures de prestige.

La vue de l'autel me renvoya des années en arrière : je me revis dans le corps de Kim, Alex passant l'anneau à mon doigt, je sentis le baiser qu'il m'avait donné... A ces souvenirs merveilleux, auxquels se mêlait la douleur de savoir qu'Alex vivait désormais avec Nina, je me mis à sangloter doucement.

— Chut ! fit alors Daniel.

— Tu ne vas tout de même pas me défendre de pleurer ! éclatai-je.

— Ce n'est pas ça... écoute.

Je tendis l'oreille. Effectivement, on entendait quelque chose : un léger ronflement. Que j'aurais reconnu partout dans le monde, tant j'avais aimé l'écouter quand j'étais chien et même fourmi.

— Lilly !

— Lilly ? Qui est-ce ? demanda Daniel.

Sans répondre, je courus dans la direction du son.

— Je finis par m'habituer à ne jamais recevoir de réponse, dit Daniel, philosophe.

Il me suivit dans les travées jusqu'à la première rangée de bancs. Lilly était là, couchée en chien de fusil, ronflant doucement. La clarté lunaire tombait directement sur son petit visage.

Je m'assis près d'elle et lui caressai tendrement la joue :

— Réveille-toi, petite.

— Mmmaria ? marmonna-t-elle.

— Oui. Qu'est-ce que tu fais ici ?

— Ma maman et mon papa se sont mariés ici.

Je souris, émue. Lilly s'assit sur le banc.

— Qui sont ta maman et ton papa ? demanda Daniel.

Avant que j'aie pu mettre ma main sur sa bouche, Lilly répondit :

— Alex Weinhart et Kim Lange.

Daniel en resta bouche bée. Il me regarda, l'air complètement ahuri, avant de proférer un « Euh... » suivi peu après d'un « Hein... ? » à peine plus intelligible.

C'est cet instant que Casanova choisit pour se mettre à miauler joyeusement. Pour moi, c'était un signal d'alarme, car il ne miaulait de cette façon que pour...

— Lilly ! Tu nous as fait une de ces frousses ! Te sauver comme ça... Nous avions déjà appelé la police...

C'était Nina.

— Qu'est-ce que vous faites là, Maria ?

Alex était là lui aussi.

— Et vous, qu'est-ce que vous faites là ?!? ajouta-t-il en constatant la présence de Daniel.

— Euh… bafouilla Daniel.

La présence d'Alex semblait avoir définitivement fait fondre ses circuits cérébraux. Il tourna les yeux vers moi. Alex aussi. Il était clair que tous deux attendaient une explication.

C'était la première fois que je regrettais de ne plus être une fourmi.

— C'est toi qui as fait venir cette femme ici ? demanda Nina à Alex, d'un ton qui oscillait entre la jalousie et l'envie de meurtre.

Là, j'aurais bien voulu disposer encore de mes glandes à acide formique.

— Je… je ne l'ai pas fait venir, répondit Alex, qui nageait en pleine confusion.

Nina questionna ensuite Daniel :

— Alors, c'est vous qui l'avez amenée ?

Daniel hocha faiblement la tête.

— Mais ça n'a pas de sens ! s'écria Nina. Qu'est-ce qu'une personne comme vous peut faire avec cette espèce de bonne femme Michelin ?

Cette fois, j'aurais voulu avoir les orgues de Staline pour la mitrailler.

— Je… je ne comprends rien à tout ça, bafouilla Alex.

— Moi si, dit Daniel.

Tout le monde le regarda. Alex. Lilly. Nina. Moi. Le chat Casanova.

Nina fut la première à retrouver la parole :

373

— Je suis impatiente de savoir ce que vous allez dire !

Et moi donc !

— Eh bien… tout ça peut paraître complètement dingue, commença Daniel. Mais… elle aime le mari de Kim… Et moi, je l'aime… Comme j'ai aimé Kim… Et elle débarque dans nos vies comme ça… Une femme de ménage venue de Hambourg…

— Vous ne pourriez pas être plus clair ? demanda Nina, énervée.

— Si, dit Daniel. Il ne peut y avoir qu'une explication à tout ça…

— Et laquelle ?

— Maria… Maria… est… Kim.

Tout le monde en resta bouche bée : Nina. Alex. Et même moi.

Seul Casanova, imperturbable, se léchait la patte avec application. Quant à Lilly, elle me regardait avec espoir.

Daniel poursuivait d'une voix hésitante :

— C'est… la réincarnation… ou la migration des âmes… enfin, je ne sais pas… quelque chose comme ça. Sinon… comment expliquer toutes ces absurdités ?

— Viens, on ne peut pas continuer à écouter ce cinglé, dit Nina en tirant Alex par la manche.

Mais il ne bougea pas. Elle insista :

— Alex !

Il me regardait toujours. Enfin, il me demanda :

— C'est vrai ?

— Tu... tu ne vas quand même pas croire à ça ? dit Nina.

— Ça expliquerait tout... dit Alex.

— C'est pas possible, la vieille a dû vous refiler ses amphétamines !

Nina était si furieuse que je m'attendais à lui voir l'écume aux lèvres.

— Alors ? demanda Alex. Il a raison ou pas ?

Que devais-je répondre ? Je regardai Lilly.

— Tu es ma maman ? demanda-t-elle, les yeux brillants.

— La mésange, la mésange, apporte les plats à la mariée, chantai-je d'une voix faible.

— Elle fait toujours ça, constata Daniel.

— Parce qu'elle est encore plus fêlée que cette église ! affirma Nina.

Je regardai Alex avec désespoir. Comment lui faire comprendre que je ne pouvais rien dire ? Je pointai le doigt vers ma bouche.

— Tu ne peux pas en parler ? dit-il.

— ...

— Bon, dit Alex. Si tu ne peux pas parler, hoche simplement la tête. Es-tu Kim ?

Hocher la tête ! Riche idée. Je n'avais pas besoin de parler, ni d'écrire. Il suffisait de hocher la tête. Bouddha ne pouvait quand même pas m'empêcher de faire ça !

J'essayai donc... et me retrouvai à décrire des cercles avec ma tête ! Et plus je résistais, plus elle tournait vite !

— Elle essaie de battre un record ? commenta Nina tandis que les deux hommes et Lilly se montraient au moins aussi déçus que moi-même.

(Si jamais je rencontre encore ce Bouddha, je lui flanquerai « un bon coup de pied là où je pense », pour parler comme ma mère !)

— On s'en va, maintenant ! décida Nina.

Mais Alex ne l'écoutait pas et continuait à me regarder avec espoir.

— On s'en va ! répéta Nina.

Cette fois, il me sembla qu'elle avait réellement l'écume aux lèvres.

Alex la regarda, hésitant. Mais Lilly ne lui laissa pas le temps de répondre. Elle cria :

— Non !

— Tu ne vas pas t'y mettre aussi ! fulmina Nina. On a passé la moitié de la journée à s'esquinter les pieds à te chercher, et...

— Tu n'as pas le droit de me parler comme ça ! s'écria Lilly, qui courut vers l'autel en passant sous un autre ruban de chantier.

— Lilly, viens ici tout de suite ! cria Nina.

— Non, je reste là !

Et la petite se mit à escalader l'un des échafaudages branlants.

— Lilly !

Alex et moi, nous avions crié à l'unisson. Nous nous regardâmes un instant, unis dans une même inquiétude, et, après avoir échangé un bref signe de tête, nous courûmes vers notre fille.

— Lilly, descends ! cria Alex.

Mais elle grimpait toujours plus haut, sans se soucier du fait que l'échafaudage oscillait dangereusement sous son poids.

— Je descendrai seulement quand je saurai si tu es ma maman ou pas.

Mais comment le lui prouver ? Je ne pouvais rien faire. J'étais forcée de la décevoir.

Elle s'assit tout en haut de l'échafaudage et se mit à pleurer.

— Je vais la chercher, dit Alex avec détermination.

— Cet échafaudage ne supportera pas ton poids, objectai-je.

— Encore moins le tien ! me cria méchamment Nina.

Je la fusillai du regard. Cette fois, les orgues de Staline n'auraient pas suffi.

— Tu es la seule à être assez légère pour pouvoir monter là-dessus.

Nina regarda Lilly, qui pleurait toujours. Elle hésitait.

— Maria a raison, dit Alex.

— Mais je tiens à la vie, moi ! dit Nina.

— Il s'agit de la vie de Lilly !

Alex avait du mal à comprendre son hésitation.

— Descends ! hurla Nina de toutes ses forces.

— Ne lui crie pas dessus comme ça ! gronda Alex avant que j'aie pu le faire moi-même.

— Et toi, ne me crie pas dessus comme ça ! répliqua Nina, blessée.

— Je veux ma maman ! sanglota Lilly d'une voix qui me brisa le cœur.

— Sauve-la ! supplia Alex.

Nina regarda en l'air. Visiblement, elle trouvait l'ascension trop risquée.

— Je vais chercher la police, ou les pompiers, ou ce que je pourrai ! dit-elle – et elle s'en fut précipitamment vers une porte latérale.

Casanova courut après elle en miaulant et bondit comme un fou pour lui barrer le passage. Pourquoi faisait-il cela ? A cause de Lilly ?

— Fiche le camp, sale bête ! cria Nina en colère.

Mais Casanova ne bougeait pas.

— Fiche le camp !

Et elle lui décocha un coup de pied dans lequel elle mit toute sa rage contre Alex, contre moi, contre la situation[1]. Casanova vola en l'air et alla s'écraser contre un banc, deux mètres plus loin.

Je regardai Nina, furieuse. C'est alors que j'aperçus, au-dessus de la porte par laquelle elle voulait sortir, un autre échafaudage, apparemment encore plus instable que celui sur lequel était Lilly. Je compris pourquoi le chat l'avait poursuivie : il avait vu ce que Nina, dans sa colère, n'avait pas remarqué. Qu'il était dangereux de sortir de ce côté. Si Nina ouvrait la porte, celle-ci heurterait un des montants et l'échafaudage s'effondrerait sur elle. Casanova avait voulu lui sauver la vie !

Le devoir me commandait d'avertir Nina.

---

1. Mémoires de Casanova : « Dans mes rêves éveillés, je m'étais représenté mon premier contact physique avec mademoiselle Nina sous un jour bien plus romantique. »

Au lieu de cela, toutes sortes de pensées se mirent à tournoyer dans mon esprit. Une partie de moi disait : « Si Nina meurt, Alex sera enfin libre pour toi. » Une autre ajoutait : « Alors, nous pourrons mener la vie que nous voudrons. » Mais la troisième partie – la sceptique – avait des scrupules : « Hé là ! Elle va mouriiiiiir !!!!! »

« Sûrement, répondit tranquillement la première, mais c'est pas si grave. » La deuxième renchérit : « De toute façon, elle se réincarnera. » Et la troisième partie constata avec stupeur : « Mais c'est vrai, ça ! »

Nina ne resterait pas morte longtemps. Elle renaîtrait rapidement. Peut-être sous la forme d'un mignon lapereau – ou d'un superbe poulain, elle qui adorait les chevaux. Elle n'avait certainement pas fait assez de mal dans sa vie pour descendre plus bas dans l'échelle des réincarnations. Ou alors… ? Avoir avorté une fois, ça ne méritait quand même pas la fourmilière. Bouddha n'était pas le pape.

Mais… sait-on jamais ?

Je ne souhaitais à personne de connaître ce que j'avais subi dans mes réincarnations de fourmi et d'animal de laboratoire. A personne… pas même à Nina ! Or, rien ne me permettait d'affirmer que, si je ne l'avertissais pas immédiatement, elle n'allait pas se retrouver à trimballer des restes d'ourson en gélatine…

— Nina ! criai-je.

— Ta gueule, grosse vache ! me lança-t-elle.

Elle n'était plus qu'à un mètre de la porte.

Je me mis à courir. Alex et Daniel me suivaient des yeux sans comprendre. Derrière eux, j'entendais encore les sanglots de Lilly.

— N'ouvre pas cette porte ! haletai-je.

Sans m'écouter, Nina posa la main sur la poignée de la porte. Je courus plus vite.

— Non ! criai-je, presque sur elle à présent.

Au même instant, elle tira la porte, qui alla heurter le montant de l'échafaudage. Il s'écroula avec fracas. Dans une fraction de seconde, Nina allait être enfouie sous les décombres. Je lus la terreur dans son regard. Je compris qu'elle allait renaître sous la forme d'un animal… peut-être même d'une fourmi… si je ne la sauvais pas !

Sans plus penser aux conséquences, je la jetai à terre, lui fis un rempart de mon corps massif. Les planches de l'échafaudage résonnèrent en heurtant ma tête, mon dos, mes jambes…

Quand la poussière se dissipa, je sentis Nina respirer sous mon corps pesant.

Ma graisse lui avait sauvé la vie.

Je souris, heureuse.

C'est à ce moment que mon cœur lâcha.

57

Boum, boum, boum. Ma vie ne défilait pas devant moi comme dans un film.

Boum, boum, boum. Aucun Nirvana ne s'apprêtait à m'accueillir en son sein.

Boum, boum, boum. Pas de lumière pour m'envelopper.

Boum, boum, boum. Pas de sentiments d'amour ni de sécurité.

Boum, boum, boum. Rien que les battements de mon cœur.

Combien de temps s'était-il arrêté ? Etais-je encore dans l'église ?

J'ouvris les yeux et vis que j'étais de nouveau dans la blancheur radieuse de l'antichambre du Nirvana. Et... le Bouddha nu était penché sur moi !

— Mais enfin, tu ne peux pas t'habiller un peu ? lui dis-je.

— Toi aussi, tu es nue, répondit-il en souriant.

C'était vrai. A nous voir tous les deux, on aurait pu croire que nous participions à une sortie naturiste organisée par les Weight Watchers.

— Alors, je suis de nouveau morte, constatai-je en me redressant péniblement.

— Pas tout à fait, répondit le gros homme en souriant.

— Pas tout à fait morte ? Ça, c'est comme « pas tout à fait enceinte » !

— Il lutte encore pour ta vie.

— Qui, « il » ?

— Alex.

Surprise, je commençai à espérer : Alex avait-il une chance de me ramener à la vie ?

— Et… il va gagner ?

— Vois toi-même.

Bouddha étala sous mes yeux son gros ventre mou. Et, avant que j'aie pu dire : « Hé là ! Ce n'est pas un spectacle. Je sais que je ne devrais pas dire ça parce que moi aussi je suis plutôt énorme, mais, par pitié, ne t'étale pas comme ça devant moi », son ventre se changea en une sorte de petite lucarne par où je voyais l'intérieur de l'église San Vincenzo. Je m'efforçai de plaisanter :

— Waouh, tu as la télévision intégrée !

Mais, plus l'image se précisait, plus j'étais fascinée : apparemment, Alex et Daniel avaient dégagé les planches qui nous recouvraient, Nina et moi. Sous les yeux inquiets de Lilly, toujours assise sur son perchoir, Nina se relevait avec peine, puis, comme Daniel, regardait Alex qui tentait de me ranimer par un massage cardiaque. Désemparée, elle constata :

— La grosse… elle m'a sauvée…

— Oui, chuchota Daniel.

— C'est… c'est… la preuve… bégaya Nina.

382

— La preuve de quoi ?

— Que ce n'est pas Kim. Kim n'aurait jamais fait ça...

Je reniflai avec mépris.

— Elle a raison, dit Bouddha en souriant. La Kim que tu étais autrefois n'aurait jamais fait une chose pareille. Tu as beaucoup changé.

Je le regardai avec surprise. Son ventre-télévision changea de programme : je me vis, moi, Kim Lange, le jour où, sans hésitation, j'avais fait perdre son travail à Sandra Kölling.

L'image changea encore, et je me vis, toujours en Kim Lange, jurer de ne plus jamais lever le petit doigt pour rendre service à l'une de mes assistantes de rédaction. Puis nouveau changement : je me voyais à présent cochon d'Inde, dans une rue de Potsdam, au moment où la Renault Scénic fonçait sur Depardieu. Je n'avais pas hésité une seconde, alors, à le sauver comme je venais de sauver Nina.

— Apparemment, je suis devenue une vraie collectionneuse de bon karma, dis-je.

— Exactement, approuva Bouddha.

— Mais je ne l'ai pas fait exprès.

— Je sais. C'est ainsi que c'est le mieux.

— Comment ça ?

— Tu amasses maintenant du bon karma sans avoir besoin de réfléchir. Au péril de ta vie. Et avec un cœur pur !

Je me sentis émue. Plus profondément que je ne l'aurais cru. Malgré les circonstances, je ne pus m'empêcher de sourire avec fierté.

— Et surtout : maintenant, tu es prête à sacrifier pour les autres quelque chose d'important.

Je cessai de sourire. Bouddha avait raison : pour sauver Nina, j'avais risqué ma vie. Une vie avec ma famille !

— Te souviens-tu de ce que je t'ai dit quand tu n'as pas voulu entrer au Nirvana ? dit Bouddha.

Le programme changea de nouveau sur son ventre. Cette fois, c'était notre dernière rencontre, peu avant que je me réveille dans le corps de Maria : j'étais Kim Lange, nue, devant le Bouddha nu. (Mon Dieu, que j'étais mince ! Et mes cuisses étaient carrément squelettiques !) Bouddha me disait : « Je ne t'accorderai cette chance qu'une seule fois. »

Il fit disparaître l'image et m'annonça :

— A présent, tu vas entrer dans le Nirvana.

— Mais je ne veux pas ! protestai-je.

— Oh, que si, tu le veux ! dit-il en souriant.

— Non, j'veux pas !

— Cette fois, tu ne pourras pas me faire changer d'avis.

L'image sur son ventre-télévision montra de nouveau l'église San Vincenzo. Alex me massait le cœur en répétant :

— Reviens ! Reviens !

Son désespoir grandissait.

Au point qu'il commença à dire :

— Reviens… Kim !

— Oui, je le veux ! criai-je.

Je regardai Bouddha d'un air suppliant. Mais il ne réagit pas.

Sur l'image, je vis encore Nina chuchoter à l'oreille de Daniel :

— Vous croyez vraiment que c'est Kim ?

Daniel hocha la tête sans rien dire.

Nina regardait Alex me masser le cœur en répétant sans cesse mon nom, et elle murmura tristement à l'oreille de Daniel :

— Contre un tel amour, je n'ai aucune chance.

Daniel hocha de nouveau la tête, comme pour dire : moi non plus.

— Kim ! Je t'en prie ! cria Alex, les larmes aux yeux.

Sur l'échafaudage, Lilly pleurait doucement, la tête dans ses bras :

— S'il te plaît, maman…

— Je t'en prie ! suppliai-je à mon tour en regardant Bouddha.

Mais il répondit simplement :

— Maintenant, tu entres dans le Nirvana.

Je vis son regard plein d'amour. Et ce regard me disait : « On ne peut plus rien y changer. »

C'était la fin. Je n'avais pas le droit de retourner vers Alex, vers ma Lilly… Les larmes jaillirent de mes yeux.

— C'est si loin, murmura Bouddha.

Je jetai un dernier regard à ma famille. Puis je fermai les yeux et j'essuyai mes larmes : si je devais entrer au Nirvana, qu'au moins ce soit avec dignité.

58

Quand je rouvris les yeux, il me sembla que le Nirvana manquait singulièrement de lumière.

J'étais revenue dans l'église San Vincenzo, et Alex me regardait.

Il avait peine à croire à son bonheur.

Et moi au mien. Je n'y comprenais rien : je croyais que je devais entrer dans le Nirvana ! Qu'est-ce qui s'était passé ?

— Ça va ? demanda Alex.

J'avais des bleus, des contusions et des écorchures sur tout le corps. Mon cœur n'avait pas encore tout à fait repris son rythme. Mais tout cela ne m'empêcha pas de répondre en souriant :

— Ça ne pourrait pas aller mieux !

Daniel nous vit échanger ces sourires radieux. Découragé, il murmura à l'oreille de Nina :

— Je crois que nous ferions mieux de nous en aller.

Nina hocha la tête. Tout ça était trop pour elle.

Daniel la prit par les épaules, prêt à l'emmener.

— Elle a donné un coup de pied au chat ! s'écria ma petite Lilly, toujours assise sur son échafaudage.

Je regardai Casanova, immobile devant le banc contre lequel le coup de pied de Nina l'avait envoyé. Je me redressai avec horreur, pour retomber aussitôt : j'avais mal partout.

— Je vais t'aider, dit Alex en me soutenant tendrement.

— Merci.

Et, avec son aide, je boitillai jusqu'au chat. Avant même d'être auprès de lui, je compris qu'il avait cessé de respirer. Sa nuque était brisée. J'en fus anéantie. Et je me sentis furieuse contre Nina.

Mais cela ne dura qu'un instant. Elle était si triste… je n'allais pas lui faire encore des reproches.

Puis, en réfléchissant, je me dis que Casanova était mort pour avoir voulu la sauver. Et que, sans lui, Nina aurait été écrasée sans que je puisse la protéger de mon corps. Le *Signore* avait dû amasser tellement de bon karma qu'il était peut-être déjà au Nirvana ! Ce n'était donc pas la peine de le plaindre.

— Tu n'as pas à te sentir coupable. Le corps n'est qu'une enveloppe pour l'âme, dis-je à Nina pour la réconforter.

Elle ne me répondit pas. Son regard était vide.

Daniel Kohn, qui s'efforçait de prendre tout cela avec courage, posa de nouveau un bras consolateur sur ses épaules :

— Peut-être pourrions-nous partir, maintenant ?

Elle jeta un bref regard à Alex, puis à moi, et répondit enfin avec une profonde tristesse :

— Pas « peut-être »…

Alex voulut lui répondre. Mais il comprit que rien de ce qu'il pourrait dire ne consolerait Nina. Alors, il dit d'une voix douce, mais ferme :

— Je te demande pardon.

Nina hocha la tête, et Daniel l'entraîna vers la sortie. J'avais plus de peine pour elle que je ne l'aurais cru possible. Elle avait perdu tout ce dont elle rêvait depuis toujours.

J'espérai de tout mon cœur que Daniel pourrait la consoler. Après tout, pourquoi pas ? C'est alors que le portable de Daniel sonna. Il décrocha.

— Babette ? Oui, bien sûr, ma conférence est presque terminée. Je serai demain à Potsdam... De la crème au chocolat ? Ah, sur toi ce sera sûrement merveilleux...

Tout compte fait, Daniel ne pourrait peut-être pas consoler Nina[1].

---

1. Mémoires de Casanova : « Comme à madame Kim, Bouddha me laissa le choix d'entrer ou non au Nirvana. Quelle fut ma décision ? Disons-le de cette façon... Mademoiselle Nina fut extrêmement surprise qu'un homme hâti comme je l'étais pût être un si merveilleux amant. Nous accomplîmes le vœu le plus cher de mademoiselle Nina – celui qu'elle ne s'était encore jamais avoué : nous mîmes au monde une ribambelle d'enfants. Nous étions comme des lapins – pardon, comme des cochons d'Inde. Et, avec notre grande famille, nous vécûmes dans ma merveilleuse patrie vénitienne. L'enchanteresse Nina, qui était entre-temps devenue ma dame, y ouvrit une agence de voyages. Quant à moi, je gagnai ma vie en éditant des abécédaires érotiques. Nina s'occupait parfaitement de notre progéniture et amassa ainsi à coup sûr beaucoup de bon karma. Et j'en fis autant, rendant infiniment plus créative, grâce à mes abécédaires, la vie amoureuse de bien des gens. »

La porte de l'église se referma derrière eux. Pour la première fois depuis ma première mort, nous étions seuls tous les trois, Alex, Lilly et moi.

Le soleil se levait à présent, frappant de ses premiers rayons les merveilleux vitraux. La lumière bleue, verte, rouge, violette et blanche créait comme un ciel féerique autour de nous.

Sauf que, dans ce ciel féerique, Lilly était toujours sur son échafaudage.

— Descends, je t'en prie, lui criai-je, inquiète.

— Seulement quand je saurai si tu es ma maman.

J'aurais tellement voulu lui crier : « Oui, c'est moi ! »

Alors, même si je savais que j'allais recommencer à chanter *La Noce des oiseaux*, j'ouvris la bouche, et je dis :

— Oui, je suis ta maman.

Pas de « tralalalala ». Ni épervier, ni coq de bruyère, ni mésange, ni pivert – pas le moindre volatile ! Simplement : « Je suis ta maman. »

— C'est vrai ? demanda Lilly, radieuse.

— Oui ! répétai-je en riant très fort.

Elle éclata aussi d'un rire joyeux et entreprit de descendre le long de l'échafaudage.

— Attention ! Sois prudente !

— Maman ! Je suis grande maintenant.

Tandis que Lilly descendait adroitement, Alex me regarda en souriant :

— Je… je ne peux toujours pas y croire.

— Moi… moi non plus, répondis-je.

Je ne comprenais pas pourquoi je n'étais pas dans ce fichu Nirvana. Bouddha me l'avait pourtant dit : « Maintenant, tu entres au Nirvana. »

Une crainte me saisit : pouvait-il encore me rappeler à lui ? M'éloigner de Lilly et d'Alex ?

Je les regardai tous deux : allais-je les perdre à nouveau ? Je ne surmonterais jamais une telle douleur. Pas même dans le bonheur éternel du Nirvana.

— Où étais-tu pendant tout ce temps ? demanda Alex.

— Parfois tout près, dis-je sans mentir.

— Vous avez bientôt fini de papoter ? dit Lilly à côté de nous.

Pouvoir lui dire enfin que j'étais sa mère faisait plus de bien à mon cœur qu'un septuple pontage coronarien.

— Si tu es vraiment ma maman, alors on peut faire un câlin ? dit Lilly, interrompant ma rêverie.

— Bien sûr !

Je la pris entre mes gros bras et la serrai très fort contre mon ventre dans cette lumière aux couleurs célestes. Pour un peu, je l'aurais étouffée.

Mais Lilly s'en fichait.

Je fermai les yeux pour mieux apprécier ce pur moment de bonheur.

Alex toussota pour attirer mon attention. J'ouvris les yeux.

— Je peux venir me serrer avec vous ? dit-il.

Derrière son sourire, on voyait qu'il était encore bouleversé.

— Bien sûr !

Je le serrai lui aussi contre mon gros ventre.

De nouveau, je fermai les yeux.
Ma fille était avec moi.
Et mon homme.
Ma famille à nouveau réunie.
Ils étaient près de moi, plus que jamais.
Je n'avais jamais pu être aussi proche d'eux quand j'étais Kim Lange.
Jamais pu… ou jamais voulu.

C'était merveilleux.
Ma famille m'enveloppa.
Doucement.
Chaudement.
Avec amour.
Je la pris dans mes bras et elle entra en moi.
Mon Dieu, comme je me sentais bien !
Tellement en sécurité.
Tellement heureuse…

C'est à cet instant que je compris pourquoi Bouddha m'avait renvoyée à la vie :
Pour être au nirvana, pas besoin du Nirvana !

Photocomposition Nordcompo
59650 Villeneuve-d'Ascq

Achevé d'imprimer par GGP Media GmbH, Pößneck
en Septembre 2009
pour le compte de France Loisirs,
Paris

N° d'éditeur: 57101
Dépôt légal: Juin 2009

Imprimé en Allemagne